Marie Brunntaler

Wolf

MARIE
BRUNNTALER

Wolf

Roman

EISELE

Besuchen Sie uns im Internet:
www.eisele-verlag.de

MIX
Papier
FSC® C014496

ISBN 978-3-96161-067-9

Satz: LVD GmbH, Berlin
Gesetzt aus der Centennial LT
Druck und Bindearbeiten: GGP Media GmbH, Pößneck
Printed in Germany

Für Hauptmann

1

IN DER STILLE DER NACHT

Das Nachtessen im Kloster war vorüber, die Mönche versammelten sich im Kapitelsaal und zogen in langem Zug zur Kirche. Dorian, ihr Abt, gab das Confiteor vor, darauf wurde ein Hymnus gesungen. Die Gemeinschaft der Mönche schloss die Andacht mit der marianischen Antiphon, dem Gruß der Gläubigen an die Himmelskönigin. Es war der Silvesterabend des Jahres 1820. Ein gewöhnlicher Tag der Mönche ging zu Ende, der Jahreswechsel gehörte nicht zu ihren Riten. Der Abt besprengte die Brüder mit Weihwasser, gemeinsam verließen sie das Chorgestühl. Wie es das Herz jedem Einzelnen eingab, blieb mancher noch in der Kirche, der eine kniete vor dem heiligen Sakrament, ein anderer wandte sich zur Muttergotteskapelle. Bevor der Körper sich dem Schlaf übergab, wurde der Geist mit guten Gedanken erfüllt, die Seele erhielt die Kraft des Heiligen Geistes. Allmählich leerte sich die Kirche, niemand sprach mehr zum anderen, so hatte es der heilige Benedikt gepredigt, zur Zeit der Nacht sollten die Brüder Stillschweigen wahren. Kein Laut war in dem weiten Haus zu hören, die Stille war ein Sinnbild des himmlischen Friedens. Um vier Uhr früh würde für die Mönche der neue Tag beginnen.

Dorian wollte noch nicht zu Bett, er kehrte in seine Amtsstube zurück und sah die Abrechnungen durch.

Die Einkünfte, die das Kloster durch den Verkauf von Gemüse, Schweinefleisch und Kräuterlikör erwirtschaftet hatte, fielen geringer aus als im Vorjahr. Der Bischof würde eine bekümmerte Miene aufsetzen. Der Abt legte die Hefte in die lederne Mappe. Noch verspürte er keine Müdigkeit, fühlte sich im Gegenteil lebendig, wach und warm. Er war in der Laune, mit jemandem eine Unterhaltung zu führen. Da ihm der Kontakt zu den Mitbrüdern verboten war, machte er sich auf in den Stall.

Neben der vom Wind schräg gelegten Eberesche schaute Dorian über das Land. Die Bedeckung war dichter geworden. Im fahlen Mondschein dehnte sich der Wald in alle Richtungen aus, dieser dunkle, eisige, dieser unendliche Wald. Die Kälte schnitt wie mit Messern, in der Dämmerung würde Neuschnee fallen. In seiner heiteren Laune beschloss der Abt, den Tieren in der letzten Nacht des Jahres noch einen Leckerbissen zu gönnen. Im Wirtschaftsraum schnitt er klein, was für die Mönche ungeschnitten auf den Tisch kam, Kartoffeln und Wirsing, Brot und Gemüsereste vom Vortag. Er trug den Topf in den Stall und genoss die Wärme, die von den Tieren ausging. Dorian schüttete den Hühnern Mais in die Rinne und warf den Rindern Heu vor. Aus dem großen Topf kippte er den Schafen ihr Futter hin, öffnete die Gitter der Häsinnen und fütterte sie von Hand. Seinen Topf auf dem Schoß, setzte er sich zu den Schweinen und aß ein wenig Schwarzwurst. Fressend drängten sich die Säue an den Verschlag und versetzten Dorian immer mal einen Stoß, wenn sie gegen die Bretter prallten. Er hatte die Deckenlaterne nicht angezündet, im Schein einer Kerze hielt er sein

Mahl mit den Tieren ab. Umringt von den warmen Leibern hörte er das Schaben der Hasenzähne, das Schnauben der Rinder, mit dem sie das Heu vor dem nächsten Büschel prüften, das polternde Fressen der Säue.

Er spürte den Eintritt des Jungen, bevor er ihn sah. Die Tür klappte so sachte auf, als habe die Katze sie bewegt. Der Bursche trug ein zerschlissenes wollenes Wams, Kniehosen und Holzpantoffeln. Im ersten Moment dachte Dorian an ein Bauernkind, das im Kloster auf eine milde Gabe hoffte, doch unten im Dorf war längst alles dunkel. Niemand würde sein Kind um diese Zeit auf die Nordkuppe schicken. Die meisten Bauernlümmel aus Schrötten waren kahlgeschoren, wegen der Läuse. Dieser Jüngling hatte langes, welliges Haar, wirr war es, zerzaust, Eiszapfen hingen darin, trotzdem erkannte Dorian einen goldenen Ton. Der Junge stand mit verhangenen Augen da, sprach nicht, bewegte sich nicht, nur seine Nasenflügel zitterten, als nehme er seine Umgebung über den Geruchssinn wahr.

Das helle Klatschen von Füßen, die in Sandalen steckten, hinter dem Jungen betrat Pater Berengar den Stall. Er brauchte einen Moment, um sich im Dämmrigen zurechtzufinden.

»Gelobt sei Jesus Christus.« Indem der Abt das Schweigegebot brach, gab er dem Pater das Einverständnis, ebenfalls zu sprechen.

»In Ewigkeit amen.«

»Hat er sich verlaufen?«

Berengar legte dem Fremden die Hand auf die Schulter. »Ich habe ihn auf dem Felsen unter dem Dormitorium gefunden.«

»Auf der Teufelskralle?«, fragte Dorian ungläubig. »Niemand hätte die Teufelskralle je bezwungen.«

»Und doch hat er dort auf dem Fels gekauert und in die Höhe gestarrt.«

»Es ist unmöglich«, entgegnete Dorian.

»Es ist schwierig und erfordert große Kraft, unmöglich ist es nicht.« Als Beweis übergab Berengar dem Abt einen leinenen Beutel, darin befanden sich ein Brevier, aufgequollen vom Wasser, ein kleines Messer und ein Kerzenleuchter, Dinge, die, aus dem Fenster gefallen, auf dem unerreichbaren Felsen gelandet und dort liegen geblieben waren. »Das hat er mitgebracht.«

»Wie heißt du?« Dorian stand auf.

Der Junge wandte das Gesicht nicht dem Sprechenden, sondern den Resten der Schwarzwurst zu.

»Bist du hungrig? Wenn du mir deinen Namen sagst, gebe ich dir die Wurst.«

Wie ein Hund, für den nichts anderes von Bedeutung ist als das Futter, starrte der Knabe den Wurstzipfel an.

»Er hat auch zu mir noch kein Wort gesprochen.« Berengar lehnte sich an das Gatter des Schafgeheges. »Ich glaube aber, er versteht, was wir sagen.«

Dorian hob die Wurst, der Blick des Jungen folgte. »Verhungert sieht er nicht aus. Auf wie alt schätzt du ihn, Bruder Berengar?«

»Vierzehn, vielleicht schon fünfzehn Jahre. Ich fürchte, sein Geist hat mit der körperlichen Entwicklung nicht Schritt gehalten.«

Dorian musterte den nächtlichen Besucher, der die Teufelskralle bezwungen hatte. Das war kein Junge aus dem Dorf und gewiss keiner der Klosterschüler.

Die Burschen, die das Privileg hatten, hier zu studieren, sahen anders aus. Schwatzend und lachend, ihre Schreibtafeln unterm Arm, fanden sie sich im großen Speisesaal ein, einen Schneeball in der Hand oder einen abgebrochenen Haselzweig. Sie waren rotblond, kraushaarig, manche dunkel gescheitelt. Wenn ihre Schülerzeit vorbei war, wurden sie von den Eltern abgeholt, erlernten ein Gewerbe oder erbten die Kaufmannshäuser ihrer Väter. Nur wenige blieben als Novizen im südlichen Schwarzwald, trugen Kutte und Strick und wurden Mönche. Diese Knaben beteten und studierten, trieben Wissenschaft und Kunst, beugten sich unter dem Gebot der Frömmigkeit, übten Bußfertigkeit, erblühten durch Gelehrsamkeit, ohne über sich selbst hinauszuwachsen. Voll Ehrfurcht vor dem unfassbaren Wirken des Schöpfers blieben sie fügsame, formbare Menschen.

Bei diesem Jungen spürte der Abt, dass er anders war. Die Bibel legte Zeugnisse von Menschen ab, die nicht die vertrauten Wege der übrigen gingen, sondern am Grat eines Abgrunds entlangbalancierten. Was wäre, wenn ein solcher Mensch Dorian jetzt gegenüberstünde?

»Hier«, sagte er. »Hast du Schwarzwurst schon einmal gegessen?« Statt einer Antwort biss der Junge zu. »Sie wird aus gestocktem Blut gemacht. Dem Blut unserer Schweine.«

Kauend hob der Junge den Blick. Zum ersten Mal sah Dorian in diese ungewöhnlich hellen, forschenden Augen. Wo hatte er einen Blick wie diesen schon erlebt? »Komm.« Er nahm die Kerze und ging den beiden voran. »Wir werden ihn im großen Saal bei den anderen unterbringen«, sagte er über die Schulter. »Aber nicht heute. Diese Nacht schläft er in der leeren Zelle.«

Die Stalltür schloss sich. Dahinter hielten das Schaben und Kauen, das Schnauben und Grunzen an, fressend begrüßten die Tiere das neue Jahr.

2

DIE LÜGE

»Hü, meine Bestie! Hott, mein Wolf! Mach schon, fauler Teufel! Willst du die Peitsche?«

Knabenspiele waren die Vorbereitung auf Männerkämpfe. Weder das Gebot Jesu *Liebe deinen Nächsten* noch die strenge Klosterzucht konnten den Jungs diesen Instinkt austreiben. Sie übten sich im spielerischen Kampf. Wie im Leben ging es auch auf dem Klosterhof um Macht, Sieg und Unterdrückung. Besorgt beobachtete Pater Berengar, wie sein Schützling es sich gefallen ließ, von Josephus, dem Sohn des Amtmanns, schikaniert zu werden. Heute trieb Joseph seinen Kameraden wie eine gezähmte Bestie vor sich her.

»Reiß das Wild! Ja, zerfleisch es, oder du kriegst die Peitsche zu spüren!«, schrie der schwarzhaarige Josephus.

Auf den Knien kroch der ältere Junge knurrend und fletschend auf bloßen Händen über den verschneiten Klosterhof.

Zwei Monate waren seit Silvester verstrichen, klirrend und grau lag der Februar über dem Land. Die dicken Mauern des Klosters hatten vor der Kälte längst kapituliert. In der Küche und im Speisesaal wurde Feuer gemacht, dort war es wärmer. Die Zellen der Mönche, die Wirtschaftsräume, auch die Kirche blieben unbeheizt. Verborgen unter ihren Kutten trugen die Benediktiner dicke Unterkleider, Strümpfe aus grober Wolle und Holzschuhe. Wer im Wald zu arbeiten hatte, bekam Lederstiefel ausgehändigt. Mitte Februar wurde die Kälte noch unerbittlicher. Das mit Alkohol befüllte Thermometer fiel so tief unter den Gefrierpunkt, dass der Wert nicht mehr abzulesen war. Man fand erfrorene Füchse im Schnee, im Schlaf froren Enten an der Eisdecke des Weihers fest und starben. Die Studierenden lagen im Schlafsaal zu zweit in den Betten, auch die Mönche teilten sich ihre Zellen mit den Ordensbrüdern. Alle rückten zusammen, so gut es ging. Alle warteten auf den Tag, da die Sonne höhersteigen und diese Welt endlich wieder erwärmen würde.

Jeder Mensch brauchte einen Namen. Abt Dorian hatte dem unbekannten Jungen den Namen des Erzengels gegeben und ins Klosterregister eingetragen – *Gabriel, Familie unbekannt.* Es gab Vermutungen, wer der Fremde in Wirklichkeit war. Die einen glaubten, der Junge sei bei einem Wilddieb und Fallensteller aufgewachsen. Seit im Badischen der neue Großherzog regierte, hielten sich viele vormals anständige Bauern in den Weiten des Schwarzwalds versteckt und führten ein gesetzloses Leben. Einer dieser Wilderer mochte das Waisenkind aufgenommen haben, bis der Junge ihm eines Tages entschlüpft war und eine Odyssee durch die Eislandschaft angetreten hatte. Dass Gabriel behauptete, er erinnere sich nur noch an ein großes Feuer, gab dieser Theorie Nahrung. Der Wilderer war wohl in seiner Hütte verbrannt, und Gabriel hatte das grausige Erlebnis aus der Erinnerung getilgt. Andere glaubten, er sei ein entlaufener Sohn aus noblem Hause, den böse Familienverhältnisse in die Flucht getrieben hätten. Nichts davon ließ sich beweisen. Der Abt hatte Briefe innerhalb der Erzdiözese ausgesandt, ob irgendwo ein Junge vermisst werde, war jedoch ohne Antwort geblieben.

Aus dem Fremden war inzwischen Gabriel geworden. Bald nannten ihn alle bei diesem Namen, als ob er nie anders geheißen hätte. Zwei Tage nach seiner Ankunft hatte sich herausgestellt, dass er sprechen konnte, langsam, manchmal verworren, doch er zeigte sich bei Verstand. Seine Worte klangen dunkel, als stammte er aus einem Reich tief unter der Erde. Seit Pater Berengar, der Hüter des Kräutergartens und der Arzneimittel, den Jungen auf dem unbezwingbaren Felsen entdeckt hatte, war Gabriel dessen Schützling geworden. Mit Erlaubnis des Abtes nahm der Junge inzwischen am Unterricht der Zehnjährigen teil. Da er weder lesen noch schreiben konnte, studierte er mit Kindern, die fünf Jahre jünger waren als er. Rasch hatte er sich mit Josephus, dem Sohn des Amtmanns aus Stuttgart, angefreundet.

Vom Fenster seines Laboratoriums aus, wo Berengar im Winter mithilfe von Öl getrocknete Kräuter in Salben und Tinkturen verwandelte, sah der Pater zu, wie Gabriel sich aufrichtete, bestialisch heulte und für Joseph den hungrigen Wolf spielte. Diesmal jedoch verlief das Kinderspiel erbarmungsloser, verrückter, tierischer als sonst. Joseph benutzte die Lederpeitsche, die er bei den alten Kutschen gefunden haben mochte, mit äußerster Kraft. Wieder und wieder ließ er sie auf Gabriels Rücken niedersausen und schrie mit sich überschlagender Stimme: »Zerfleisch ihn, Wolf! Pack ihn, Wolf, friss ihn mit Haut und Haaren!«

Es geschah innerhalb eines Augenblicks. Als könnte das Raubtier die Misshandlung nicht länger ertragen, bäumte sich Gabriel auf und fiel seinen Peiniger an. Joseph landete im Schnee. Damit war das Spiel jedoch nicht beendet. Der Wolf verwandelte sich nicht zurück in den sanften Gabriel, sondern stürzte sich auf den Jungen im Schnee und schlug seine Zähne in dessen Nacken. Joseph schrie vor Überraschung und Schmerz und hielt sich abwehrend einen entblößten Arm vor den Hals. Nun verbiss sich der Wolf in diesen Unterarm. Er knurrte und röhrte, als bereitete es ihm höchste Lust, den wesentlich schwächeren Knaben unter sich zu begraben und wieder und wieder zu beißen.

Viel zu spät entschied sich Berengar einzugreifen. Als er über den Umweg des Arkadengangs den Klosterhof erreichte, hatten andere Jungen Gabriel bereits von Josephus weggezerrt. Kreidebleich war das Gesicht des Jüngeren, stumm saß er im Schnee, aus Hals und Oberarm sickerte Blut. Ruhig kauerte der Wolf daneben, Mund und Kinn waren blutbeschmiert. Gabriel war sich seiner wieder bewusst, doch das Geschehene schien ihm nicht das Geringste auszumachen. Er stand weder unter Schock, noch ließ er Anzeichen von Reue erkennen. Die Verwundung, die er Josephus beigebracht hatte, kümmerte ihn nicht.

»Was ist in dich gefahren!«, fuhr der Pater Gabriel an.

»Der Wolf hat gejagt«, antwortete dieser mit einer Seelenruhe, die den alten Mann ängstigte. »Der Wolf hat Beute gemacht.«

»Rede kein dummes Zeug. Es gibt keinen Wolf. Du hast deinen Mitschüler verletzt.«

Gabriel hob den Kopf und sah den Mönch aus hellen, kalten Augen an. »Es gibt den Wolf«, sagte er leise. »Es gibt ihn.« Seinen Worten folgte ein eigentümliches Lächeln.

»Du begibst dich augenblicklich ins Necessarium. Dort erwartest du den Abt, der entscheiden soll, wie mit dir weiter verfahren wird«, befahl Berengar.

Die Glocke läutete zur Vesper. Mönche und Schüler begaben sich in die Kirche, Gabriel blieb im Freien. Obwohl er weder Mütze noch Mantel trug, spürte er die Kälte kaum. Heute konnte er nicht mit den anderen beten, er hatte einen schweren Gang vor sich. Drei Tage waren seit dem Vorfall vergangen. Josephus hatte kaum ein Wort gesprochen und war jedesmal, wenn Gabriel einen Raum betrat, in die Ecke geflohen, um zu weinen. In der Nacht zuvor war ein dicker Herr im schwarzen Gehrock mit Silbernadel auf der Krawatte angekommen und im Gästehaus untergebracht worden. Josephs Vater hatte den weiten Weg von Stuttgart in den Schwarzwald gemacht, um zu entscheiden, ob er seinen Sohn vom Kloster nehmen sollte, denn die Mönche waren offenbar nicht imstande, Josephus vor Unbill und Gefahren zu schützen.

Gabriel lief am Springbrunnen vorbei, der während der Frostperiode mit Holz verschalt war, erreichte den Gästeflügel und klopfte an die Tür. Der Amtmann kam in Hemdsärmeln heraus, die Weste über seinem Bauch stand offen.

»Gelobt sei Jesus Christus«, grüßte Gabriel.

»Was willst du, Bursche?«

»Ihr dürft Josephus nicht vom Kloster nehmen. Er

hat nichts Böses getan«, begann Gabriel ohne Vorrede.

»Ich *darf* nicht? Willst du mir etwa befehlen?« Der Amtmann schloss die Westenknöpfe von unten nach oben.

»Josephus hat das Wolfsspiel nur im Spaß gespielt. Es war nicht ernst gemeint.«

»Von welchem Spiel redest du, Junge?« Der ergraute Mann sah sich um, ob ein Mönch in der Nähe sei, der die wirre Rede des Knaben aufklären könnte.

»Ich war der Wolf«, antwortete Gabriel auf seine dunkle, verhaltene Art. »Ich war Josephs Wolf. Er hat mich geritten. Ich habe ihn gebissen. Ich trage alle Schuld allein.«

»Gebissen?« Beim obersten Knopf hielt der Amtmann inne. »Du hast Joseph diese Bisswunden beigebracht?«

»Ich allein«, beteuerte Gabriel.

»In seinem Brief schrieb mir der Abt, die Verletzungen stammten von einem Hundebiss.«

Gabriel verstummte. Er verstand den tieferen Sinn dieser Worte nicht. Abt Dorian war sich der schweren Folgen bewusst gewesen, falls Josephs Vater den wirklichen Hergang erfahren sollte. Harte Bestrafung, der Ausschluss aus dem Kloster, möglicherweise Gefängnis wären die Konsequenzen für Gabriel gewesen. Andererseits war es unmöglich, Josephs Verletzungen zu verheimlichen, die Bissmale waren unverkennbar. Joseph selbst hatte Angst vor seinem Vater. Ihm war daran gelegen, dem strengen Mann die wahre Begebenheit zu verschweigen. So war Dorians Lüge mit dem Hundebiss geboren worden, die Gabriels Offenheit und Reue nun entlarvt hatten.

Der Amtmann stand in der Tür, der Junge vor ihm im Schnee, mit hoffnungsvollem Blick, da er annahm, der Vater werde nach Gabriels Beichte einsehen, dass er Joseph getrost im Kloster lasse könne. Gabriel lächelte. Er hatte das Richtige getan.

3

VERTREIBUNG

Schrötten war ein elendes Dorf mitten im Wald, wo man von einem wahren Leben nicht sprechen konnte. Jedermann quälte sich von einem Tag zum nächsten und hoffte nur, den kommenden Sonnenaufgang zu sehen. Die Schröttener kämpften gegen die Kälte, die nicht enden wollte, der Winter dauerte von Oktober bis in den Mai. Sie schufteten, um dem steinigen Bergboden Nahrung abzuringen und vom Verkauf des Holzes das Nötigste zu erwerben. Der Name *Schrötten* stammte vom mittelhochdeutschen *schrôt* und bedeutete ein abgehauenes Stück Holz, *schrôten* hieß abschneiden, und so war Schrötten nichts weiter als eine Rodung im Wald. Aus Schwarzwaldsteinen, Granit und Bruchstein waren die ebenerdigen Stockwerke der Häuser zusammengefügt worden, nicht um der Kälte zu trotzen, sondern dem Sturm. Der fegte zu jeder Jahreszeit von Westen her und wehte alles um, was sich nicht an den Boden klammerte. Die schiefen Ebereschen und die Eiben, selbst die knorrigen Birnbäume legten Zeugnis davon ab, woher in Schrötten der Wind wehte. An den Häusern war seit Menschengedenken nichts mehr erneuert worden, es fehlte an Zeit, es fehlte am Geld. Die Schindeldächer waren verrottet. Wo es durchregnete, hatte man sie mit Blech geflickt oder war in ein anderes Zimmer umgezogen.

Was in Schrötten nicht aus Stein gehauen war, bestand aus Holz. Wände, Dächer, Werkzeug, selbst das Spielzeug für die Kinder stammte aus dem Wald. Holz befüllte die Meiler und verwandelte sich in Kohle, Holz brannte in den Öfen und ließ die Menschen die Winternächte überstehen. Selbst das Gebiss einiger Schröttener war aus Holz. Die Männer verloren ihre Zähne mit Anfang zwanzig, die Frauen etwas später. Tat ein Zahn weh, musste er heraus. Das besorgte der Dorfschmied, weil sein Werkzeug dafür taugte. Die tägliche Mahlzeit bestand aus Brei und brauchte nicht gekaut zu werden. Er wurde vor allem aus Gerste und Hafer gekocht, etwas anderes wuchs in der Höhe nicht. Männer, die im Wald arbeiteten, bekamen Speck in ihren Brei gerührt. Wurde einer krank, ließ er sich so lange nichts anmerken, bis es nicht mehr ging. Dann legte er sich hin und wurde entweder gesund oder starb.

Der Bauer Anton Steinhauer lag seit neun Jahren im Bett, aber er starb nicht. Der Schlagfluss, der ihn gestreift hatte, war teuflisch genug gewesen, so viel Leben in ihm zu lassen, dass er als gedemütigter Krüppel in der Knechtkammer liegen musste, wo die Rückseite des Kachelofens so viel Wärme spendete, dass er nicht erfror. Anton Steinhauer konnte nicht mehr sprechen, er grölte, wenn er Schmerzen hatte, jaulte, wenn er seine Frau zu sich rief, und knurrte, wenn sie ihn nicht gleich verstand.

Antonia Steinhauer war eine schöne starke Frau gewesen, mit schwarzem Haar und liebevollen braunen Augen. Stark war sie immer noch, schön war sie immer noch, aber traurig, müde und freudlos, weil das Leben ihr nichts mehr schenkte und nur noch

Mühsal abverlangte. Antonias Unglück lag in ihren Augen, in den Ringen darunter, in dem herben Zug um ihren Mund. Sie führte den Hof allein, ihr unterstanden drei Mägde, zwei Knechte und Rupert, ihr Neffe. Als Anton und Antonia jungvermählt gewesen waren, hatte man sie um ihr Glück beneidet, auch um ihre reizende Tochter Maria. Der Steinhauerhof ernährte die Menschen unter seinem Dach, doch seit der Bauer ein Krüppel war, hatte sich in diesen Mauern das Unglück eingenistet. Das Unglück hockte im Herrgottswinkel hinter dem Esstisch, es zog mit dem Dunst der Räucherkammer durchs Haus, das Unglück hatte viele Namen – Trägheit, Bosheit, Verschlagenheit.

Sein Bündel mit den wenigen Habseligkeiten in der Hand lief Gabriel durch den knirschenden Schnee. Nach der Beschreibung des Abtes erkannte er das Steinhauerhaus sofort. An der Wetterseite reichte das Schindeldach bis zur Erde, was um diese Jahreszeit kaum zu sehen war. Seit Monaten hatte der Sturm den Schnee so mächtig herangeweht, dass die Wiese hinter dem Hof übergangslos auf das Dach hinaufführte. Einmal die Woche stiegen die Knechte hoch und schaufelten den Schnee ab, damit der Dachfirst unter der Last nicht zusammenbrach.

In dieses Haus trat Gabriel. »Gelobt sei Jesus Christus.«

Alle am Tisch drehten sich um, sie saßen beim Nachtessen. Sieben Holzlöffel wurden in den Brei getaucht, die Bäuerin und ihre Tochter zuerst, dann folgten die Knechte, dann die Mägde, jeder nach seinem Rang.

»Du kommst aus dem Kloster?«, fragte Antonia, ohne aufzustehen.

Gabriel nickte.

»Setz dich. Iss mit. Wir reden später.«

Maria Steinhauer, zarter als ihre Mutter und ohne deren glänzendes Haar, nahm einen Löffel aus der Schublade und gab ihn dem Fremden. Gabriel dankte mit einem Nicken. Die Mägde rückten zusammen, die Jüngste kicherte. Streng warf die Bäuerin einen Blick unter das Gesinde, die Magd verstummte. Gabriel nahm Platz und wartete, bis die Reihe an ihm war.

Auf Anordnung des Amtmanns war der Junge, der seine Mitschüler biss, des Klosters verwiesen worden. Nur so hatte Abt Dorian verhindern können, dass man Gabriel in den Karzer steckte und verurteilte. Schweren Herzens hatte Dorian sich zu dieser Lösung durchgerungen, worauf der Amtmann abgereist war. Dorian hatte dem Jungen ein Paar Lederstiefel gegeben, in seinen groben Holzschuhen wäre er außerhalb der Klostermauern nicht weit gekommen. Der Abt hatte ihm auch ein Schaffell geschenkt, das Gabriel gegen die Kälte um die Schultern trug. Höchstpersönlich war Dorian mit dem Verbannten ans Tor gegangen, hatte ihn für einen Augenblick in den Arm genommen und sich verabschiedet. Danach hatte er Gabriel vom Fenster seines Amtszimmers so lange nachgesehen, bis der Junge zwischen den verschneiten Tannen verschwunden war.

Dass ihm dieser Mensch, der nur kurz bei ihnen gewesen war, genommen wurde, bedeutete einen Verlust für Dorian, doch hatte er dafür gesorgt, dass ihm Gabriel nicht endgültig entrissen würde. Als Abt des Klosters kannte er die meisten Familien Schröttens.

Mit den Steinhauers verband ihn eine lange Freundschaft. Sie rührte aus der Zeit, als Anton Steinhauer noch ein fröhlicher Mann gewesen war, der manchmal aus lauter Übermut ein Kalb über seinen Kopf gestemmt hatte. In dessen Haus hatte der Abt Gabriel geschickt.

An jenem Morgen, als der Sturm die schweren tiefen Wolken endlich vertrieben hatte und die Wintersonne ihre Strahlen auf Schrötten warf, trat Gabriel vor das Hoftor, die Axt in der Hand, bereit, mit den Knechten in den Wald zu ziehen. Unter seinen Mitschülern war er einer von vielen gewesen, etwas älter, etwas stärker und um einiges hübscher als sie. Im Dorf aber, wo nicht die wohlgenährten Söhne reicher Väter umherliefen, hatte die Ankunft dieses Jungen eine erstaunliche Wirkung. Er besaß etwas, das den übrigen fehlte, Schönheit. Niemand, der die Schönheit zum ersten Mal zu Gesicht bekam, konnte sich ihr entziehen. Die Schröttener, die gerade an ihr ungeliebtes Tagwerk trotteten, blieben stehen und starrten Gabriel an. Die Sonne hatte sich in sein Haar verirrt, ihre Strahlen spielten darin. Es kam den Leuten vor, als trüge der neue Holzknecht eine goldene Krone.

»Gelobt sei Jesus Christus«, sagte Gabriel.

Eine alte Frau antwortete. »In Ewigkeit amen.« Frau Birgit trat heran, gab ihm die Hand und lächelte, weil ihr das Gold auf seinem Kopf so gefiel. Frau Birgit war die Lehrerin des Ortes. Früher hatte sie die Kinder von Berufs wegen unterrichtet, dann war das Schulhaus abgebrannt und nicht wieder aufgebaut worden. Seither unterrichtete Frau Birgit die Kleinen in einer Scheune. Sie war fünfundsiebzig Jahre alt, aber immer noch brachte sie den Schröttenern das Alphabet bei. Die Dorfbewohner entlohnten sie mit gerade so vielen Nahrungsmitteln, dass Frau Birgit nicht verhungerte.

Hinter ihr kamen andere Frauen heran und warfen neugierige Blicke auf den Jungen, der bei den Steinhauers eingezogen war. Manche grüßten ihn freundlich, andere schnippisch, andere wandten sich neidisch ab, weil sie vom Gold seines Haares und seinen ebenmäßigen Zügen verzaubert waren. Eine Bäuerin, jüngst verwitwet, machte die Bemerkung, dass der Name des Erzengels für den Bengel richtig gewählt sei. Die anderen stimmten lachend zu. Von den heiratsfähigen jungen Männern einmal abgesehen, fanden die meisten Schröttener, dass so etwas wie ein Engel in ihr Dorf gekommen war, der einen unsichtbaren Schleier aus Glück über ihren frierenden Ort breitete.

4

DER SCHMERZ

Maria Steinhauer zitterte, klagte, sie schrie aus Leibeskräften, dass es so wehtue und man ihr doch helfen solle. Das arbeitsame stille Mädchen, gerade sechzehn geworden, stand in der Stube, hielt die Arme von sich gestreckt und flehte um Hilfe. Sonst, wenn jemand in der Hausgemeinschaft einen Unfall hatte, ob Schnittwunde, Prellung oder Knochenbruch, holte die Bäuerin das Verbandszeug unter dem Herrgottswinkel hervor, manchmal auch Jodtinktur und Kamphergeist. Dann standen alle um den oder die Verunglückte herum, gaben ihre Meinung ab oder schwiegen, bis Antonia die Behandlung beendet hatte. Ein Schmerz wie dieser aber, dessen Ursache unsichtbar war, versetzte die Gemeinschaft in Ratlosigkeit. Hilflos betrachteten sie die schreiende Maria, ohne ihr beistehen zu können.

»Wo tut es weh?«, fragte Antonia.

Wimmernd zeigte die Tochter auf alle möglichen Stellen ihres Körpers. In schweren Tropfen stand der Schweiß auf ihrer Stirn, strähnig hing das Haar herab, Schweiß färbte ihr Mieder gelblich. »Alles ist Feuer, alles brennt!«, schrie das Mädchen.

Antonia schob die Knechte beiseite, die auf der Kunst des Kachelofens saßen, jenem erwärmten Vorbau aus Speckstein, auf dem man in besonders kalten Nächten die Kinder schlafen ließ. Schwerfällig kamen die Knechte hoch und sahen zu, wie die Bäuerin ihre Tochter auf die Kunst bettete.

»Da brennt es ja noch mehr!«, schrie das Mädchen und wollte wieder aufstehen.

Antonia deckte sie mit einem Mantel zu. »Wärme tut gut. Wärme ist richtig, wenn die Krämpfe da sind.«

»Es sind nicht die Krämpfe. Es ist nicht die Sache mit dem Blut«, flüsterte Maria. »Das war schon. Seit einer Woche ist es vorbei.«

»Nicht die Krämpfe?« Antonia legte der Tochter die Hand auf die Stirn. »Fieber hast du nicht. Woher dann der Schweiß?«

»Ich weiß nicht, Mutter.« Maria wollte weitersprechen, doch der Schmerz biss wieder zu, sie schrie erbarmungsvoll und bäumte sich so unvermittelt auf, dass die Mutter erschrocken zurückfuhr.

»Du musst mir sagen, wo der Schmerz sitzt«, beschwor Antonia ihr Kind.

»Im Rücken, im Bauch, es ist oben und ganz unten. Überall!« Maria wand sich, warf sich hin und her.

»Wir müssen ins Kloster schicken«, murmelte Antonia. »Wir müssen Pater Berengar holen. Er wird wissen, was zu tun ist.«

»Sie leidet im *colon.*« Eine ruhige Stimme, eine sanfte Stimme, die sich nicht aufdrängen wollte.

Antonia, auch die Knechte und Mägde wandten den Blick zu dem jungen Holzknecht, der in der Tür stand. Eiszapfen hingen in seinem Haar, er kam von draußen.

»Ich habe so etwas schon gesehen«, fuhr Gabriel fort. »Man nennt es *colica*, es ist ein Leiden des inneren Leibes.«

»Wo hast du es gesehen?«, fragte die Bäuerin.

»Bei einem Mann, der sich in genau solchen Schmerzen wand.«

»Wo war das, im Kloster?«

»Nein, woanders, ich weiß es nicht mehr. Ich weiß aber, wie ihm geholfen wurde.«

Antonia machte einen Schritt auf den Jungen zu. »Wie?«

»Darf ich Maria ein paar Fragen stellen?«

»Wozu?«

»Um zu erfahren, ob es sich um das gleiche Leiden handelt.«

Antonia setzte sich neben Maria auf die Kunst. »Frag sie.« Zu einem Knecht sagte sie: »Lauf ins Kloster. Hol Pater Berengar. Nimm die Schneeschuhe, eine Lawine hat den Weg zur Nordkuppe versperrt.«

Der Knecht zog seine Jacke über und griff sich die nächstbesten Haselnussrahmen. Sie waren zum Oval gebogen und mit Lederriemen zu Schneeschuhen geformt worden. Er ging ins Freie und schnallte sie an. Gleich darauf hörte man ihn in die weiße Landschaft davonstapfen.

Gabriel trat näher. Die Magd, die zu Marias Füßen saß, machte Platz. »Hast du in letzter Zeit normal ausgeschieden?«

Das Mädchen schwieg und keuchte, sah seine Mutter an.

»Sag es ihm.« Antonia ließ den Jungen nicht aus den Augen.

»Schwer war es mir manchmal, besonders das Wasser«, antwortete Maria.

»Der Kot also nicht?«

»Nein, ich habe gut geschissen.« Sie wand sich.

»Das Wasser fiel dir also schwer?« Ohne die Erlaubnis der Bäuerin abzuwarten, legte Gabriel seine Hand auf Marias Bauch.

»Ja, das kommt schwer in letzter Zeit.«

»Hast du Blut im Wasser entdeckt?«

»Nicht im Wasser. In meiner Wäsche. Ich dachte, das sei ...«

»Du dachtest, es komme von deinem monatlichen Blutfluss?«

Es wurde still in der Stube. In der Bergregion hatte sich der Glaube bewahrt, dass Frauen, die ihren Zyklus hatten, keine Sahne schlagen sollten, weil sie sonst sauer würde. Sie sollten kein Obst und Gemüse einkochen und durften auch nicht beim Schlachten helfen. Wer eine Frau während ihres Blutflusses berührte, blieb unrein bis zum selben Abend. So lautete die Regel. Dass der fremde Junge unbefangen davon sprach, verwirrte nicht nur die Mägde, auch die leidende Maria.

»Ja, da war Blut«, sagte sie schließlich. »Nach dem Wasserlassen.«

»Die *colica* kommt aus Marias Niere«, sagte Gabriel zu Antonia. »Dort sitzt das Leiden.«

»Woher willst du das wissen?«

»Ich habe es bei jenem Mann erlebt. Er wäre wohl gestorben, hätte man ihm nicht geholfen.«

»Wer half ihm?«, fragte Antonia.

Gabriel atmete tief durch und lächelte. »Ich war es.«

»Du?« Antonia war keine gebildete Frau. Sie gründete ihr Leben auf Erfahrungen und vertraute ihrem Gefühl. Antonia fühlte, dass sie dem Jungen, dessen Hand sanft auf Marias Bauch lag, Glauben schenken konnte. Es hätte genügend Gründe für Misstrauen und Ablehnung gegeben, doch Antonia wusste, dass es noch Stunden dauern konnte, ehe Pater Berengar hier eintreffen würde, wenn er überhaupt kam. Der junge Mensch, von dem so eine eigenartige Konzentration und Kraft ausging, war möglicherweise der Einzige, der Marias Schmerzen lindern konnte.

»Wie hast du dem Mann damals geholfen?«

»Zunächst habe ich ihn warmgehalten, das hast du schon getan. Danach habe ich Walderde genommen.«

»Erde – wozu?«

Gabriel blickte zum Großknecht hoch. »Habt ihr Weißtannen in eurem Wald? Ich habe beim Schlagen noch keine entdeckt.«

Großknecht Steffen war der Älteste im Haus. Er hatte bereits dem Vater Anton Steinhauers als Knecht gedient. »Nur im Hurzenwald«, antwortete er. »Alle anderen Weißtannen sind vor Jahrzehnten abgehauen worden. Aber an die Erde kommst du nicht heran. Alles ist zugeschneit und tief gefroren.«

»Nicht überall«, widersprach Gabriel. »Auf der windabgewandten Seite gibt es freie Flecken.«

»Was hat es mit dieser Erde auf sich?«, fragte Antonia.

»Unter den Weißtannen trägt die Erde etwas in sich, eine Heilkraft, die man nicht sehen kann. Vielleicht ist es ein Same, vielleicht ein winziges Tier, ich weiß es nicht. Daraus habe ich einen Sud gemacht und dem kranken Mann zu trinken gegeben.«

»Ein Sud aus Erde?«, brummte Steffen ungläubig.

»Wie lange dauert das?« Antonia hielt den Kopf des Mädchens fest, da es wieder zu wimmern begann.

»Wir sollten gleich losgehen. Du zeigst mir den

Weg«, sagte Gabriel zu Steffen und beugte sich über Maria. »Atme ruhig ein und aus.« Er legte die Hand auf ihre Brust und kontrollierte das Heben des Brustkorbs. »Der Schmerz weiß, dass du Angst vor ihm hast. Den Schmerz freut deine Angst. Er will, dass du dich vor Angst verkrampfst, dann kann er noch heftiger zubeißen.« Gabriel lächelte. »Den Gefallen tust du dem Schmerz aber nicht. Du atmest ruhig weiter, so verliert er seine Macht über dich.«

Das Mädchen ließ den Atem ausströmen, ihr Brustkorb hob sich, und wirklich, Maria wurde ruhiger, ihre angewinkelten Beine streckten sich langsam aus.

»So ist es besser, nicht wahr?«

»Ja, es ist besser.« Tränen der Dankbarkeit rannen ihr über die Wangen.

»Ich gehe und hole, was dir hilft.« Er wollte aufstehen.

»Bleib«, wimmerte Maria und ergriff seine Hand.

»Kann Steffen die Erde nicht holen?«, fragte Antonia.

»Ich mache es selbst.« Gabriel legte Marias Hände in die der Mutter und trat zur Tür.

»Wer hat dir beigebracht, wie du dem Mann damals helfen konntest?«, rief die Bäuerin ihm nach.

»Der Kranke selbst.« Gabriel griff zu den Schneeschuhen.

»Wurde er wieder gesund?«

»Gesund nicht, aber er hat den Anfall überlebt.« Er fuhr sich durchs feuchte Haar, das Eis war in der Stube geschmolzen. »Wir nehmen Schaufel und Spitzhacke mit«, sagte er zu Steffen, der schon in den winterlichen Nebel trat.

Nachdem sie gegangen waren, wurde es in der

Stube so still, dass man das Knurren des Feuers im Ofen hörte.

Man sollte meinen, dass keiner sich von einem Topf gekochter Erde eine heilsame Wirkung erwarten würde. Das Gegenteil war der Fall. Andächtig umstanden die Mägde und der Großknecht Gabriel, während dieser einen Klumpen des gefrorenen Waldbodens, in dem faserige Wurzelreste hingen, in kochendes Wasser senkte. Die Erde taute auf, tote Ameisen trieben auf der Oberfläche. Nach und nach verwandelte sich das Gebräu in einen Brei, schließlich in einen Sud, den Gabriel mit dem Sieb abseihte. Er gab getrocknete Brennnesseln dazu und Honig zum Süßen. Inzwischen hatten die Mägde Marias Bett aus dem Oberstock nach unten gebracht und neben dem Ofen zurechtgemacht. Antonia betrachtete das trübbraune Gesöff, das Gabriel brachte, und half der Patientin, sich aufzurichten.

»Und wenn du sie damit vergiftest?«

»Sie hat das Gift schon in sich. Es sitzt in ihrer Niere. Der Sud soll das Gift austreiben.«

»Und wenn dein Mittel versagt?«

»Könnte es Maria noch schlechter gehen als jetzt?«, entgegnete Gabriel freundlich. »Willst du lieber auf Pater Berengar warten?«

Antonia schaute in die hellen ernsten Augen des Jungen. Sie selbst hielt ihrer Tochter den Becher an die Lippen. »Trink.«

Mehrmals verzog Maria angewidert das Gesicht, doch schließlich hatte sie alles ausgetrunken.

»Und jetzt?«

»Jetzt warten wir, bis der Wirkstoff in die Niere gelangt.« Gabriel setzte sich auf die Kunst. »Wir werden einfach warten.«

Maria wischte sich den Mund ab, ihr Handrücken war dreckig braun. Im Hintergrund stand Antonia und strich sich die Schürze glatt. Draußen fiel die Dämmerung ein. Pater Berengar war nicht gekommen.

5

RUPERTS BEDENKEN

Maria war bleich und noch sehr schwach, doch niemand konnte bestreiten, dass es ihr besser ging. Zweimal noch hatte ihr Gabriel von dem Sud zu trinken gegeben, und schon am Morgen nach dem Tag voll Schmerzen konnte sie wieder leichter Wasser lassen. Er hatte sie ihre Notdurft in ein Becken aus Blech verrichten lassen und den Harn geprüft. Mit einem Löffel nahm er helle Körnchen aus dem Urin auf.

»Nierengrieß«, erklärte er der Bäuerin. »Ein Segen, dass Maria ihren Anfall so früh hatte. Wäre der Grieß zur Größe von Kieselsteinen angewachsen, hätte ich ihr nicht mehr helfen können.«

Antonia betrachtete die gelblichen Körner. »War das genauso bei dem Mann, dem du geholfen hast?«

»Bei ihm dauerte es länger, und er hatte weit schlimmere Schmerzen.«

»Wer war er?«

»Ich weiß es nicht.« Der Blick des Jungen war offen und klar.

»Wie kannst du nicht wissen, wer es war, obwohl du ihm das Leben gerettet hast?«

»Jene Zeit ist aus meinem Gehirn verschwunden.«

»Von welcher Zeit sprichst du?«

»Die Zeit, bevor ich ins Kloster kam. Ich finde sie in meinem Kopf nicht wieder.« Gabriel klopfte an seine Schädeldecke. »Vielleicht ist sie noch da und hat sich nur versteckt. Ich kann es dir nicht sagen.«

Beide betrachteten die schlafende Maria. Seit der Schmerz von ihr gewichen war, schlief sie fast den ganzen Tag. Ein Ausdruck großer Erleichterung lag auf ihren Zügen.

»Ich gehe jetzt zur Arbeit.« Gabriel griff nach seiner Jacke.

»Danke«, sagte Antonia. »Ich danke dir.«

»Ist Pater Berengar inzwischen hier gewesen?«, fragte er in der Tür.

»Er wird nicht kommen. Die Lawine macht es unmöglich. Der Pater ist zu alt, um durch den Schnee zu klettern. Sobald der Schnee geschmolzen ist, werde ich hinaufgehen und ihm alles erzählen.«

Gabriel nahm seine Axt, die Schneeschuhe und folgte den Knechten in den Wald.

Rupert Steinhauer war ein guter Kerl, ein junger Kerl, den alle mochten. Obwohl er schon fünfundzwanzig war, hatte er noch keine Frau gefunden. Nicht mehr lange, so fürchtete er, und die Leute würden zu reden anfangen, wieso er keine abkriegte. Man würde munkeln, ob er womöglich *anders* sei. Rupert war nicht anders, doch seine Lage erschien ihm äußerst schwierig. Solange er denken konnte, war er verliebt in Maria, seine Base. Die wundersame, sanfte, die reizende Maria war die einzige Frau, nach der Rupert sich sehnte und immer sehnen würde. Darum hatte er beschlossen, sie eines Tages zur Gemahlin zu nehmen. *Eines Tages* war der Begriff, mit dem Rupert sein ganzes weiteres Leben plante. Eines Tages würde er Maria ehelichen, eines Tages würde er Bauer auf dem

Steinhauerhof werden, eines Tages würde er ein zufriedener, glücklicher Mensch sein und nicht mehr der scheue, zögerliche Rupert, dem niemand böse sein konnte, den aber auch niemand besonders ernst nahm.

Klein war er, dabei kräftig, sein Haar lichtete sich früh, weshalb er es von hinten nach vorne in die Stirn scheitelte. Wer Rupert genauer betrachtete, entdeckte ein neugieriges Gesicht mit sehnsuchtsvollen Augen. Doch niemand nahm sich die Zeit, Rupert genauer zu betrachten. Da er nichts unternahm, um jenen Tag, an dem sich sein Glück erfüllen würde, herbeizuführen, blieb dieser Tag in ewig gleicher Ferne.

Rupert war Marias Cousin ersten Grades, das ließ die Ehe mit ihr so schwierig erscheinen. Andererseits war Schrötten ein derart abgelegenes Dorf, dass die Verehelichung von Verwandten oft die einzige Möglichkeit war, sich fortzupflanzen. Beispiele gab es in Schrötten genügend, Beispiele, die einen das Gruseln lehren konnten. Rupert war der mittellose Neffe der Steinhauerfamilie, ein Köhlerkind, das nach dem Tod der Eltern zu Onkel und Tante auf den Hof nach Schrötten gekommen war. Normalerweise hätte Rupert kein Anrecht gehabt, zum Bauern aufzusteigen, doch da Antonia und Maria, die Erbinnen, Frauen waren, hielt er seine Hoffnung nicht für abwegig, dass nach Antons Tod die Reihe an ihn kommen würde.

Neben der Arbeit auf dem Hof kümmerte sich Rupert manchmal um den verkrüppelten Onkel. Er tat es gern, weil er Anton mochte. Er brachte dem Gelähmten seine Suppe und redete vor dem Einschlafen mit ihm. Das gab Rupert die Gelegenheit, zu beobachten, wie der ehemals starke Bauer schwächer und schwächer wurde. In seiner Einbildung sah sich Rupert dann als neuer Herr des Hofs, der an Antons Grab die Trauerrede hielt. War Anton eingeschlafen, übte Rupert leise die Worte, die er beim Leichenbegängnis sagen würde. In solchen Minuten fühlte er sich eins mit seinem Schicksal und wusste, dass er Maria eines Tages glücklich machen würde.

Deshalb kam es für Rupert einer Katastrophe gleich, wie freundlich und liebevoll Maria den neuen Holzknecht behandelte, seit dieser ihr durch Quacksalberei das Leben gerettet hatte. Rupert glaubte keinen Augenblick daran, dass ein Topf verkochter Erde der Grund für ihre Genesung gewesen war. In Schrötten kamen die Krankheiten ganz einfach, und sie gingen wieder, so war das immer schon gewesen. In der Höhe hatte man keine Zeit, sich darum zu kümmern. Rupert war sicher, dass Maria von selbst genesen war. Dass ausgerechnet der dahergelaufene Kerl mit seinem langen, affig blonden Haar ihre Zuneigung gewonnen hatte, ließ den sanften Rupert in eine Unruhe geraten, die er an sich nicht kannte. Ein anderer als er hätte wohl nicht lange tatenlos zugesehen, wie Maria die Nähe des Fremden suchte, ihm beim Essen die schönsten Stücke zuschob und beim Sitzen auf dem Ofen den Platz an ihrer Seite freihielt. Ein anderer als Rupert hätte den Neuen in seine Schranken gewiesen und an den untersten Platz bei Tisch verbannt. Aber Rupert war die Harmlosigkeit in Person, ihm lag der schroffe Ton nicht, den Antonia sich angewöhnt hatte, seit sie den Hof führte. Ihm war es nicht gegeben, sein Revier gegen den Rivalen zu behaupten. Ein Mann wie Rupert war zur Ohnmacht verdammt, besonders da sein Gegner so hübsch war, so viel Zuversicht besaß und durch sein herzliches Wesen überall Freundlichkeit erregte. Insgeheim gestand Rupert sich ein, dass er Gabriel bewunderte und sich wünschte, dessen Freund zu sein, doch die Liebe zu Maria zwang ihn, gegen seine Natur zu handeln.

Rupert arbeitete nicht mit den Knechten im Wald, seine Pflichten beschränkten sich auf den Hof. Er versorgte das Vieh, mistete aus, spaltete Brennholz, half dem Schlachter, wenn eine Sau gestochen wurde, und hängte die ausgebluteten Speckseiten in die Räucherkammer. Einmal im Monat fuhr Rupert ins Tal, um jene Lebensmittel, die der Hof nicht abwarf, auf dem Markt zu kaufen und in die Höhe zu befördern. Abwärts ging es mit dem großen Schlitten leicht. Rupert bediente die Bremse, und der Wallach, ein junger Württemberger, lief angeleint dahinter her. Bergauf wurde es beschwerlich. Der Württemberger zog den beladenen Schlitten durch den Tiefschnee, während Rupert mitlief und an steilen Stellen schieben musste.

Es geschah an einem trüben Märztag, die Schröttener hatten den Glauben, dass irgendwann der Frühling für sie kommen würde, schon fast aufgegeben. Unten im Tal, erzählte der Postbote, der alle sechs Wochen in die Höhe stieg, seien die Schneeglöckchen hervorgeschossen und die Märzenbecher, die meisten Wiesen seien schneefrei. In Schrötten hingegen schneite es noch immer. Zum ungezählten Male waren die Wege nur auf Schneeschuhen und mit dem Schlitten passierbar. Das Brennholz ging zur Neige, das Gemüt der Leute verdüsterte sich täglich stärker.

Mit dem leeren Schlitten machte sich Rupert in die Marktgemeinde auf. Hinter ihm stampfte der Wallach durch den Tiefschnee. Wie immer nahm Rupert die

Schneise durch den Hurzenwald. Da er vor Einbruch der Dunkelheit wieder zu Hause sein wollte, brach er im ersten Morgengrauen auf. Rupert liebte die frühe Stunde, wenn die Welt noch rein war und unschuldig. Umso erstaunter war er, im Wald jemanden anzutreffen, der noch früher unterwegs war als er selbst. Rupert zog die Bremse. Das Pferd hob den Kopf und begann, die Spitzen eines Fichtenzweiges abzuknabbern. Rupert schnallte die Schneeschuhe an, lief ein paar Schritte und wollte sich bemerkbar machen, doch rasch besann er sich, stand da und schaute.

Gabriel hatte seine warmen Sachen abgeworfen, Jacke, Schal und Mütze hingen über einem Ast. In Hemd und Hose bewegte er sich durch den Schnee, auf nackten Füßen. Er hob die Arme, ließ sie über dem Kopf kreisen, drehte sich um sich selbst und machte einen Sprung. Rupert schlich näher, um das unerklärliche Gebaren genauer zu betrachten. Da vermeinte er, Musik zu hören. Rasch versteckte er sich hinter einer Kiefer. Die Musik kam aus dem Mund des Holzknechts. Gabriel sang in langen, sehnsuchtsvollen Tönen. Rupert hätte nicht sagen können, ob dies liturgischer Gesang war oder ein fantastisch erfundenes Lied, das der Bursche ausstieß. Weshalb sang er überhaupt, warum tanzte er, wieso tat er es auf nackten Füßen? *Verrückt*, dachte Rupert. Der neue Holzknecht musste verrückt sein. Er, der Maria den Kopf verdreht hatte, war selbst nicht ganz richtig im Kopf. Ein überraschtes Lächeln überzog Ruperts sonst so verzagtes Gesicht.

Auch die Schröttener sangen und tanzten, wenn im Frühling der Maibaum errichtet wurde oder man im Herbst die Kühe von den Almen holte. Sie tanzten auf Dorffesten, sangen in der Kirche und während der Raunächte zur Hausmusik. Aber einer, der sich während dieser Kälte, bei der nachts die Vögel tot von den Bäumen fielen, auszog und durch den Schnee sprang, war ein Kauz, ein Spinner. Ein Kerl, der wochentags Fichten fällte und abends Mehlsuppe aß, im Morgengrauen aber in den Wald schlich, um zu tanzen, so einer konnte den Schröttenern nicht geheuer sein. Deshalb mussten sie davon erfahren, dachte Rupert. Den kranken Trieb eines Baumes musste man kennzeichnen oder abhauen, bevor er den gesunden Stamm gefährdete. Rupert sah es als seine Aufgabe an, das zu besorgen. Er wollte das Dorf vor Gabriel warnen und wusste auch schon, bei wem er den Anfang machen würde. Während des Nachtmahls wollte er Maria die Begebenheit erzählen, damit auch sie den blonden Holzknecht mit anderen Augen sehen und den treuen Rupert, der stets das Wohl des Hofes im Auge hatte, loben würde.

Rücklings, Schritt für Schritt, zog Rupert sich vor dem tanzenden Jüngling zurück, erreichte Pferd und Schlitten und setzte seinen Weg ins Tal fort.

6

DER BRUCH

Während der starren Jahreszeit war nicht die schwere Arbeit täglicher Begleiter der Menschen, sondern Eintönigkeit und Dunkelheit. Zweimal am Tag wurde dem Vieh Heu von der Tenne herabgeworfen, einmal die Woche wurde ausgemistet. Man räucherte Speck, man stopfte Würste. In der Dämmerung wurde gebetet und gegessen, man starrte vor sich hin, bis die Kerze erlosch oder der Kienspan. Manchmal wurde aus der Bibel vorgelesen. So verging ein Wintertag. Die einzige Arbeit, die im Winter getan werden musste, war das Fällen der Bäume. Während der Wald im Winterschlaf lag, wurde sein Holz geschlagen, von Ästen befreit, geschält, geschnitten und von Pferden aus dem Wald geschleift. Bevor der neue Saft im Frühling in die Stämme schoss, mussten die Sägen und Äxte wieder ruhen.

Ein Knochenbruch während der Wintermonate galt als unbedenklich. Man renkte den Knochen ein, schiente ihn und schonte das Bein so lange, bis der Frühling kam. Da die Leute das Schienen selbst besorgten, wurde es selten fachgerecht gemacht. Manchmal hinkte der Kranke danach für den Rest seines Lebens.

Als Rupert Steinhauer am Abend seiner Ausfahrt mit hochbepacktem Schlitten wieder den Berg hochkam und die allerletzte Kuppe überwand, ließ sein

Pferd mit einem Mal im Ziehen nach. Der Schlitten rutschte rückwärts, stieß Rupert um, er stolperte und fiel in den Schnee. Bevor er es verhindern konnte, überfuhr die Schlittenkufe sein linkes Bein. Schien- und Wadenknochen brachen mitten durch. Rupert schrie, mehr vor Schreck als vor Schmerz. Unter dem Schlitten liegend feuerte er den Wallach an, vorwärts zu laufen und wieder anzuziehen. Ein zweites Mal fuhr die Kufe über Ruperts Bein, bevor er sich am Schlitten festhielt und durch den Schnee schleifen ließ, bis er auf diese Weise vor dem Tor des Hofes ankam.

Rupert rief um Hilfe. Einige Zeit geschah nichts. Schließlich trat die dumme Magd aus dem Haus. Die dumme Magd hatte auch einen Namen, aber jeder auf dem Hof nannte sie nur die Dumme. Rupert wäre es lieber gewesen, Antonia hätte ihn gefunden, sie wusste, was zu tun sei. Die dumme Magd trat auf die Schwelle und fragte ihn, warum er nicht aufstehe.

»Ich kann nicht«, rief er mit zusammengebissenen Zähnen.

»Warum nicht?«

»Mein Bein ist gebrochen.«

Die Dumme presste die Hände gegen ihre Schürze. »Ach, du liebe Güte.«

»Hol Hilfe.«

»Wie ist denn das passiert?«, wollte die Dumme wissen.

»Hol jemanden. Hol die Bäuerin.«

»Ja, ich will die Bäuerin holen.« Die Magd verschwand im Haus. Als wieder eine Zeit lang nichts geschah, machte Rupert sich erneut bemerkbar.

Zum zweiten Mal trat die Dumme aus dem Haus. »Was ist?«

»Hast du der Bäuerin Bescheid gesagt?«

»Noch nicht.«

»Warum nicht?«

»Ich habe sie nicht gefunden.«

»Hast du es jemand anderem ausgerichtet?«

»Ich dachte, die Bäuerin soll ich holen.«

»Hilfe!«, rief Rupert, da er nicht länger mit zerschlagenen Knochen in der Kälte liegen wollte. »Helft mir!«

Die Hilfe kam von dem einzigen Menschen, dessen Hilfe Rupert nicht wollte, von dem Jüngling, der singend im Wald tanzte und den Rupert dafür anschwärzen wollte. Während der Schlittenfahrt zu Tal, während seiner Besorgungen auf dem Markt, auch während des Aufstiegs hatte Rupert verschiedene Möglichkeiten erwogen, wie er das anstellen sollte.

Gabriel trat aus dem Haus, umrundete den Schlitten, entdeckte die Blutspur im Schnee, erkannte, was passiert war, und beugte sich zu dem Liegenden. »Beweg dich nicht.« Er lief in den Stall und kam mit dem langen Holzgitter wieder, das sonst über eine Blechwanne gelegt wurde, wenn eine frisch geschlachtete Sau ausbluten sollte. Gabriel hob Rupert auf das Gitter, achtete darauf, dass dessen Bein nicht verschoben wurde, und verständigte den Großknecht.

Während Rupert vor Kälte schlotternd hilflos dalag, gingen ihm missgünstige Gedanken durch den Kopf. Nur weil der blonde Kerl Maria eine eklige Brühe eingeflößt hatte, spielte er sich auf, als wäre er ein Medicus. »Antonia, Tante!«, schrie Rupert aus Leibeskräften und hieb mit der Faust in den Schnee.

Aber nicht die Bäuerin, sondern Gabriel kam aus dem Haus, gefolgt von Steffen und dahinter – Ruperts

Schmerz steigerte sich noch –, dahinter tauchte Maria in der Türöffnung auf. Sie hatte eine Decke um die Schultern geschlungen.

»Rupert, ach, wie ungeschickt«, rief das Mädchen.

Maria meinte es nicht böse, sie wollte doch nur sagen, dass sich die Krankheitsfälle im Steinhauerhof gerade unglückselig häuften, doch dies eine Wort fuhr Rupert heftig ins Gemüt – *ungeschickt*. Er war der ungeschickte Cousin, der ungeliebte Verwandte, den man duldete, ein kleiner Niemand war er, der immer noch nicht gelernt hatte, wie man einen Schlitten lenkte. Armselig lag er im Schnee und musste zusehen, wie der schöne Gabriel Anweisung gab, die improvisierte Bahre hochzunehmen und ins Haus zu tragen. Er ging voran, liegend musterte Rupert Gabriels starken Rücken, das weiche Haar fiel ihm über die Schultern. Während er an Maria vorbeigetragen wurde, bemerkte Rupert, dass die Base ihn kurz besorgt ansah, den Blick aber gleich wieder zu Gabriel hob.

»Die Mutter ist nicht im Haus«, sagte sie. »Könntest du Rupert versorgen?«

»Nein! Nicht Gabriel«, rief Rupert, während er am Gesinde vorbei in die Stube befördert wurde. »Ich warte gern auf die Bäuerin.«

Maria lächelte. »Die Mutter ist ins Kloster hochgestiegen, um mit Pater Berengar zu sprechen. Sie wird erst spät zurück sein. So lange kann dein Bein nicht warten.«

Wie reizend sie war, wie sprechend ihre Augen. Der zarte Hals neigte sich zur Seite, während sie das sagte, ihre kleinen Hände hielten die Decke um die Schultern fest, darunter erspähte Rupert Marias Mieder. In diesem Augenblick liebte er sie noch mehr als sonst, und grausam wurde ihm bewusst, dass ihr Blick zu Gabriel schweifte, der Anweisung gab, den Esstisch freizuräumen, damit man Rupert darauflegen könne, das Küchenmesser holte und dessen Hose aufschnitt.

Als der Bruch sichtbar wurde, verstummten alle in der Stube. Die dumme Magd schnappte nach Luft.

»Was? Was ist?« Rupert wollte sich aufrichten.

»Bleib liegen.«

Ein Wink Gabriels zum Herrgottswinkel, Steffen brachte den selbstgebrannten Birnenschnaps.

Gabriel setzte Rupert die Flasche an den Mund. »Trink.«

Da er ahnte, was nun kommen würde, nahm Rupert einen kräftigen Schluck.

Gabriel holte einen Holzlöffel aus der Schublade und hielt ihn Rupert vor die Augen. »Darauf sollst du beißen.«

»Was willst du tun?«, flüsterte der Liegende.

»Ich muss sie auseinanderziehen.«

»Auseinanderziehen?«

»Deine Knochen.« Gabriel hob den Blick. »Steffen, das Seil.«

Wie von Zauberhand tauchte hinter dem Rücken des Großknechts ein derber Strick auf. Gabriel band das eine Ende um das Fensterkreuz, das andere wand er um Ruperts Fuß.

»Was … Nein … Bitte … Die Bäuerin soll … Nein!«, stammelte Rupert. Er spürte, wie der Großknecht ihn an beiden Schultern packte, und sah, dass Gabriel sich mit vorgestreckten Händen über das gebrochene Bein beugte.

Gabriel hob den Blick. »Jetzt«, sagte er zu Steffen.

Der Großknecht zog Rupert nach hinten, während sein Fuß durch das Seil festgehalten und sein Bein in die Länge gezogen wurde. Er schnappte nach Luft und hätte sich vor Schmerz und Schreck wohl die Zunge abgebissen, hätte der Löffel nicht darin quergelegen. Gabriel hantierte rasch und konzentriert, schob die Knochenenden aneinander und prüfte, ob die Bruchstellen zusammenpassten. Auf sein Zeichen reichte ihm Maria zwei Bretter, wie sie beim Ausbessern von Innenverschalungen verwendet wurden, und presste sie gegen Ruperts Bein. Ein Laken war in Streifen gerissen worden, Gabriel umwickelte damit die Schienen, zog sie fest und fester, bis Rupert aufschrie, und verknotete sie zu beiden Seiten.

»Wir werden die Schiene von Zeit zu Zeit lockern«, sagte er zu Maria, »damit der Blutfluss nicht abgeschnitten wird. Im Übrigen glaube ich, dass es uns geglückt ist.« Gabriel beugte sich über Rupert. »Du kannst den Löffel aus dem Mund nehmen.«

Während Rupert noch einmal Schnaps eingeflößt bekam, übermannte ihn ein Gefühl, wie er es selten im Leben gehabt hatte. Er spürte, dass er diesen Jungen lieben müsse, nicht verachten, dass er seine Freundschaft suchen sollte, statt dessen Geheimnis auszuplaudern. Die Sache mit dem Tanz im Wald kam Rupert plötzlich nicht mehr verrückt vor, sondern zauberhaft und rührend. Er genoss es, sich dem blonden Holzknecht unterlegen zu fühlen. Dieser Bursche mit seiner besonderen Gabe zu heilen war jemand, dessen Schutz man suchen durfte, er war ein Besonderer, das wurde Rupert endlich klar.

Im nächsten Augenblick ergraute dieses Gefühl jedoch in ihm, es wurde steif und kalt und tödlich. Der dahergelaufene Lump, dessen Herkunft niemand kannte, hatte vor, Rupert alles wegzunehmen, was ihm durch Geburt und Leistung zustand. Dieser Jüngling würde Ruperts Leben zerstören. Der Lump hatte ja schon damit begonnen – er erschlich sich Marias Liebe. Gerade fragte sie Gabriel lächelnd, woher er all das wisse, worauf der Holzknecht bescheiden schwieg. Mit welchem Recht maßte er sich an, als Heiler aufzutreten? Der ungebildete Kerl war viel zu jung, um etwas über Medizin gelernt zu haben. Eigenmächtig und über den Kopf der Bäuerin hinweg hatte er Rupert behandelt.

Während die Hausgemeinschaft Gabriel beglückwünschte und ihm dankte, entstand ein dunkler Klumpen in Ruperts Bauch, der größer und größer wurde, ein schwarzer, bitterer Klumpen, und darin eingeschlossen lauerte ein mächtiges, unbezwingliches Gefühl von Hass.

7

AM WEIHER

Der Frühling kam im Mai. Während in den Tälern des südlichen Schwarzwalds Millionen Bienen die Apfelblüte umschwirrten, während neugeborene Rehkitze, zwischen Farnen versteckt, von der Mutter trockengeleckt wurden, begann in Schrötten der Schnee langsam zu schmelzen, erst auf den Südhängen, später tauchten auch im Westen graubraune Flecken auf, die zögerlich grünten. Die Birnbäume waren noch kahl, auch die Buchen, nur die Birken zeigten Mitte Mai den ersten verheißungsvollen Flaum.

Die Menschen atmeten auf. Vier kurze Monate lang würden sie nun weniger frieren. Wegen der kurzen Spanne, die ihnen blieb, begannen sie eilig die Böden zu bestellen. Alle Pferde des Ortes wurden in die Pflüge gespannt. Was nicht schon im Herbst in die Erde gesenkt worden war, musste rasch ausgesät werden, Getreide, Mais, Kartoffeln. Man holte den Zuchtbullen aus dem Tal und den mächtigen Eber, auch den Ziegenbock. Bulle, Bock und Eber taten ihre Pflicht, die Kaninchen pflanzten sich eigenständig fort. Im Spätsommer würden die Kühe kalben, und es würde reichlich Ferkel geben. Die Zäune wurden ausgebessert, damit das Vieh auf die Weide gebracht werden konnte, sobald das Gras hoch genug wäre. Wie mühevoll die Natur in Schrötten erwachte, konnte man an dem Schneefeld auf der Nordkuppe beobachten, wo selbst im Juni noch schmutzig graue Reste von Schnee die Wiese bedeckten. Im April hatte man die Lawine händisch abgetragen, der Weg zum Kloster war endlich wieder frei. Pater Berengar hatte bald darauf den Steinhauerhof besucht und Maria kerngesund vorgefunden. Er hatte die Schienen von Ruperts Bein entfernt und festgestellt, dass die Knochen anständig zusammengewachsen waren. Für beides, so hatte der Pater staunend erfahren, war Gabriel verantwortlich.

»Es handelt sich um eine Milbe«, erklärte Berengar der Bäuerin. »Es gibt keinen Namen für sie, aber diese Milbe sitzt vorzugsweise in den Wurzeln der Weißtannen. Der Kot der Milbe enthält einen Wirkstoff, der noch kaum erforscht ist, aber auch ich habe schon gehört, dass Walderde bei Nierenleiden eingesetzt wurde. Man hat die Erde als heiße Schlammpackung auf dem Rücken des Leidenden aufgetragen. Dass man den Sud auch trinken kann, ist mir neu.«

Die Bäuerin, der Holzknecht und Maria saßen mit dem Pater unter dem Apfelbaum, den der Westwind so gefährlich schief gelegt hatte, dass man fürchten musste, er könne jederzeit niederbrechen. Der alte Mann wandte sich zu Gabriel.

»Du hast unsere Maria also geheilt«, lächelte Berengar. »Willst du mir nicht verraten, woher du das alles weißt?«

»Es gibt nichts zu verraten«, antwortete Gabriel. »Ich weiß es, aber weiß nicht, woher ich es weiß.«

»Sonderbar.« Berengar trank vom Birnenmost, er schmeckte bitter, denn er war mittlerweile zu stark vergoren. »Ich soll Grüße ausrichten. Unser Abt erkundigt sich, wie du dich eingelebt hast.«

»Wir wüssten gar nicht mehr, was wir ohne Gabriel anfangen sollten.« In Marias Stimme lag ein Lachen, als sie das sagte.

Ihre Mutter und der Pater sahen das sonst so scheue Mädchen überrascht an. »Wir haben uns an Gabriel gewöhnt«, stellte Antonia klar.

»Was meinst du dazu, mein Sohn?« Der Pater schob das halb volle Glas zurück.

Gabriel saß da, die Hände auf den Knien, sein Blick ging von Maria zur Bäuerin und zum Pater. »Es ist gut so, wie es ist.«

»Das freut mich.« Berengar lächelte. »Eines Tages, da bin ich sicher, wird es dir wieder einfallen.«

»Was soll mir einfallen, Bruder Berengar?«

»Woher du so viel über die Heilkunst weißt.« Obwohl die Augen des alten Mannes zwischen tiefen Falten verborgen lagen, musterte er den Jungen aufmerksam. »Unser Abt meint, du solltest uns wieder einmal besuchen kommen.«

»Im Kloster?« Gabriel sah Antonia an.

»Natürlich kann er hinaufsteigen«, antwortete die Bäuerin an seiner Stelle. »Wenn die Frühlingsarbeit getan ist.«

»Dann komme ich also im Sommer.«

Gerade brachen die Knechte auf, um junge Fichten zu fällen, mit denen die Zäune ausgebessert werden sollten. Gabriel nahm seine Axt und folgte den Knechten. Der Benediktinermönch sah ihm noch eine Weile nach.

Antonia Steinhauer war die angesehenste Frau des Dorfes. Jeder zollte ihrer Leistung Respekt, Haus, Hof und Gesinde durch die Jahreszeiten zu führen.

Manchmal spürte sie die bewundernden Blicke der Schröttener, die ausdrückten, dass die Steinhauerin immer noch schön sei. Antonia hatte ihren Mann vor Zeiten sehr geliebt, heute umhegte sie ihn so einfühlsam, wie es ihre Zeit erlaubte. Anton hatte sich stark verändert. Nicht sein körperlicher Verfall machte ihr zu schaffen, sondern die Tatsache, dass der einst geliebte Anton eigentlich nicht mehr da war. Seine Ausbrüche, seine Schmerzanfälle, die Wut und Verzweiflung darüber, dass er aus dem Gefängnis seines beschädigten Körpers nicht ausbrechen konnte, hatten eine böswillige Kreatur aus ihm gemacht, einen Plagegeist, von dem ihr schien, er wolle ihr das Leben mutwillig schwer machen.

Seit einiger Zeit gefiel es Anton, jede Nacht sein Bett vollzuscheißen. Allnächtlich legte Antonia ihm eine Windel an, doch obwohl er linksseitig vollkommen und rechts fast ganz gelähmt war, gelang es ihm, sich der Windel heimlich zu entledigen und seine Notdurft ins Laken zu verrichten. Antonia schämte sich für den entwürdigten Zustand ihres Mannes. Im Morgengrauen schlich sie ins Waschhaus, schrubbte die besudelte Wäsche und hing sie zum Trocknen auf. Sie liebte Anton, doch mittlerweile eher so, wie man einen alten Hund liebte, der einem früher viel bedeutet hatte und der seine letzten Tage nun in Frieden verbringen sollte.

Manchmal nach der Arbeit suchte Antonia den dunklen Weiher auf. Sein Wasser war moorig und selbst im Hochsommer eiskalt, weil ein Bach hindurchfloss. Dort pflückte sie dann Bärlauch und erfreute sich am stimmungsvollen Licht, das nachmittags zwischen den Eiben spielte. Meistens blieb sie länger, erinnerte sich an schöne Gefühle von früher und kam erquickt zurück, ohne sagen zu können, woran das lag.

Als Antonia an diesem Sonntag ein Geräusch vom Wasser hörte, erschrak sie kurz. Fische gab es keine in der trüben Brühe, auch Enten verirrten sich selten hierher, und niemand dachte im Traum daran, im Weiher zu baden. Und doch war es ein Schwimmer, der Antonia erschreckt hatte. In stetigen Stößen strebte er dem gegenüberliegenden Ufer zu, wo Birken die Böschung säumten. Dort ging er nicht an Land, sondern machte kehrt und schwamm zurück. Antonia hatte eine Ahnung, wer da badete, und freute sich, ihn zu verspotten, sobald er bei ihr ankam. Dieser Bursche war wirklich ein bisschen verrückt, das hatte sie von Anfang an bemerkt, nicht erst, seit Rupert erzählt hatte, wie er Gabriel singend und tanzend im Schnee beobachtet habe. Das Wasser mochte höchstens zehn Grad haben, doch er schien sich darin wohlzufühlen. Antonia hätte nur einen Schritt zu machen brauchen, um im Sonnenschein zu stehen, wo Gabriel sie von Weitem hätte sehen können. Doch sie zog es vor, im Schatten der Eiben zu bleiben.

Er tat die letzten Schwimmzüge, stand auf und watete an Land. Gabriel war nackt. Natürlich war er nackt, dachte Antonia, wieso sollte er seine Unterkleider im Moorwasser schmutzig machen? Hätte sie sich früher bemerkbar gemacht, wäre der Junge wohl nicht so ungezwungen aus dem Wasser gestiegen. Nun war es zu spät, hervorzutreten und ihn anzusprechen.

»Ich habe dich schon gesehen«, rief Gabriel, während er Schlamm von seinen Schultern streifte.

Antonia war die Bäuerin, sie herrschte über diesen Knecht, sie hatte es nicht nötig, sich vor ihm zu verstecken. Entschlossen trat sie ans Licht. »Wenn du mich gesehen hast, warum benimmst du dich so schamlos?«

»Schamlos?« Er säuberte sich weiter.

»Du bist nackt.«

»Ja, ich bin nackt. Ich habe gebadet.«

»Willst du dich vor mir nicht bedecken?«

»Sobald ich den Schlamm abgestreift habe.«

»Es ist unzüchtig.«

»Wenn du nicht hersiehst, ist es nicht unzüchtig.«

»Willst du mich etwa fortschicken?«, fragte sie im Ton der Bäuerin.

»Ich schicke dich nicht fort. Bitte bleib.«

»Wozu?«

»Es ist ein schöner Tag.«

»Zieh dich endlich an.«

Statt zu gehorchen, strich er das Haar aus der Stirn, bückte sich, schöpfte etwas Wasser in die Hand und goss es über seinen Bauch. Sie betrachtete seinen Rücken, sein junges Hinterteil, seine Knie und Waden und fragte sich, wieso seine Beine fast unbehaart waren. »Frierst du nicht?«

»Das Wasser ist angenehm. Du solltest es auch versuchen.«

Sie lachte. »Ich werde mich hüten.« Wieso lache ich, fragte sich Antonia. Weshalb greift der Junge nicht endlich zum Hemd, zur Hose. »Warum stehst du immer noch so da?«

»Ich warte, dass die Sonne mich trocknet.«

Sie trat vor ihn. »Wie alt bist du?«

»Das weiß ich nicht.«

»Vierzehn, oder vielleicht schon fünfzehn?«

»Vielleicht.«

»Hast du schon einmal ein Mädchen gehabt?«

»Ja«, antwortete er.

Vor Überraschung blieb sie einen Augenblick stumm. »Wirklich?«

»Ein rothaariges Mädchen.« Er überlegte. »Und ein blondes Mädchen. Es war schrecklich abgemagert.«

Antonia führte ein Leben ohne Zärtlichkeit. Sie nannte es ein gottesfürchtiges Leben, bei dem sie den Kopf frei hatte für die täglichen Verrichtungen einer Bäuerin. Ein Eheleben war es nur, was die Sitte und Moral betraf. Ein Gelähmter war Antonias Ehemann, auch geistig hatte ihn die Krankheit verkrüppelt. Nur selten hatte sie während der letzten Jahre an andere Männer denken müssen, wie die Jungen großspurig taten, wie die Reifen geduldig auf ihre Chance lauerten. Dass einer wie Gabriel ihr gefallen könnte, der noch gar kein richtiger Mann war, hatte sie sich nie vorgestellt.

Antonia packte Gabriel bei den Schultern, beugte sich vor und küsste ihn. Sie fühlte, wie ein Strahl aus Heiterkeit durch ihre Adern schoss, als tränke sie aus einem wunderbaren Brunnen.

»Gefällt dir das?«, fragte sie.

»Gefällt es dir?«

Er blieb ernst, doch sie meinte, dahinter ein hochmütiges Lachen in dem nackten jungen Mann zu spüren. Das ärgerte die Bäuerin. Sie umschlang ihn, küsste ihn wieder. Gabriel erwiderte den Kuss, trotzdem hatte sie nicht das Gefühl, dass er von der Situation beeindruckt war. Er benahm sich, als gäbe es nichts Natürlicheres, als mit seiner Dienstherrin nackt ins Farngesträuch zu sinken. Antonia selbst hätte Scham empfinden müssen. Jeden Morgen und Abend betete sie mit der Hausgemeinschaft, dass Gott sie nicht in Versuchung führen und mit einem frommen Leben beschenken möge. Doch Antonia fühlte keine Scham, sie genoss seine Zärtlichkeiten und verwünschte nur ihren gebauschten Rock, dessen sie sich im Liegen schwer entledigen konnte. Gabriel half ihr mit der Ruhe eines erfahrenen Mannes. Er war kein aufgeregter Jüngling, der seiner Erregung nicht Herr wurde. Er liebte Antonia mit Kraft. Rauschhaft war es und ging rasch vorüber. Das war ihr recht, an einem sonnigen Sonntag konnte jederzeit ein Schröttener am Weiher auftauchen.

Schweigend sortierte Antonia ihre Kleider, während Gabriel sich anzog. Sie standen voreinander. Kein Kuss, kein Streicheln mehr, nicht einmal ein Lächeln. Antonia wünschte sich, freundlich von ihm behandelt zu werden, doch der abwesende Ausdruck im Gesicht des Holzknechts erschreckte sie. Es kam ihr vor, als hätte er die Sache schon vergessen, wie ein Pferd, das zu grasen begann, nachdem es die Stute bestiegen hatte.

»Ich gehe zuerst«, sagte sie mit rauer Stimme.

Gabriel schlüpfte in seine Holzschuhe und spazierte am Ufer des schwarzen Weihers entlang. Kopfschüttelnd, mit einer dunklen Vorahnung trat Antonia den Heimweg an.

8

DIE LIEBE

Der Winter war übel für das Kloster ausgefallen. Die Lämmer hatten unter Wurmbefall gelitten, viele waren verendet, ohne dass man ihr Fleisch hätte einpökeln können. Die älteren Kühe gaben keine Milch mehr, Käse und Butter waren knapp geworden. Dorian war gezwungen, Vieh einzukaufen.

Es kam selten vor, dass sich der Abt nach Schrötten aufmachte. Er hatte eine Abscheu gegen dieses Dorf und entzog sich der Aura dumpfer Hoffnungslosigkeit, die dort herrschte, soweit er konnte. Wegen seiner Abgelegenheit verfügte Schrötten nicht über einen eigenen Pfarrer und war auf die religiöse Betreuung durch das Kloster angewiesen. Dorian beschränkte den geistlichen Beistand seiner Mönche auf ein Mindestmaß. Mehrmals hatte es schon Protest gegeben, weil ein Mönch für die letzte Ölung eines Sterbenden zu spät gekommen war. Der Abt reiste mit dem großen Wagen und hatte seine beiden kräftigsten Mönche als Gefolgschaft dabei.

Obwohl Demut bei den Benediktinern als oberstes Gebot galt, stieg Dorian mit einer gewissen gönnerhaften Herablassung vom Berg. Er war der einzige Abt im weiten Umkreis, sozusagen der geistliche Herrscher dieses Waldes. Hinter der Gewissheit, über das Schicksal dieser Menschen zu walten, verbarg sich der zweite Grund, warum er nach Schrötten wollte. Als

Dorian von Pater Berengar erfahren hatte, dass Gabriel es nicht für nötig hielt, in nächster Zeit das Kloster aufzusuchen, war er zunächst gekränkt gewesen. Hatte der Bursche denn nicht das Bedürfnis, seinen Gönner wiederzusehen? Zog er die primitive Gesellschaft der Bauersleute vor? Da der Abt keine andere Möglichkeit für eine Begegnung sah, war er nach Schrötten aufgebrochen, um seinen Schützling zu besuchen.

Eingehüllt in einen Mantel betrat Dorian den Dorfplatz. Er hatte die Mönche angewiesen, die Pferde auf der Weide grasen zu lassen. Als er sich dem Brunnen näherte, fühlte sich der Abt wie Harun al Raschid, der nachts unerkannt zwischen seinen Untertanen umherschlich und sie belauschte.

»Ein wahrer Engel ist er«, sagte eine Magd. Es war die Dumme vom Steinhauerhof.

»Was hat euer Holzknecht denn diesmal wieder vollbracht?« Mehrere Frauen von den Nachbarhöfen befüllten ihre Krüge.

»Er sammelt Kräuter und trocknet sie«, antwortete die Dumme. »Er kennt ihre Namen und sagt sie uns sogar. Mit jedem von uns spricht er so freundlich.«

Dorian fragte sich, worin die Besonderheit lag, wenn ein Holzknecht mit dem Gesinde redete. Er lauschte weiter.

»Und wenn schon«, entgegnete eine hinkende Magd. »Kräuter sammeln auch die alten Weiber.«

»Hast du vergessen, wie er Maria geheilt hat?«, gab die Dumme zurück. »Und hat weiter nichts dazu gebraucht als nasse Erde.«

Da nickten die anderen, denn die Heilung der Steinhauertochter galt immer noch als das Wunder von Schrötten.

»Mit Maria spricht er überhaupt am liebsten«, fuhr die Dumme fort. »Und die vergisst die ganze Welt um sich, wenn Gabriel bei ihr auf der Bank sitzt.«

Als der Name fiel, horchte Dorian auf.

»Heiraten kann er sie trotzdem nicht«, warf die Hinkende ein.

»Wieso nicht?«

»Weil er ein Niemand ist, ohne Vater und Mutter, ohne Habe, ein Dahergelaufener.«

»Aber er ist der hübscheste Niemand, den wir in Schrötten je hatten«, ging eine junge Bäuerin dazwischen.

»Ja – oh, ja – hübsch ist er«, stimmten sie im Chor ein und senkten ihre Zuber und Krüge lächelnd in den Brunnen hinab.

Dass Gabriel in Schrötten als Heiratskandidat gehandelt wurde, missfiel Dorian. Dazu war ihm der schöne Junge zu schade, als dass er den Rest seiner Tage in dem elenden Dorf verbringen sollte.

»Wenn Gabriel mich fragen würde, mir wär's egal, ob er ein Dahergelaufener ist«, sagte die Bäuerin.

Die anderen lachten, eine rief: »Lass das bloß deinen Mann nicht hören.«

»Mein Mann ist fast taub und auf einem Auge blind.«

»Da hast du Glück«, lachte die hinkende Magd.

»Versündigt euch nicht.« Die Dumme schlug das Kreuzzeichen. »Hört auf mit solchen Reden.«

»Sünde ist es nur, wenn uns jemand hört, der es weitererzählt«, antwortete die junge Bäuerin gewitzt.

»Unser Herr Jesus Christ hört alles.«

Als die Frauen die sanfte, dabei schneidende Männerstimme vernahmen, fuhren sie zusammen. Der Mann mit der Kapuze stand abseits, sie hatten ihm keine Beachtung geschenkt.

Dorian genoss den Moment der Enthüllung. Herrisch trat er zwischen die Frauen und warf die Kapuze zurück.

»Hochwürdiger Herr … Herr Abt …«, murmelten sie. Die Bäuerin wurde weiß wie ihre Kittelschürze.

»Gelobt sei Jesus Christus.« Er streckte ihr die Hand entgegen.

Niemand würde auf die Idee kommen, vor einem Benediktiner zu knien, doch in ihrem Schreck sank die Bäuerin vor Dorian nieder und küsste den Siegelring, mit dem der Abt seine Briefe kennzeichnete. »In Ewigkeit amen.«

»Von wem habt ihr gerade gesprochen?«, fragte er leutselig.

»Von niemand Bestimmtem, hochwürdiger Herr.«

»Heraus mit der Sprache, von wem redet ihr?«, fuhr er die Bäuerin an und schmeichelte sich, den Ahnungslosen recht gut zu spielen.

»Von einem Holzknecht«, antwortete die Dumme. »Von unserem Gabriel.«

»Was hat es mit diesem Holzknecht auf sich, dass sich die Weiber am Brunnen die Mäuler über ihn zerreißen?« Dorian ließ seine Stimme ein wenig anschwellen.

»Nichts. – Gar nichts. – Man redet nur so«, riefen sie durcheinander.

»Lässt der Holzknecht es etwa an der nötigen Ehrerbietung fehlen? Hat er sich gegen euch Frauen unzüchtig benommen?«

Heftiger Widerspruch schlug ihm entgegen. Nein, riefen sie, Gabriel sei die Sanftmut selbst. Nie wäre er unehrerbietig gewesen, sei vielmehr stets hilfreich, freundlich und scheu.

»Er liebt die Musik und den Tanz«, wusste die Dumme noch zu berichten.

»Wann habt ihr in Schrötten denn zum letzten Mal getanzt?«, fragte Dorian verblüfft.

»Nicht im Dorf«, antwortete die Dumme.

Der Abt hob das Kinn der Magd und sah ihr in die Augen. »Was weißt du, meine Tochter?«

»Gabriel tanzt im Wald, heißt es, ganz allein und selbst bei klirrender Kälte. Er singt dabei. Manche behaupten, er heult wie ein Wolf.«

»*Wolf?*«, wiederholte Dorian. Das Wort durchschauerte ihn. Was war es mit diesem Jungen, dass seine Mitmenschen ihm die Eigenschaften eines Wolfes andichteten? Im Winter hatte er seinen Freund angefallen wie ein wildes Tier, nun heulte er und sprang im Wald umher. »Ist das nicht nur ein dummes Gerücht?«

»Nein«, widersprach die Dumme. »Unser Rupert hat es mit eigenen Augen gesehen. Auch andere haben schon Gesang aus dem Wald vernommen.«

»Was sagt der Holzknecht selbst dazu?«, fragte der Abt in die Runde.

»Er redet nicht viel«, antwortete die junge Bäuerin. »Am allerwenigsten redet er über sich selbst.«

»So ist das also.« Der Abt richtete sich zu voller Größe auf. »Der Fall interessiert mich. Es ist ungewöhnlich, vielleicht sogar gotteslästerlich, wenn einer im Wald umhertanzt und singt. Es muss untersucht werden, ob Teufelsanbeterei im Spiel ist.«

»Gewiss nicht!«, rief die Dumme erschrocken. »Bitte tut unserem Gabriel nichts. Er meint nichts Böses dabei.«

»Wer sagt dir, dass ich ihm etwas tun werde, du einfältiges Mädchen?« Während Dorian sich von den Frauen verabschiedete, breitete sich in seinem Inneren ein Lächeln aus. Wie wunderbar, dass er von diesen Weibern einen handfesten Grund erhalten hatte, Gabriel zur Rede zu stellen. »Gelobt sei Jesus Christus.« Er segnete die Frauen.

»In Ewigkeit amen.« Sie schlugen das Kreuzzeichen.

»Vergib mir, Vater, denn ich habe gesündigt.« Antonia Steinhauer kniete vor Pater Berengar. Ein dünnes Holzgeflecht trennte sie von dem Gesicht des alten Mannes. Antonia ging selten zur Beichte. Sie fand, sie hatte nichts zu bereuen und noch weniger zu büßen. Kaum jemand befolgte die Gebote Gottes so gewissenhaft wie sie. Antonia ehrte den Tag des Herrn, missbrauchte Seinen Namen niemals, hatte Vater und Mutter geehrt, niemals gestohlen, und selbst das Töten der Schlachttiere dauerte sie. Antonia sprach stets die Wahrheit, weil ihr die Lüge zu viel Kopfzerbrechen bereitet hätte. Nie hatte sie jemandes anderen Gut begehrt, sie war die reichste Frau von Schrötten. Und bis zu diesem Frühling hatte Antonia das Gebot, die Ehe nicht zu brechen, ohne Fehl und Tadel befolgt. Unzucht war ihrem Leben fremd gewesen.

Was sollte nun aus ihr werden? Was wurde aus Antonia, die in Träumen und Wünschen, im Wachen und im Schlaf an Gabriel dachte? Sie genoss und verfluchte zugleich seine Gegenwart auf dem Hof. Sie hatte die Kraft verloren, ihm gegenüber eine strenge und gerechte Herrin zu sein. Wenn er den Raum betrat, wurde ihr Blick mild und liebevoll, ihr Körper wurde weich, ihr ganzes Wesen schien nur noch aus dem Wunsch zu bestehen, dem Holzknecht nahe zu sein.

Antonia erkannte, wie sehr sie in den letzten zehn Jahren Liebe, Zärtlichkeit, Hingabe und Leidenschaft vermisst hatte. Seit ihr Mann ein Krüppel geworden war, hatte sie sich gegen alle Anfechtungen ihres Gefühls gewappnet und sich eingeredet, dass es ihr gut dabei gehe. Wie groß war ihr Irrtum gewesen. Wie wenig hatte es bedurft, sie in die Verdammnis des Ehebruchs zu stürzen. Der hübsche Kerl, fast ein Junge noch, war imstande, ihr Leben aus der Bahn zu werfen. Dafür hasste sie und liebte ihn zugleich mit einer Inbrunst und Wollust, die ihr Angst machten.

Ihre gemeinsame Verrücktheit am Weiher war keine einmalige Sünde geblieben. Gabriel und Antonia waren wieder und wieder zusammengekommen, jede Nacht, manchmal auch nachmittags, wenn das Gesinde im Dorf zu tun hatte. Manchmal versuchte Antonia, sich Gabriel für eine Nacht zu versagen, doch meistens scheiterte sie und holte ihn im Morgengrauen doch in ihre Kammer. Da sie an fast nichts anderes mehr denken konnte, führte sie jede nur mögliche Gelegenheit herbei, ihn zu lieben. Immer musste Antonia die Umstände dafür schaffen, Gabriel unternahm nicht das Geringste, er wartete ab, bis sie ihm etwas zuflüsterte. Ihr war bewusst, dass sie ihn mehr brauchte als er sie, sie verführte ihn, er diente ihren lüsternen Wünschen, darum empfand sie ihre Sünde als die bei Weitem größere.

Ständig lebte sie in der Furcht, jemand auf dem Hof könnte etwas bemerken. Fiel es den Knechten nicht auf, wenn Gabriel sich nachts aus der Schlafkammer schlich? Sahen die Mägde nicht, dass das Bett der Bäuerin morgens heftig zerwühlt war? Spürte Maria, dass ihre Mutter sich verändert hatte? Die ernste, strenge Bäuerin hatte sich in eine heitere, gar lustige Frau verwandelt. Was sollte sie denn tun, sie konnte ihr Glück unmöglich in ihrem Inneren verschließen. Sie liebte! Antonia liebte endlich wieder. Es war ein überwältigendes Geschenk, ein Gefühl von Rausch und Reinheit, beides zugleich. In diesem seligen Zustand wollte Antonia nicht glauben, dass dieses Gefühl in Gottes Augen eine Sünde sein könne. Musste der Herr sich nicht für Antonia freuen, weil sie so glücklich war, dass sie das Geschenk seiner Schöpfung neu erleben und bewundern durfte?

Ihr Geliebter war nicht einmal halb so alt wie sie, sagte sie sich wiederum dann, wenn das Glück und der Rausch der Gewissheit ewiger Sünde Platz machten. Sie beging nicht nur die Sünde des Ehebruchs, allnächtlich trieb sie Unzucht mit einem Kinde. Dass Gabriel in seinem Wesen anders war als ein Kind, änderte nichts daran, dass er höchstens fünfzehn Jahre alt sein konnte.

Es gab Gerüchte, wonach auch oben im Kloster unzüchtige Dinge geschahen, die von der Gemeinschaft der Mönche verschwiegen wurden. Im Dorf herrschte die Meinung, dass es den Patres in Anwesenheit so vieler Knabenkörper bestimmt schwerfalle, das Gebot des Zölibats zu befolgen. Die Schröttener bespöttelten die Scheinheiligkeit der Benediktiner, die so taten, als wäre alles Lebendige unter ihren Kutten in größter Gottgefälligkeit abgestorben. Die Jungen im Kloster waren den Geistlichen untertan, in Ausnutzung ihrer Autorität missbrauchten sie die Kinder. Gabriel war Antonia untertan, sie bestimmte über sein Schicksal und missbrauchte ihre Stellung ebenso wie die Mönche. Dass sie dabei selbst ihrer eigenen Liebe unterworfen war, spielte keine Rolle. Antonia tat schreckliches, grenzenloses Unrecht.

Was würde geschehen, wenn Gabriel eines Tages den Spieß umdrehte, wenn er ihr Geheimnis nicht länger für sich behalten und im Dorf herumerzählen würde, was die Steinhauerin nachts mit ihm trieb? Der Gedanke machte ihr Angst. Sie beruhigte sich mit der Überzeugung, dass Gabriel eine lautere Seele war. Er sann nicht danach, seine Macht auszunutzen und die Liebe der Bäuerin in den Dreck zu ziehen. Gabriel war echt und herrlich und schön, ach Gott, wie sehr sie ihn liebte.

»Vergib mir, Vater, denn ich habe gesündigt«, murmelte Antonia.

»Welche Sünde hast du begangen?« Der Priester stützte seine Stirn in die rechte Hand und lauschte. Nur ein dünnes Holzgeflecht trennte die Gesichter der beiden.

9

ES IST NICHTS

»Ich nehme deinen Holzknecht mit, Bäuerin.« Dorian gab den Mönchen Anweisung, die Schafe auf den Wagen zu laden und die Milchkühe anzuleinen.

»Ihn mitnehmen?« Antonia wischte die Hände an der Schürze ab. »Weshalb, hochwürdiger Herr? Ich brauche Gabriel auf dem Hof.«

»Der Junge muss geprüft werden.«

Als ob ein Messer ihr mitten ins Gedarm gefahren wäre, krümmte sich Antonia. »Geprüft? Was hat er denn begangen?«

»Mir sind Dinge zu Ohren gekommen, die eine Prüfung durch die Klosterleitung nötig machen.«

»Was für Dinge?« Das Messer verwandelte sich in ein Feuer, das Antonia zu verzehren drohte.

»Sonderbare Dinge.« Er musterte die Bäuerin mit zusammengekniffenen Augen.

Obwohl der Abt noch nicht alt war, hatte er etwas von einem greisen Geier. Das blonde Haar auf seinem Kopf war dünn geworden, die spitze Nase wandte sich hierhin und dahin, als taxierte er sein Gegenüber am Geruch. Nur sein Mund passte nicht zu einem Geier, die Lippen waren fleischig und feucht.

»Ich kann meinen Knecht aber nicht entbehren«, entgegnete sie und spürte gleichzeitig, wie das Blut aus ihren Zügen wich.

»Die Kirche wird prüfen, ob in Gabriels Verhalten alles mit rechten Dingen zugeht«, sagte der Abt.

Antonia sah sich auf dem Platz neben dem Stall um, wohin der Abt sie bestellt hatte, um unter vier Augen zu sprechen. Er hatte sie durchschaut, alle hatten sie durchschaut. Früher oder später hatte es so kommen müssen. Antonias Leben war vorbei. Ausstoß aus der Gemeinschaft, Anklage und Verurteilung würden die Folgen sein, da die Kirche ihre Unzucht mit Gabriel bestimmt entdecken würde. Wer hatte sie verraten? Wer vom Gesinde hatte etwas bemerkt und getratscht? Wie viele in Schrötten wussten davon, etwa das ganze Dorf? War vielleicht sogar die Dorfgemeinschaft an den Abt herangetreten und hatte ihm die Schamlosigkeit der Bäuerin zugetragen? War Dorian deshalb aus dem Kloster herabgestiegen, um sich mit diesem Fall zu beschäftigen? Weshalb wurde Antonia dann nicht auch vor eine kirchliche Untersuchung gestellt? Warum nahm er nur Gabriel mit? Wollte er dem Jungen erst ein Geständnis abzwingen, bevor man Antonia anklagte?

Der Abt war stets ein Freund der Steinhauers gewesen. Dorian hatte Antons Schicksalsschlag und seinen darauffolgenden Verfall tief bedauert. Sollte Antonia in diesem Augenblick an Dorians Freundschaft appellieren, ihn anflehen, Stillschweigen zu bewahren, was immer Gabriel ihm auch erzählen mochte?

Der Abt war mittlerweile zum Wagen gegangen. Sie lief ihm nach. »Herr Abt«, rief sie. »Hochwürdiger Herr!« Dorian drehte sich um. »Was auch der Grund ist, weshalb Ihr Gabriel prüfen wollt, er ist fast noch ein Kind. Bedenkt, seine Gedanken sind ohne festen

Grund und Boden. Er könnte sich einiges zusammenfantasieren.«

Sie erntete einen wachsamen Blick. »Welche Fantasien sollte er denn haben?«, fragte der Abt ruhig, doch Antonia glaubte ein gefährliches Züngeln zu spüren, als wollte Satan in Gestalt der Schlange ihr ein Geständnis entlocken. Wäre ein Geständnis nicht die beste Lösung? Durfte sie riskieren, dass Gabriel unter dem Druck der Kirche Dinge erzählen würde, die dazu dienten, sich selbst reinzuwaschen und Antonia anzuschwärzen?

Sie setzte zum Sprechen an. Sie stockte, setzte wieder an.

»Es ist nichts.« Unmöglich konnte sie dem Abt eingestehen, was sie und Gabriel getan hatten. Schwer genug war es ihr gefallen, ihrem Beichtvater die Wahrheit zu offenbaren. Pater Berengar war weniger verblüfft gewesen, als sie angenommen hatte. In seinen Augen hatte Antonia Güte und das Verständnis gelesen, dass eine Frau in der schwindenden Blüte ihrer Jahre die Gelegenheit ergriff, das Leben noch einmal auszukosten. Er hatte sie aufgefordert, nicht mehr zu sündigen, und ihr die Buße auferlegt, zwanzig *Gegrüßet seist du, Maria* zu beten und drei Tage zu fasten, bevor er ihr die Absolution erteilt hatte.

Gott mochte Antonia verziehen haben, sie selbst konnte es nicht. Sie hatte ihre Gebete gesprochen und dabei an Gabriel gedacht. Sie hatte gefastet und an Gabriel gedacht. Sünden des Geistes wogen genauso schwer wie jene des Fleisches. Trotzdem hatte sich Antonia die sehnsuchtsvollen Gedanken an ihren Liebsten nicht verbieten können und schließlich weiter mit ihm gesündigt. War es nicht schon einerlei, ob sie ihren sündigen Fantasien auch Sünden der Tat folgen ließ? Bereits in der dritten Nacht nach der Beichte war Gabriel wieder zu ihr geschlichen. Geschwächt vom Fasten hatte sie seine wilde Zärtlichkeit umso mehr genossen. Alles würde nun ans Tageslicht kommen, auch die Beichte konnte ihr dann nicht mehr helfen. Es war vorbei, ihr Leben und ihre Liebe zu Gabriel, alles war vorbei.

»Es ist nichts«, wiederholte Antonia und senkte vor Dorian den Blick. »Ich lasse Gabriel holen, hochwürdiger Herr.«

10

GOLDSTERN UND LERCHENSPORN

Gabriel und Josephus saßen auf dem Klosterhof, fast genau an derselben Stelle, wo er seinen Freund damals blutig gebissen hatte. Ernster war der Kamerad geworden, magerer, das Unglück, monatelang in der eisigen Höhe leben zu müssen, sprach aus seinen Augen.

»Wie ist es dir ergangen?«, fragte Joseph. »Du bist unter die Holzknechte gegangen, hört man. Ist die Arbeit anstrengend?«

»Sehr anstrengend«, antwortete Gabriel. »Doch es ist eine gute Arbeit. Wenn du nach einem Tag im Wald auf den Hof zurückkommst, bist du so ausgehungert, dass du die Schüssel mit Brei und Speck im Nu ausgelöffelt hast. Danach schläfst du traumlos und schwer und entdeckst am Morgen das Leben neu.«

»Ich möchte gern einmal mit dir zum Holzfällen gehen«, sagte Joseph.

»Oje.« Gabriel lächelte. »Ich erinnere mich, wie ich zum ersten Mal mit den Knechten in den Wald gezogen bin. Ich konnte die lange Säge mit dem Doppelgriff kaum halten. Wenn ein erfahrener Knecht mit mir einen Baum zersägte, hat er mir dabei fast die Schulter ausgerissen. Es ist die härteste Arbeit, die du dir vorstellen kannst.«

»Wolltest du nicht lieber wieder ins Kloster zurück?«

»Manchmal, ja, aber es ging nicht, und du weißt, warum.« Gabriel betrachtete den frischen Klee, der sich zwischen den Steinplatten des Atriums emporzwängte.

»Die Sache damals war nicht deine Schuld.« Joseph berührte Gabriels Arm. »Mein Vater hat … Es tut mir leid. Bleibst du jetzt wieder ganz bei uns?«

»Das glaube ich nicht.«

»Weshalb hätte man dich sonst heraufgeholt?«

»Ich soll geprüft werden.«

»Hast du denn etwas angestellt?«

Gabriel lächelte auf seine eigentümliche Weise. »Das glaube ich nicht.«

»Soll ich herauskriegen, weshalb man dich prüfen will?«

»Man wird es mir früh genug verraten.«

Joseph sprang auf. »Ich verstehe mich gut mit den Mönchen. Ich könnte sie fragen.«

»Lass nur gut sein. Warum erzählst du mir nicht, wie es dir seither ergangen ist?«

»Da ist wenig zu sagen. Tagein tagaus das Latinum, die Algebra und die vermaledeite Geometrie. Ich verstehe nicht, wozu es gut sein soll, Dreiecke zu entwerfen.« Joseph ließ sich wieder auf den Hintern sinken. »Abends ist es kalt und dunkel, morgens ist es kalt und dunkel. In diesem verdammten Wald wird es nie richtig hell. Ich habe eine regelrechte Abneigung gegen das Grün entwickelt, dunkelgrüne Tannen, dunkelgrüne Fichten und Kiefern.« Er seufzte.

Während Joseph sich die Sorgen von der Seele redete, bemerkte Gabriel, wie zwei Männer aus dem Turm traten, der die Amtsräume des Abtes beherbergte. Dorian und Berengar berieten sich, darauf verschwand der Abt wieder. Pater Berengar kam über den Klosterhof auf die Halbwüchsigen zu.

Die Benediktiner hatten einen Zaubergarten, den sie hegten und pflegten. In dieser Höhe, sollte man meinen, gedieh nur wenig, was prächtige Blüten trug, doch hinter der Apsis der Basilika gab es eine windgeschützte Senke, wo vom Mittag bis zum Abend die Sonne schien. In dieser lichtgetränkten Mulde herrschte ein Klima, das sich von der schroffen, sturmgeplagten Umgebung unterschied. Hier hatten die Mönche seit Alters her Blumen angepflanzt, Astern und Chrysanthemen, Schwertlilien und Leberblümchen, sogar Rosen und Dahlien gediehen dort. Dieses Paradox der Natur galt als Wunder, mit dem Gott die Mönche des Klosters beschenkte. Im Mai gediehen Alpenveilchen, Seidelbast, Lerchensporn und Goldstern. Der Bereich war umzäunt, damit Wildtiere die Blätter und Blüten nicht fressen und in der kalten Jahreszeit keine Zweige und Triebe unter dem Schnee ausgraben konnten. Auch den Klosterschülern war der Zugang zum Garten verboten. In früheren Generationen war durch Lieblosigkeit und Unachtsamkeit mehrmals schlimmer Schaden angerichtet worden. Seitdem galt der Zaubergarten als verbotenes Revier.

»Du hast Gabriel in den Garten gelassen?« Von den verfallenen Mauerresten des ältesten Klosterteils blickte Pater Berengar auf ein Meer aus Farben. Dort unten schlenderte Gabriel im Sonnenschein umher.

»Gabriel liebt unsere Blumen«, antwortete der Abt mit einem Lächeln. »Darum habe ich bei ihm eine Ausnahme gemacht.« Er hatte seine geschnitzte

Meerschaumpfeife ins Freie mitgenommen und rauchte.

»Durch dich kommt der Junge in den Genuss so mancher Ausnahme«, erwiderte der Pater.

»Warum auch nicht? Dieser Knabe ist ein Besonderer.« Dorian beobachtete den hellen Rauch, der sich in der blauen Nachmittagsluft verlor.

Pater Berengar verfügte über ein Wissen, das er nur mit Gott und Antonia teilte und als Beichtvater niemals weitergeben durfte. Er wusste, dass der geschmeidige Mensch dort unten alles andere war als ein *Knabe.* Zwar trug er die Merkmale seines Alters, den offenen Blick, die weiche Haut, biegsame Glieder, auch eine große Reinheit ging von ihm aus. Aber genau dafür hatte der Pater keine Erklärung. Dieser Junge war nicht rein, er war das Gegenteil, ein Verführer war er, ein Verlocker. Berengar schätzte Gabriel so ein, weil er die Standfestigkeit und den Charakter Antonias kannte. Dass diese Frau sich zu wiederkehrender Sünde verleiten ließ, entsprach nicht ihrer Natur. Der alte Mann erkannte in Gabriel eine Gefahr nicht nur für das Seelenheil der Bäuerin, sondern auch das der Männer und Knaben im Kloster. Dort wandelte kein *Besonderer* zwischen den Blumen, wie der Abt behauptete, dieser Junge war die Versuchung selbst. Berengar erkannte, dass auch Dorian im Begriff stand, der Versuchung zu erliegen.

Rauchend wandelte Dorian auf dem Kamm der alten Klostermauer und behielt den Jungen im Blick. »Kommen wir zu deinem Bericht, lieber Bruder. Wie steht es mit der Begabung unseres Zöglings?«

»Ich habe mehrere Prüfungen mit ihm angestellt. Er besitzt Kenntnisse in vielen Bereichen der Heilkunst. Er kennt die Wirkungsweise der Kräuter wie die der Gifte. Er weiß auch die Pilze richtig einzuordnen, ihm waren sogar einige bekannt, die in unserer Gegend gar nicht wachsen. Er ist geschickt im Verfertigen von Tinkturen und Lösungen, hat allerdings keine Kenntnis in der Herstellung ätherischer Öle. Doch zeigt er große Neugier und will es gerne lernen. Auch sein Wissen im Bereich der Anatomie ist erstaunlich. Es beschränkt sich nicht auf den menschlichen Knochenbau, er weiß sogar über die inneren Organe, selbst über das Gehirn Bescheid.«

Berengar war dem Abt in knappem Abstand gefolgt, nun blieb er stehen. »Wie ich schon während meines Besuchs in Schrötten vermutet habe, kann sich der Junge dieses Wissen nicht selbst angeeignet haben. Auch aus Büchern kann es ihm nicht zugeflossen sein, da er bei seiner Ankunft im Kloster weder lesen noch schreiben konnte.«

Als Zeichen dafür, dass die Lösung des Rätsels leicht zu erraten sei, hob der Abt die Arme. »Gabriel muss also einen Lehrer gehabt haben. Wer ist es?«

»Auf diese Frage gibt er keine Antwort.«

»Weil er keine geben will, oder versucht er, den Namen geheimzuhalten?«

»Jedesmal wenn ich ihn zum Ursprung seiner außergewöhnlichen Kenntnisse befragt habe, war es das Gleiche: Er wisse vieles, aber angeblich nicht, woher er es weiß. Wenn meine Fragen ihm zu drängend wurden, erhielt ich diesen undurchdringlichen Blick von ihm. Gabriel schiebt dann jene nebelhafte Erinnerung vor, die mit einer Feuersbrunst zu tun hat.«

»Ach ja, das Feuer und seine mysteriöse Rettung

daraus«, seufzte der Abt. »Sollen wir ihm das glauben?«

»Hier liegt die entscheidende Frage«, erwiderte Berengar mit Nachdruck.

»Weshalb entscheidend?«

»Weil sich darin die Antwort verbirgt, ob wir es bei Gabriel wirklich mit einem Gotteskind zu tun haben, das in jungen Jahren etwas so Schreckliches erlebt hat, dass er es aus seinem Gehirn verbannt hat.«

Prüfend musterte der Abt den Pater. »Du scheinst dir dessen nicht sicher zu sein. Welche Möglichkeit siehst du sonst noch?«

»Der Bursche könnte ein Betrüger sein.« Berengar tat einen tiefen Atemzug. »Ein äußerst gerissener Betrüger sogar.«

»Ha!« Der Abt lachte so hell heraus, dass Gabriel im Garten den Kopf hob. »Ein Betrüger?«, wiederholte Dorian leise und wandte dem Jungen den Rücken zu. »Wie könnte er uns denn betrügen wollen?«

Berengar verschränkte die Arme in den Kuttenärmeln. »Woher kommt er? Wer sind seine Eltern? Wer hat ihn aufgezogen? Wer hat einen jungen Medicus aus ihm gemacht? Er muss mindestens vierzehn sein. Was geschah in den Jahren, bevor er ins Kloster kam? Wurde er wirklich im Wald aufgezogen, war ein gesetzloser Wilderer sein Ziehvater? Müssten uns an dem Jungen dann nicht Spuren von Vernachlässigung und Züchtigung aufgefallen sein? So ein Waldbewohner hätte Gabriel wahrscheinlich wie ein Tier gehalten, wie eine Kreatur, mit der er alles machen konnte. Aber sieh dir Gabriel doch an«, fuhr Berengar fort, ohne den Blick zu dem Jungen zu wenden. »Er hat eine Haut, so fein wie die einer Frau. Er ist muskulös und kräftig, aber nicht auf die derbe Weise, wie es den Einheimischen zu eigen ist. Seine Glieder sind feiner als die unserer Schüler aus reichem Elternhaus. Er ist schön, Bruder«, sagte Berengar mit Nachdruck. »Dieser Junge ist das Schönste, was ich in meinem Leben je gesehen habe. Er ist makellos, er ist liebenswürdig und freundlich, er ist – wie soll ich es sagen? Er ist ein perfektes Menschenkind.« Der Pater schüttelte den Kopf. »Und so etwas gibt es nicht. Es gibt keinen absolut perfekten Menschen. Wir alle haben unsere Fehler und Schrammen und Verkrüppelungen, jeder von uns. Deshalb glaube ich, dass dieser junge Mann nicht echt ist. Deshalb halte ich ihn für einen Betrüger.«

Ein leichter Wind kam auf und fuhr den Benediktinern in die Kutten. Dorian hatte so aufmerksam gelauscht, dass seine Pfeife ausgegangen war. Er klopfte die Asche an der Sohle seiner Sandale ab.

»Könnte es nicht auch anders sein?«, fragte er. »Könnte Gabriel nicht ein Kind aus edlem Geblüt sein, das durch Umstände, von denen wir nichts wissen, in die Wildnis verschlagen wurde?«

»*Von edlem Geblüt?*« Da musste der Pater lachen. »Willst du andeuten, unser Gabriel sei ein verkapptes Königskind, ein kleiner Prinz? Glaubst du, eines Tages wird eine güldene Kutsche vor dem Kloster halten, der Kaiser steigt aus und schließt den verlorenen Sohn in seine Arme?«

»Welcher Kaiser?«, entgegnete Dorian. »Seit unser Land vom Reich Habsburgs abgespalten wurde, haben wir keinen Kaiser mehr und sind dem lächerlichen Herzog untertan.«

»Ich spreche von einem *Märchenkaiser*«, besänftigte Berengar. »So eine hochgestellte Persönlichkeit, die eines Tages hier auftauchen und Gabriel als seinen Sohn begrüßen würde, gibt es nicht, kann es nicht geben.«

»So wenig, wie es sein kann, dass Gabriel ein Betrüger ist«, ging Dorian dazwischen.

»Das wünschst du dir, mein Bruder«, entgegnete Berengar herzlich. »Hüte dich davor, dass dein Wunsch dich verblendet und du in Gabriel etwas anderes siehst, als er ist.«

»Ich soll mich hüten?« Der Abt hatte den veränderten Tonfall des Mönchs bemerkt. »Ist das irgendeine Art von Drohung?«

»Ich drohe dir nicht, ehrwürdiger Abt. Erfahren möchte ich nur, weshalb du den Jungen bei uns im Kloster bleiben lässt? Er hat hier nichts zu schaffen. Er hat keine Arbeit und studiert auch nicht mehr mit den anderen.« Berengar zeigte nach unten. »Sieh ihn dir an. Den halben Tag schlendert er zwischen Blumen umher. Wohin soll das führen?«

»Willst du lieber, dass er wieder mit den Holzknechten in den Wald zieht und schwerste Arbeit tut?«

»Die Arbeit macht ihm Freude. Sie kräftigt ihn.«

»Unsinn. Du hast den Jungen geprüft. Du hast erkannt, dass er besondere Fähigkeiten besitzt. Sollen sie ungenutzt verkümmern? Soll er als tumber Holzknecht nur der Steinhauerbäuerin zu Diensten sein?«

Der Pater zuckte zusammen. Er musste bei diesen Worten daran denken, auf welche Weise Gabriel der Bäuerin in Wahrheit zu Diensten war. »Was hast du mit ihm vor?«

Ein verschmitzter Zug glitt über das Gesicht des

Abtes. »Warum bildest du ihn nicht aus, Bruder? Da er schon so viel über Heilkunst weiß, weshalb machst du keinen richtigen Arzt aus ihm? Wir könnten im Kloster einen brauchen.« Dorian wurde bewusst, dass er gerade angedeutet hatte, es gelte bald Ersatz für Berengar zu schaffen, und er korrigierte sich: »Ich wünsche dir noch viele gesunde Jahre, Bruder, aber wäre es nicht gut, einen jungen Medicus zu haben, der dir zur Hand geht und dir früher oder später einiges abnehmen könnte?«

»Daran habe ich auch schon gedacht«, nickte Berengar. »Doch solange ich nicht weiß, was mit ihm nicht stimmt, solange ich diesem Jungen misstraue …«

»Soll ich mit ihm sprechen?«, unterbrach ihn der Abt.

»Worüber?«

»Über seine Herkunft.«

»Er wird dir die gleiche Antwort geben wie mir.«

»Welch einen Ausweg siehst du also?«, fragte der Abt mit wachsender Ungeduld.

Berengar wusste keine Antwort. Falls er darauf bestünde, Gabriel nach Schrötten zurückzuschicken, würden die Versuchung und die Sünde im Steinhauerhof wieder aufflammen. Behielt man den Jungen aber im Kloster, brachte man die Versuchung an diesen Ort der Arbeit und des Gebets. Man holte die Schlange förmlich herbei, um sie am eigenen Busen zu nähren. Berengar spürte, dass der Abt von ihm erwartete, Gabriels Ausbildung als Heiler zu vollenden.

»Ich ehre und liebe dich, Bruder«, sagte Berengar. »Doch kenne ich auch deine Neigung zu den irdischen Dingen des Lebens.«

Dorians Augen wurden schmal. »Was willst du damit sagen?«

»Du bist ein wahrer Gottesmann«, beschwichtigte Berengar. »Niemand ist in der Kirchengeschichte oder in Fragen der Liturgie besser bewandert als du. Zugleich bist du ein Mensch, der das rote Fleisch der Fasane genießt, du liebst den Gesang von Knabenstimmen, du sprichst unserem Kräuterlikör zu und liebst Genüsse, die das Auge uns bereitet.«

»Das Auge?« Dorian trat einen Schritt zurück.

»Du bist ein Freund der Menschen, besonders der jungen Menschen«, umschrieb Berengar vorsichtig, was Dorian wohl bereits begriffen hatte. »Deine Augen gehen auf Wanderschaft und erbauen sich an unseren Schülern, an ihren Spielen oder wenn sie zur Waschung an den Brunnen treten. Du liebst die jungen Knabenkörper. Das ist dir nicht vorzuhalten. Doch bei keinem hast du deine Zuneigung so deutlich gezeigt wie bei Gabriel.«

»Schweig«, fuhr der Abt ihn an. »Schweig sofort, oder ...«

»Es gibt kein *Oder*«, beharrte Berengar. »Einer muss dir diese Dinge sagen, und kein anderer würde wagen, den ehrwürdigen Abt so anzusprechen. Hüte dich, ich flehe dich an, hüte dich vor einer Liebe, die dir im Herzen rein erscheint, die es aber nicht ist. Hüte dich vor den Genüssen des Fleisches.«

Im Licht der klaren Nachmittagssonne erkannte Berengar, dass der Abt bleich wurde. »Ich werde dir darauf nicht antworten«, sagte Dorian mit feiner Stimme. »Weder jetzt noch sonst zu irgendeiner Zeit. Um deinetwillen bestimme ich, dass dieses Gespräch nie stattgefunden hat. Ich habe deine Worte nicht gehört, ich darf sie nicht hören, weil ich dich sonst aus unserer Mitte verbannen müsste. Du hast mich, deinen Mitbruder, beleidigt, du hast deinen Vorgesetzten beleidigt. Ich werde das vergessen, Pater, und jetzt erlaube ich dir, dich zurückzuziehen. Ich habe mit Gabriel zu sprechen.«

Mit trauriger Miene senkte Berengar den Kopf. »Wie du befiehlst, hochwürdiger Abt.« Der alte Mann zog sich zu der eingesunkenen Treppe mit den herausgebrochenen Stufen zurück. Vorsichtig setzte er Schritt um Schritt und verlor Gabriel hinter der Mauer aus dem Blick. Als er zu ebener Erde angelangt war, schaute er noch einmal hoch. Da stand der Abt, die Pfeife in der Hand, seine Kutte wehte im Wind. Versonnen richtete er den Blick nach unten. Berengar wusste, auf wem die Augen des Abtes ruhten.

11

IM GEDÄRM

Aus tiefem Glauben und der Überzeugung von seiner Berufung war Dorian Priester geworden. Schon als kleines Kind hatte er Gott mehr geliebt als alles andere auf der Welt. Oft hatte er Zwiesprache mit Gott gehalten, nicht in Gebetsformeln, wie es die Frommen taten, er redete mit dem Schöpfer wie zu einem Freund. Dorian erzählte ihm von seinen Ängsten und Freuden und glaubte fest, dass Gott ihm antwortete. Denn jedesmal, wenn der Junge sich zum Zwiegespräch mit dem Herrn in die Einsamkeit begab, kam er nicht nur erquickt und fröhlich wieder, sondern hatte eine Antwort auf seine Fragen gefunden. Wer, wenn nicht Gott sollte ihm dieses Geschenk gemacht haben?

So war es ganz natürlich, dass Dorians Eltern ihn einem Priester in der Nachbargemeinde in Obhut gaben. Dorian arbeitete im Pfarrhaus und wurde vom Pfarrer unterrichtet. Als der einfache Mann Dorians Entwicklung nicht mehr nützlich sein konnte, bat er den Abt des Klosters im weit entfernten Maulbronn, sich des klugen jungen Mannes anzunehmen. Acht Jahre lang studierte Dorian dort, wurde ein Meister im Altgriechischen, kannte die lateinische Liturgie auswendig und erwarb sich ein fundiertes Wissen in Fragen des Kirchenrechts. Nach seiner Priesterweihe bot man ihm an, als Lehrer in Maulbronn zu bleiben, doch das sah der junge Gelehrte nicht als Lebensaufgabe an. Er wollte seine eigene Herde führen und nahm darum die Stellung des Subpriors in der Erzabtei Beuron an und machte sich dort so unentbehrlich, dass der Bischof auf Dorian aufmerksam wurde. Doch es sollten noch Jahre verstreichen, bevor Dorians Traum in Erfüllung ging. Als der Abt eines Klosters im südlichen Schwarzwald überraschend starb, traf der Bischof die Entscheidung, Dorian mit dieser Aufgabe zu betrauen, und so zog er als geistlicher Führer in das Kloster hoch droben im Wald ein.

Dorian hatte Schmerzen. In seinem privaten Dormitorium wand er sich auf dem Lager. Von klein auf waren der Magen und die Gedärme seine Schwachstelle gewesen. Manchmal blieb ihm die Verdauung tagelang versagt. Dann quälte er sich, bis ein Kräutereinlauf Pater Berengars ihm Erleichterung verschaffte. Es kam auch vor, dass seine Gedärme in Aufruhr gerieten, blähende Winde ihn quälten, und es hatte sich begeben, dass er während der heiligen Messe seine Notdurft kaum noch halten konnte. Die Mönche hatten sich gewundert, wieso ihr Abt das Confiteor in ungehörigem Tempo dirigierte, denn sie wussten nicht, was Dorian bedrängte.

In dieser Nacht lag er wieder wach und lauschte auf die Unruhe in seinem Inneren. Wie das zog und zerrte, wie sich das als Gas entlud, schauerlich und entwürdigend zugleich. Dorian ahnte, weshalb ihn diese Pein ereilte, denn er kannte sich als verletzlichen Charakter. Wenn ihm jemand eine Beleidigung zugefügt hatte, beeindruckte das den selbstbewussten Abt äußerlich kaum, doch sein Körper sagte Dorian, wie nahe es ihm ging. Berengars Worte hatten ihn gekränkt, nicht weil sie ihm Unrecht taten, sondern weil der alte Mönch die Wahrheit gesagt hatte. Wenn es um Fragen des Himmels ging, um das Recht, das im Reiche Gottes herrschte, war Dorians Geist geschärft und seine Seele lauter. Was das irdische Leben betraf, das Fleischliche, die Todsünde des sexuellen Begehrens, war die Seele des Abtes jedoch eine Schlangengrube. Er hatte keine Mühe, im Zölibat zu leben, solange ihn graue Mönche mit schlaffer Haut und tränenden Augen umgaben, mit Glatzen und faltigen Bäuchen. Dorians Standfestigkeit wankte auch nur selten beim Anblick der Knaben, die er unterrichtete, mit ihren pickeligen Gesichtern, den kurzen Beinen und der Dummheit, die aus jeder Pore drang. Dorian vergaß sich aber, Dorian hatte sich vom ersten Tage an vergessen, wenn er Gabriel vor Augen hatte. In solchen Momenten durchzuckte ihn die unerbittliche Gegenwart der Sünde, die auf der Welt genauso existieren musste wie Enthaltsamkeit und Frömmigkeit. Gott hatte nicht nur das eine geschaffen, sondern auch das andere, und da Gott nichts Böses schaffen konnte, mussten solche Gefühle und Sehnsüchte ebenso erbaulich, schön und gottgewollt sein, redete sich der dogmatisch geschulte Abt ein und wusste zugleich, dass seine ketzerischen Gedanken in direktem Widerspruch zu den Geboten Gottes standen.

Nicht nur, wenn er Gabriel leibhaftig vor Augen hatte, auch mit dem fantasierten Gabriel vor seinem inneren Blick wurde Dorian von einer Liebe und Sehnsucht erfasst, die er sich unmöglich aus dem Herzen reißen konnte. Als Priester und Klostervorsteher wäre dies seine Pflicht gewesen, doch da er sich verweigerte, verlagerten sich Dorians Sehnsüchte vom Herzen hinab in die Gedärme und verwandelten sich in stinkende Dämonen, die ihn leiden ließen. Gott quält mich zu unrecht, dachte Dorian. Warum gibt er mir Sinne, um Gabriels Schönheit zu schauen und dessen Wesen zu erfassen, weshalb gibt er mir Wünsche und Hoffnungen, wenn er sie mir gleichzeitig durch sein ewiges Gesetz verbietet? Es ist unlogisch, dachte Dorian unter Schmerzen. Gott handelt nicht logisch.

Der Abt wälzte sich herum und presste seinen Leib gegen die kalte Wand der Zelle. Der Schmerz war grauenvoll und würde doch nicht aufhören, dessen war Dorian sicher, solange Gabriel sich innerhalb der Mauern des Klosters aufhielt.

Frau Birgit lag über der Tenne in einer Kammer, die sonst nur als vorübergehender Schlafplatz für die Erntehelfer diente. Die alte Frau war mittellos und hatte keinen anderen Wohnort, man duldete sie hier. Seit dem Tag, als sie wegen ihres Alters nicht mehr hatte aufstehen können, brachten ihr die Dorfbewohner etwas zu essen ans Bett. Sie rührte es kaum an, trank kaum noch, sprach kaum noch und betete die meiste Zeit. In dieser Nacht bat Frau Birgit die Magd, die ihr das Essen brachte, sie solle die Schröttener zusammenrufen. Birgit wollte sich verabschieden und hätte noch etwas Wichtiges zu sagen.

Die abgearbeiteten, müden Leute von Schrötten hatten wenig Lust, dem Ruf Frau Birgits in die stürmische Nacht zu folgen und sich um ihr Bett zu versammeln, und doch standen eine halbe Stunde später die meisten unter dem First der Tenne. Beleibte Männer mit größerem Gewicht stellten sich an den Rand und auf die tragenden Balken, andernfalls wären die groben Dielen unter der Last der vielen Menschen eingebrochen, und die Dorfversammlung wäre in die Tiefe gestürzt. Während sie mit scharrenden Füßen darauf warteten, was Birgit ihnen zu sagen hätte, wurde der Wind draußen mit jeder Minute stärker.

Die Schröttener waren gekommen, weil jeder von ihnen Frau Birgit seit dem Kindesalter kannte. Für sie alle war die Greisin eine Erinnerung an ihre Jugend, an ihre hellste Zeit, Frau Birgit war die Verkörperung dessen, was einmal schön und heiter gewesen und nun für immer vergangen war. Da standen der Dorfschulze und seine Frau, der Schmied, der Waldvermesser, die Holzknechte und die Bauern. Beim Eintreten hatten die Männer ihre Hüte abgenommen und standen, betreten wie Knaben, die eine schlechte Zensur erwarteten, im Halbkreis um Frau Birgits Bett. Wie eine Königin lag die mittellose Frau auf dem erbärmlichen Lager aus Stroh und wollenen Decken. Man hatte das Kissen aufgeschüttelt und ihr geholfen, sich aufzurichten. Der Blick ihrer klugen blauen Augen ging in die Runde.

»Na, Erich, du Nichtsnutz, hast du endlich gelernt, wie man das Holz, das du im Wald schlägst, in Klaftern rechnet?«, fragte sie mit ihrer hohen, gut hörbaren Stimme. Mit dieser Stimme hatte sie sechzig Jahre lang gelobt und getadelt, Faulpelze gescholten und die Fleißigen ermuntert.

»Das habe ich, Frau Birgit«, antwortete der Bauer, dem der meiste Wald im Umland gehörte. »Danke, Frau Birgit.«

Ihr weißhaariges Köpfchen wandte sich zu Antonia. »Ich weiß noch, dass du das Wort *Apfel* justament mit doppeltem F schreiben wolltest«, fuhr Birgit fort. »Dieser Fehler war dir nicht auszutreiben.«

»Manchmal passiert es mir auch heute noch, Frau Birgit«, sagte die Steinhauerbäuerin lächelnd. »Meine Tochter Maria verbessert mich dann meistens.«

»Deine Maria ist ein gutes Mädchen«, nickte Birgit. »Sie ist zu gut, um als Bäuerin zu enden.«

Darauf schwiegen alle, niemand konnte sich vorstellen, dass es für eine Bauerstochter ein anderes Schicksal geben könnte, als wiederum Bäuerin zu werden, so wie Generationen junger Frauen vor ihr.

»Maria arbeitet gern auf dem Hof«, antwortete Antonia.

»Trotzdem kann ich nur hoffen, dass ihr ein anderes Schicksal beschieden sei.« Die alte Frau ließ den Kopf nach hinten sinken, das Sprechen strengte sie an. »Von nun an werdet ihr jemand anderen brauchen, der euch das ABC beibringt. Habt ihr euch schon umgetan?«, fragte sie den Schulzen.

»Nein, Frau Birgit.«

»Warum nicht?«

»Wir dachten, solange du lebst …« Der einfältige Mann, den die Schröttener nur deshalb zum Dorfschulzen gemacht hatten, weil kein anderer das Amt wollte, verstummte.

»Gut, dass du mich daran erinnerst«, sprach Birgit. »Ich habe euch nämlich nicht rufen lassen, um euch an die Rechtschreibfehler eurer Kindheit zu erinnern. Trotzdem muss ich, bevor ich gleich sterben werde, in die Vergangenheit zurückkehren.«

Keiner wagte, der alten Lehrerin zu widersprechen. Wenn Frau Birgit behauptete, sie würde sterben, gab es daran so wenig zu deuteln wie an ihrer Beurteilung einer Rechenaufgabe.

»In Schrötten ist ein Unrecht geschehen«, sagte sie

in die Runde. »Das ist schon viele Jahre her, aber ein Unrecht wie dieses verjährt niemals.«

»Von welchem Unrecht sprichst du?«, fühlte sich der Schulze bemüßigt zu fragen.

»Wenn du mich ausreden lässt, Andreas, wirst du es erfahren.«

Der Nachtwind draußen wurde wilder und böiger. Schon auf dem Weg hierher hatten die Männer ihre Hüte festhalten müssen. Man hörte das Pressen und Sausen über dem Dach und sah durch das Gaubenfenster Blitze zucken. Gespenstisch schwangen die Zweige des Birnbaums im grellen Licht des Wetterleuchtens auf und nieder.

»Da kommt etwas«, murrte ein Bauer seinem Nachbarn zu.

»Etwas Übles«, nickte der andere. »Wir sollten uns beeilen.«

Unruhe erfasste die Versammlung. Das ganze Dorf stand haushoch über dem sicheren Boden und wünschte sich, sie wären bereits wieder auf die Erde zurückgekehrt.

»Keiner unter uns ist ohne Fehl und Tadel«, fuhr Birgit fort. »Einer von euch aber ist schlimmer als die anderen. Die Sünde dieses einen …«

Ehe sie weitersprechen konnte, fuhr ein markerschütternder Donnerschlag durchs Haus, die Schröttener zuckten zusammen. Schon glaubten sie, einen zweiten Donner zu hören, doch diesmal kam der Lärm vom Dachstuhl her. Ein mächtiger Ast des Birnbaums, der an der Nordmauer des Hofes stand, brach unter der Macht des Sturmes ab und stürzte aufs Haus. Durch seine Wucht durchschlug er die Schindel und zertrümmerte die Balken. Dicht neben Birgits

Bett fiel der Ast zu Boden, seine jungen Blätter zitterten.

Nach dem ersten Schreck stürzten die Männer zu Birgit, rissen die Zweige beiseite, besahen den Schaden, schrien und gestikulierten und befahlen den Frauen, sie sollten sich in Sicherheit bringen. Eine hastige Prozession bewegte sich gleich darauf über die schmale Treppe abwärts. Nur Antonia und die dumme Magd kümmerten sich um die Lehrerin, die dem Unglück zwar entronnen, durch die Erschütterung aber halb aus dem Bett gesunken war.

»Dem Himmel sei Dank, dass dir nichts geschehen ist.« Nachdem Antonia die alte Frau aufgesetzt und ihr das Haar aus der Stirn gestrichen hatte, erkannte sie, dass Birgit soeben verstorben war.

»Herr Jesus«, murmelte die Magd. Zitternd bekreuzigte sie sich. »Das war ein Wink des Himmels.«

»Halt den Mund«, fuhr Antonia sie an.

»Der Herrgott hat verhindert, dass Birgit ihr Geheimnis lüften kann«, beharrte die Dumme. »Es war ein Fingerzeig des Herrn.«

Erfüllt von widerstreitenden Gefühlen kniete Antonia neben der toten Lehrerin nieder, während die Magd die Männer zurückrief, die ihr helfen sollten, die Leiche aus dem Haus zu tragen.

12

DIE KINDER

Während Napoleons Feldzug gegen Russland stellte das Großherzogtum Baden dem Kaiser sechstausend Soldaten, darunter Männer aus allen Teilen des Schwarzwalds, die in ein Land einmarschierten, das in ihrer Vorstellung auf der anderen Seite der Welt lag. Die wenigsten kehrten aus dem Krieg zurück. Als Napoleons Schlachtenglück nachließ, zögerte das Großherzogtum länger als die Länder Bayern und Württemberg, sich aus dem Bündnis mit den Franzosen zurückzuziehen. Badens Großherzog Karl fürchtete den Bruch mit Napoleon, denn das Kriegsglück konnte sich wieder wenden. Zudem fühlte sich Karl wegen seiner Ehe mit Napoleons Adoptivtochter verwandtschaftlich gebunden und wollte Bonaparte nicht brüskieren.

Erst 1813 beschloss der badische Staatsrat nach einer tumultuösen Sitzung den dringend notwendigen Bündniswechsel, nachdem man den Großherzog davon überzeugt hatte, dass Baden andernfalls gemeinsam mit Napoleon untergehen würde. Die Kapitulation Frankreichs war abzusehen und der Zeitpunkt gut gewählt, sich den Alliierten unter Führung Österreichs, Preußens und Russlands als neuer Bündnispartner anzubieten.

Während des Wiener Kongresses wurde die Neuordnung Europas festgeschrieben. Die Souveränität des Großherzogtums blieb unangetastet, 1815 trat Baden dem Deutschen Bund bei. Im Zuge der neuen Grenzziehungen wurden einige Grafschaften, die bisher zu Vorderösterreich gehört hatten, nun dem Großherzogtum zugesprochen, darunter auch Gebiete des Schwarzwalds.

Die zutiefst katholische Region, zu der auch Schrötten gehörte, stand nun seit fünf Jahren unter der Herrschaft eines evangelischen Herzogs. Die Menschen hingen aber noch an dem althergebrachten Kaiserhaus. Sie hatten sich in der Einflusssphäre Habsburgs wohlgefühlt und identifizierten sich noch immer mit diesem Herrscher. Der neuen Regierung und dem unpopulären Herzog galt ihr Misstrauen. Doch wie sollten sie es anstellen, ihren Unwillen auszudrücken? Das Leben war hart und die tägliche Arbeit zu kräftezehrend, um sich mit den politischen Verhältnissen eingehend zu befassen. Von den großen Veränderungen in Wirtschaft und Kultur, die seit dem Wiener Kongress die *Französisierung* Europas radikal zurücktrieben, bekamen die Schröttener nichts mit. Ihr Widerstand blieb unbemerkt und meistens passiv. Er drückte sich zum Beispiel darin aus, dass die katholischen Gemeinden sich weigerten, ihre Kinder auf Schulen mit nichtkatholischen Lehrern zu schicken.

Schrötten besaß keine Schule. Schrötten hatte auch keine Lehrerin mehr. Frau Birgit war auf Gemeindekosten beerdigt worden. Da der Großherzog Wert darauf legte, dass den Kindern überall in seinem Herzogtum Lesen und Schreiben beigebracht wurde, war auf Anordnung der Verwaltung ein neuer Lehrer nach Schrötten geschickt worden. Dieser Mann hieß Aglef Zwinger.

Menschen, die sich vom Leben grundsätzlich vernachlässigt fühlen, nehmen jede Gelegenheit wahr, auf jemanden herabzusehen, dem es noch schlechter geht als ihnen. Der neue Lehrer war das erbärmlichste Geschöpf, das Schrötten je gesehen hatte. Der Mann hinkte. Er schleppte aber nicht nur das Bein nach, sondern zog beim Gehen auch noch die Hüfte hoch und ruderte mit den Armen, um das Gleichgewicht zu halten. Damit nicht genug, litt Aglef Zwinger unter der angeborenen Behinderung eines Wolfsrachens. Bei einem normal heranwachsenden Fötus wuchsen die Gaumenfortsätze des Oberkieferwulstes mit dem Zwischenkiefer zusammen, wodurch der vordere harte und der hintere weiche Gaumen entstanden. Bei der Verkrüppelung, unter der Zwinger litt, hatte dieser Vereinigungsprozess nicht stattgefunden. Ihm war eine Gaumenspalte geblieben, wodurch Mund- und Nasenraum nicht voneinander getrennt waren. Wenn Zwinger sprach, klang es wie ein finsteres Röcheln, ein unapettitliches Knurren, das vielleicht einem alten Köhler zu Gesicht gestanden hätte, gewiss aber keinem Lehrer, der den Kindern ordentliches Sprechen beibringen sollte. Zwinger war also nicht nur von der verhassten protestantischen Verwaltung in die Schwarzwaldhöhe geschickt worden, durch die Missbildung seines Mundes fehlte ihm auch die Möglichkeit, sich bei den Menschen mit Geist und Sprachwitz beliebt zu machen.

Eine leerstehende Scheune war mit Tischen, Bänken und einer Schultafel möbliert worden, man hatte einen Holzofen darin aufgestellt. Am Morgen, als Aglef Zwinger seine erste Unterrichtsstunde abhielt, hatte er Bücher mit großen farbigen Abbildungen mitgebracht, die er den Kindern zeigen wollte. Er stellte sich hinter das Lehrerpult, ließ den Blick in die Runde gehen und betrachtete die leeren Bänke. Kein einziges Kind war gekommen.

Gabriel war wieder da! Im Dorf war bekannt geworden, dass ihr Liebling von den Benediktinern geprüft worden sei, seine heilenden Fähigkeiten hätten sich bestätigt. Der Fall sollte nun dem Bischof vorgelegt werden, mit dem Ansuchen, dem Jungen eine solide Ausbildung zu ermöglichen, mit dem Ziel, dass er schließlich die Wissenschaft der Medizin erlernen möge. Bis der Bischof das entschieden haben würde, sollte Gabriel im Dorf bleiben. Die Schröttener fragten sich, ob er wieder als Holzknecht arbeiten würde, oder ob er seine heilenden Hände nicht besser schonen sollte. Als Gabriel darauf bestand, so wie früher mit den Knechten in den Wald zu ziehen, waren die Schröttener voll Bewunderung für seine Bescheidenheit.

Seit Gabriel wieder auf dem Hof wohnte, lief Maria Steinhauer nur noch lächelnd durch den Tag. Glücklich wie eine Braut dachte sie sich für ihn Annehmlichkeiten aus, strickte ihm grüne Socken und schüttelte das Stroh auf seinem Lager auf. Wenn sie kochte, tat sie es in Gedanken an ihn.

Auch Antonia war erfüllt von Freude. Nachdem sich Gabriel wochenlang im Kloster aufgehalten hatte, ohne dass der Bannstrahl Gottes oder eines seiner Stellvertreter auf die Bäuerin niedergegangen war, hatte sie erkannt, dass die *Prüfung* Gabriels mit ihrer Liebesbeziehung wohl nichts zu tun hatte. Antonia malte sich aus, wie der Junge von nun an nachts wieder in ihre Kammer schleichen würde, wie sie einander während der Arbeit verstohlene Blicke zuwerfen und die Stunden zählen würden, bis sie zusammenkommen dürften. In ihren Fantasien ging Antonia noch weiter. Der gelähmte Anton würde ja nicht ewig leben. Eines schönen Tages würde der Herr ihn erlösen und in Gnaden zu sich nehmen. Bis dahin würde Gabriel zum Mann herangewachsen sein, und wenn er erst im heiratsfähigen Alter wäre, dann – ja, dann ... An diesem Punkt ihres Tagtraums lächelte Antonia still in sich hinein. Natürlich war Gabriel erheblich jünger, aber sobald er als Bauer auf dem Steinhauerhof einziehen sollte, würde das Getratsche der Leute verstummen. Und dann wäre Antonia die glücklichste Frau von Schrötten.

Rupert Steinhauer erholte sich nur langsam von dem Schreck, dass sein Widersacher zurückgekehrt war. Für niemanden in Schrötten hatte Gabriels Verschwinden mehr Erleichterung bedeutet als für Marias Cousin und Verehrer. Der schöne Blonde würde von nun an bei den Benediktinern bleiben, hatte Rupert gehofft, er würde Mönch werden, die Priesterweihe ablegen, und damit wäre er für Maria unerreichbar. Vielleicht würde man ihn zum Studium nach Stuttgart schicken, auch in diesem Fall musste Maria fortan ohne ihn leben. Es wäre ihre Pflicht, sich alsbald einen guten Mann zu wählen, und wer wäre besser für die Ehe mit ihr geeignet als Rupert? Seine Hoffnung auf ein baldiges Glück hatte gewissermaßen den Zenit erreicht, als Gabriels Rückkehr ihn wieder in ein tiefes Tal stürzte.

Abt Dorian auf seinem Klosterberg litt an der Leere, die Gabriels Fortgang hinterlassen hatte. Zwar

war es vernünftig gewesen, so zu verfahren, trotzdem fühlte sich die Entscheidung trostlos an. In seinem Kummer, Gabriel nicht mehr sehen zu dürfen, wandte Dorians Zorn sich gegen Pater Berengar. Dem alten Kräutersammler und Moralapostel war es zu verdanken, dass Dorian die Freude seiner Tage hatte fortschicken müssen. Es war allerdings höchste Zeit für diesen Schritt gewesen. Sein häufiges Beisammensein mit dem Jungen hatte im Kloster schon Gerüchte ausgelöst. Die neugierigen Blicke der Mönche waren ihm nicht entgangen, wenn sie den Abt und seinen Zögling im Blumengarten lustwandeln sahen. Gabriel selbst schien die erhöhte Aufmerksamkeit des Abtes nicht aufgefallen zu sein, er hatte seinen Mentor mit unwandelbarer Freundlichkeit behandelt. Nun war der Junge fort, und der Abt musste lernen, ohne Gabriel zu leben.

An den Dorfbrunnen gelehnt, beobachteten die Schröttener, wie ihr neuer Lehrer sich über den Dorfplatz schleppte. Die Leute stießen einander an.

»Wie der läuft«, lächelte Rupert Steinhauer. »Wie eine Fliege, der man ein paar Beine ausgerissen hat.«

Er fand lachende Zustimmung bei den Knechten. Die Mägde schüttelten scheu die Köpfe, der Lehrer war ihnen nicht geheuer.

»Wohin des Wegs, Meister Zwinger?«, rief Rupert, ermutigt durch die Zustimmung der Männer.

»Guten Morgen«, antwortete der hinkende Mann, ohne auf die Frage einzugehen.

»Ob es ein guter Morgen für dich wird, mag sich erst zeigen.« Rupert löste sich aus der Gruppe. »Wohin hinkst du denn?«

»Ins Schulhaus.«

»Und was willst du dort? Keins unserer Kinder wird zu dir kommen. Willst du dich etwa selbst unterrichten?«

»Sie werden schon kommen mit der Zeit«, lautete die ruhige Antwort. Zwinger wischte sich über den Mund, da er beim Sprechen speichelte.

»So, glaubst du? Willst du uns etwa *zwingen*, Zwinger, damit wir die Kinder zu dir schicken?« Als Rupert sich nach seinem Wortwitz grinsend zu den Knechten umdrehte, bemerkte er eine ungewöhnliche Prozession. Die schöne Maria betrat den Dorfplatz, sie führte fünf Kinder im Alter zwischen sechs und zehn Jahren an der Hand. Sie trugen kleine Ranzen, hatten Brot und Äpfel dabei, aufgeregt blickten sie sich um. In einem Jungen erkannte Rupert den Bankert einer Magd vom Steinhauerhof.

»Wo willst du hin, Maria?«, rief Rupert verblüfft.

»Es ist Zeit«, antwortete sie.

»Zeit, wofür?«

»Dass unsere Kleinen etwas lernen.« Sie begrüßte den Lehrer mit einem höflichen Nicken. »Gehabt Euch wohl, Herr Lehrer.«

»Dir auch einen schönen Morgen«, antwortete Zwinger.

»Das kann er wohl werden. Seht, die Sonne kommt hervor.« Mit diesen Worten schob sie die Kinder auf Zwinger zu. Die Kleinen scheuten sich, so plötzlich in die Obhut des fremden Mannes gegeben zu werden. Stumm blickten sie zu ihm hoch.

Mit einem Ächzen bückte sich Zwinger vor ihnen. »Wer kann mir ein Tier nennen, das mit dem Buchstaben A beginnt?«

Auf dem Dorfplatz wurde es still.

»A – wie …« Mit zwei Fingern zeigte er ein winziges Wesen. »Ihr habt dieses Tier schon oft gesehen. Es ist klein, aber wenn es eure Beine hochläuft, zwickt es euch in die Wade. Nun?«

»Ameise«, rief der Sohn der Magd.

»Sehr gut.« Zwinger legte ihm belobigend die Hand auf die Schulter und richtete sich wieder auf. »Es gibt noch andere Tiere, die mit A beginnen. Habt ihr schon einmal etwas von der Anakonda gehört?« Sie schüttelten die Köpfe. »Das ist eine Riesenschlange. Sie ist so groß und bedrohlich, dass sie einen kleinen Menschen bei lebendigem Leib auffressen könnte.«

Die Kinder erschauerten vor Aufregung und Neugier.

»Soll ich euch eine Anakonda zeigen?«

Als ein kleines Mädchen erschrocken zurückwich, lächelte Zwinger. »Keine echte Schlange, die könnte im Schwarzwald nicht überleben. Es wäre ihr hier viel zu kalt. Ich will euch Bilder von einer Anakonda zeigen, aber auch von Tieren, die mit dem Buchstaben B beginnen, wie zum Beispiel …«

»Der Bär!«, rief das Mädchen.

»Ausgezeichnet. Kommt mit mir. Wir wollen uns Bilder von Bären ansehen.«

Die ganze Zeit hatte Aglef Zwinger auf seine sonderbar unbeholfene Weise gesprochen, doch die Art, wie er die Neugier der Kinder weckte, das Funkeln in seinen Augen, seine beredten Gebärden ließen das Gebrechen dieses Mannes vergessen. Bevor der kleine Tross sich auf den Weg machte, wandte sich Zwinger zu Maria. Ein ernstes, gütiges Lächeln lag auf seinen Zügen, er nickte. Antonias Tochter erwiderte das Lächeln. Zusammen mit seinen ersten Schützlingen hinkte der Lehrer zur Scheune, die von nun an Schröttens Schule sein sollte.

Währenddessen stand Rupert Steinhauer staunend da und beobachtete, wie Maria auf den Hof zurückkehrte. Als die Knechte am Brunnen von ihm ein Scherzwort über den Vorfall hören wollten, wandte er sich ab. »Lasst mich in Ruhe.« Nachdenklich machte Rupert sich an seine Arbeit.

13

BEGEGNUNG

Alles wurde lebendig, wurde stärker und größer, angetrieben durch die Zeit, die den Schröttenern befahl, jetzt müssten sie leben, während der langen Junitage, dieser lauen Julinächte, durchweht von Sommerwinden, erquickt vom warmen Regen. Die Mütter mit den Neugeborenen, die Alten auf den Bänken wandten ihre Gesichter der Sonne zu. Der Geruch von frischem Heu, die brüllenden Kühe, die gemolken werden wollten, der Blitz im Kirschbaum, der weißhaarige Hans, der vor den Johannisbeeren kniete, als würde er beten, dabei suchte er Blattläuse. Mächtig, beängstigend und schön gab sich das Leben zu erkennen. Es herrschte Sommer, wie es ihn nur in der Höhe gab, heiß und stechend. Nichts Schwüles, Drückendes haftete der Jahreszeit an, hier war der Sommer ein Schwerthieb, ein Feuerstoß, kurz und unvergesslich. Wer die Magie der Sonne auf über tausend Metern kannte, mied das Tal um diese Jahreszeit, wo sich die Menschen müde durch die heißen Tage schleppten. Hier oben schenkte die Hitze den Menschen Kraft.

Seit neun Jahren lag Anton Steinhauer in der Knechtkammer hinter dem Kachelofen. Zehn Monate im Jahr sah er weder die Sonne noch das Gras oder sein Vieh, das auf der ansteigenden Matte hinter dem Hof weidete. Erst wenn sich der Sommer unwiderruflich in Schrötten eingenistet hatte und von den Septemberwinden erst wieder vertrieben werden würde, erlaubte Antonia, dass der Bauer nach draußen geschafft wurde. Man machte sich nicht die Mühe, ihn anzuziehen, mitsamt seinem Bett wurde Anton ins Freie getragen und in Sonnenrichtung abgestellt. Dadurch lag er zwar mit dem Kopf leicht nach unten, doch nur in dieser Position konnte er den westlichen Hügel betrachten, wo die Kühe grasten und die Sonne langsam weiterzog, bis sie hinter den Tannen des Hurzenwaldes verschwand.

In diesem Jahr erschrak Antonia stärker als sonst, als der bleiche Gelähmte dem Tageslicht ausgesetzt wurde. Anton war fast nur noch das Echo eines Lebenden, der traurige Rest eines Mannes, den es seit Langem nicht mehr gab. An den Blicken der Mägde und Knechte fand Antonia bestätigt, was ihr selbst ins Herz schnitt. Anton schien bereits fortgegangen zu sein, ein atmender Leichnam lag unter dem dicken Federbett. Sie wollte sich nichts anmerken lassen, mit munterem Lächeln trat sie in das Gesichtsfeld ihres Mannes.

»So ein Tag gefällt dir, mein Guter, habe ich recht?« Seit es den Gatten Anton nicht mehr gab, behandelte sie ihn wie einen altgewordenen Sohn. »Schau dich in Ruhe um.« Sie zeigte den Hügel hinauf. »Kennst du unsere Kühe noch? Weißt du, welche die mit den weißen Schecken ist?«

Der Blick des Bauern galt nicht der Kuh, sondern blieb an der Bäuerin hängen. Begriff er, was sie sagte, war sein Verstand erloschen, oder versteckte er sich nur? Antons zahnloser Mund öffnete sich knurrend.

»Du bist hungrig? Natürlich, du willst dein Vesperbrot. Wie konnte ich das vergessen?« Antonia lächelte, doch der scherzhafte Ton ging ihr schwer über die Lippen. Man brauchte mit Anton nicht mehr zu scherzen, warme Milch und Brei waren alles, was man ihm zuführen musste. Als sie sich abwandte, um der Magd zu befehlen, für den Bauern das Essen zu holen, bemerkte sie Gabriel. Er hatte auf der Wiese neben dem Hühnerstall das Heu gewendet. Die Heugabel auf der Schulter kam er zum Hof zurück.

Gabriel blieb vor Antons Bett stehen und beugte sich vor, damit der Bauer ihn sehen konnte. »Gut, dass du an die frische Luft kommst, Bauer.«

Antonia nahm an, dass ihr Mann dem Knecht so wenig Aufmerksamkeit schenken würde wie dem Rest des Gesindes. Doch plötzlich veränderte sich die Miene des Gelähmten, seine Brauen hoben sich, aus halb geöffnetem Mund kam ein heller Laut, ein Laut der Freude.

»Das Heu auf der Hühnerwiese ist fast trocken«, sagte Gabriel. »Vor Sonnenuntergang will ich es in den Stall bringen.«

»Gärrh«, machte der Bauer.

»Die Gerste? Nein, die lassen wir noch einen guten Monat stehen, bevor wir sie schneiden«, antwortete Gabriel. »Du magst Gerstenbrei am liebsten, hat Maria mir erzählt. Heute tut sie dir Honig in den Brei, dann schmeckt er noch besser.«

»Äähh äääh«, machte der Bauer.

Im nächsten Moment kam Antons Kopf hoch. Er verharrte in dieser Stellung, als könnte er es selbst nicht glauben, dann folgten seine Schultern. Es gelang ihm, sich auf den rechten Ellbogen zu stützen

»Anton«, rief die Bäuerin überrascht. »Du kannst dich ja aufsetzen!«

Sie wollte ihrem Mann helfen, doch unverwandt starrte der Bauer Gabriel an. »Äähh äääh«, wiederholte Anton mehrmals, bis Gabriel seinen Arm um ihn legte und den Rücken des kranken Mannes an das Kopfteil lehnte. Den Blick auf sein Land gerichtet, saß Anton Steinhauer da. Ein wenig Farbe trat in sein Gesicht, es war unverkennbar, dass er lächelte.

Währenddessen wartete Antonia auf einen Blick Gabriels, ein Nicken, ein Lächeln. Doch der Knecht sank nur auf den Bettrand und unterhielt sich weiter mit dem Bauern. So benahm sich Gabriel schon seit Tagen, freundlich, hilfsbereit, fleißig, dabei kühl und unnahbar. Er benahm sich, als wäre nicht nur seine Vergangenheit aus seinem Gedächtnis gelöscht worden, sondern auch das Geheimnis mit Antonia, ihre wunderbare gemeinsame Zeit. Es war Hochsommer, Antonia wollte die wenigen Nächte, in denen man draußen schlafen konnte, genießen, wollte Gabriel im Wald treffen, auf der Lichtung oder am Weiher. Sie wollte jung sein, verliebt, der Sommer lockte zu Bedenkenlosigkeit. Sie verstand nicht, weshalb sich der schöne Junge mit dem Gelähmten freundlicher und liebevoller beschäftigte als mit ihr. Bis jetzt hatte sie Gabriel nicht auf sein Verhalten angesprochen, aber heute wollte sie es tun, jetzt gleich. Antonia ließ die Luft ausströmen. Sie würde Gabriel mit einem Auftrag ins Haus schicken und ihn drinnen zur Rede stellen.

»Mutter.«

Das kam von der Straßenseite her, wo gerade ein Heuwagen am Hof vorbeizog.

»Mutter, wir haben Besuch.«

Antonia drehte sich um. »Besuch?«

»Ich habe Herrn Zwinger mitgebracht.« Maria kam

der Bäuerin entgegen. Dahinter wurde der gekrümmte Mensch mit dunklem Hut und dunkler Jacke sichtbar.

»Den Lehrer?«, entgegnete Antonia verwundert. »Wozu?«

»Weil die Kinder in der Schule begeistert von ihm sind, aber die Schröttener lassen es noch an Freundlichkeit für ihn fehlen. Deshalb dachte ich, wir machen den Anfang.«

»Ausgerechnet heute? Siehst du nicht, dass ich den Vater ins Freie gebracht habe?«, entgegnete Antonia. »So darf keiner ihn sehen, am allerwenigsten ein Fremder.«

Zwinger war nähergekommen. »Ich habe Eurer Tochter gesagt, dass ich nicht stören will, doch sie bestand darauf, mich mitzunehmen.« Er machte eine Verbeugung. »Wie ich sehe, kommt mein Erscheinen Euch ungelegen. Ich will daher wieder gehen.«

Als der Lehrer sich umdrehte und aufbrechen wollte, strauchelte er und wäre fast hingestürzt. Nur mit Hilfe Marias fand er das Gleichgewicht wieder. Ohne es zu wollen, musste Antonia über den tollpatschigen Mann lachen.

»Mutter«, sagte Maria vorwurfsvoll.

»Verzeih, Lehrer, ich mache mich nicht über dich lustig.«

»Ich könnte es Euch nicht verübeln.« Er erwiderte ihr Lachen, und mit einem Mal verströmte das verformte Gesicht des Mannes Humor und Freundlichkeit.

»Du kannst bleiben, Lehrer«, sagte die Bäuerin, »wenn du aufhörst, mich wie eine Fürstin oder Herzogin anzureden, mit all dem *Ihr* und *Euch*.«

»Das will ich tun«, nickte Zwinger. »Die Höflichkeit

verlangte allerdings, dass ich gewartet habe, bis du es mir anbietest.«

»Die Höflichkeit?« Verwundert sah sie ihn an. »Die Höflichkeit ist in Schrötten seit Langem erfroren.«

»Dann sollten wir sie auftauen«, antwortete er.

»Trink einen Becher Milch mit uns.« Antonia zeigte zum Haus.

Zwinger blickte in die Gegenrichtung, dorthin, wo das Bett unter dem Apfelbaum stand. »Dass dein Mann ein schweres Schicksal trägt, ist mir bekannt. Erlaubst du, dass ich ihm guten Tag sage?«

Antonia wollte es ihm verwehren, doch im Blick des Lehrers lag so viel Ernst und Anteilnahme, dass sie nickte. »Ich führe dich zu ihm.«

Während Zwinger neben der Bäuerin auf Anton zu hinkte, während Maria ihnen folgte, stand Gabriel von der Bettstatt auf.

»Guten Tag, Steinhauer. Ich bin der neue Lehrer.« Als ob es nichts Natürlicheres gäbe, nahm Zwinger die rechte Hand des Bauern, schüttelte sie und wollte wieder loslassen.

Antons Augen wurden groß, er behielt die Männerhand in der seinen, als würde er sie wiegen. »Maainkh«, keuchte er. »Maainkn ... Maainnknee ...«

Antonia wandte sich zu Maria, die das Stammeln des Vaters meistens am besten verstand. »Was meint er?«

»Ich weiß es nicht, Mutter.«

Zwinger zog seine Hand zurück. »Schön hast du es hier, Steinhauer.« Er zeigte über die Wiese, die in sanftes Licht getaucht war. Zum ersten Mal wandte er seinen Blick zum Holzknecht. »Und du bist Gabriel?«

»Der bin ich.«

»Von dir wird viel erzählt in Schrötten.«

»Ich hätte nicht gedacht, dass solche Geschichten bis ins Schulhaus dringen.« Gabriels Antwort kam leise und bedächtig, doch es lag ein Ton von Trotz und Auflehnung darin.

»Maria hat mir von dir erzählt«, erklärte Zwinger. »Du bist neulich für einige Zeit im Kloster gewesen?«

»Das war ich.«

»Aber jetzt bist du wieder hier.«

»Es hat sich so ergeben«, antwortete Gabriel mit herausforderndem Blick. »Warst du seit deiner Ankunft schon im Kloster, Lehrer?«

Eine kleine Pause entstand. »Du gemahnst mich zurecht«, nickte Zwinger. »Ich sollte den Benediktinern endlich meine Aufwartung machen. Der Abt ist dein Mentor, hört man?«

Gabriel schwieg.

»Es ist gut, einen mächtigen Mentor zu haben.«

Der Lehrer und der Holzknecht standen einander gegenüber, nur das Bett des Gelähmten trennte sie voneinander.

»Maainkhnee«, stöhnte der Bauer.

Ehe sich die Frauen um ihn kümmern konnten, wandte sich Zwinger zu Antonia. »Nun will ich nicht länger stören.«

»Unsere Milch ist gut«, ging Maria dazwischen. »Willst du dich nicht stärken?«

»Ein andermal.« Zwinger verbeugte sich vor den Bauersleuten, und bevor jemand ihn ein zweites Mal zum Bleiben auffordern konnte, hinkte der Lehrer von Schrötten davon.

14

SCHANDE

Gabriel nahm sein Halstuch ab und ging auf die Knie. Ein Sonnenstrahl fiel in sein Haar und ließ es aufleuchten. An diesem trägen Nachmittag war Maria mit dem Holzknecht in den Wald gegangen. Nach der Arbeit hatten sie sich gewaschen und waren unabhängig voneinander aufgebrochen. Eine Verabredung hatten sie nicht, doch Maria hatte Gabriel insgeheim beobachtet und herausgefunden, wohin er manchmal in seinen freien Stunden verschwand. Darum war dieser Platz auch ihr mittlerweile lieb geworden. Kein Zufall hätte günstiger sein können, als dass ausgerechnet auf dieser Lichtung die schönsten Pfifferlinge wuchsen. Es hatte in den letzten Tagen geregnet, darauf anhaltend die Sonne geschienen, und so konnte man die Uhr danach stellen, wann die Pfifferlinge aus dem Boden schießen würden.

Von außen betrachtet war ihre Begegnung nichts weiter als das Aufeinandertreffen zweier junger Leute, die Pilze sammelten. Gabriel pflückte drei besonders schöne Pfifferlinge und legte sie in das Tuch, das ihm als Beutel diente.

»Hier ist die Stelle, nicht wahr?«, sagte Maria.

»Welche Stelle?«

»Wo du immer singst.«

»Woher weißt du, dass ich singe?«

»Rupert hat es mir erzählt.«

»Rupert, so.« Gabriel schmunzelte.

Maria bemerkte es und machte eine wegwerfende Geste. »Rupert macht sich gern wichtig, weißt du. Dann tut er, als ob er schon ein ganzer Mann wäre, der mich einfältiges Mädchen beschützen muss.«

»Ist Rupert in deinen Augen denn kein Mann?«

»Ein Bengel ist er, mein lieber, dummer, nicht besonders fleißiger Vetter.« Sie lachte, während sie ein Nest aus Pfifferlingen erntete. »Bei Ruperts Faulheit hätte die Mutter ihn längst vom Hof gejagt, wenn er nicht zur Familie gehören würde.« Schon sprang sie wieder auf. »Was singst du für Lieder?«

Gabriel blickte an dem hübschen Mädchen hoch. »Wieso willst du das wissen?«

»Weil ich auch gerne singen können möchte.«

»Aber du singst wunderschön. Ich habe dich beim Gebet gehört, auch am Brunnen. Du hast eine liebliche Stimme.«

Sie lächelte über das Kompliment. »Warum singst du ausgerechnet hier draußen?«

»Was ich hier tue, hat mit Singen wenig zu tun.« Langsam kam auch er hoch und überragte sie um Haupteslänge.

»Rupert hat erzählt …«

»Genug von Rupert.« Sanft legte Gabriel ihr die Hand auf den Mund. »Ich komme hierher, um mit der Natur zu sein.«

Nachdenklich schob sie seine Hand beiseite und behielt sie in der ihren. »Aber in Schrötten gibt es doch nichts weiter als Natur.«

»Da täuschst du dich. In einem Dorf – in jedem Dorf gibt es Not und Ehrgeiz und Neid, es gibt die Sprache. Und die Sprache ist eine Waffe, die man benützt, um den Menschen wehzutun. In der Sprache liegt all das begründet, was die Menschen krank macht.«

»Wer ist krank?«

»Wir alle, Maria. Wir sind krank am Menschen, jeder von uns. Der Mensch ist des Menschen schlimmste Krankheit. Wir hocken auf engem Raum beisammen und reden in einem fort, reden und plappern und faseln, ohne nachzudenken, was wir sagen. Dabei wünschen wir unseren Mitmenschen selten etwas Gutes. Wir sind heimtückisch und denken meistens nur an uns selbst.«

»Das stimmt nicht«, widersprach Maria. »Ich denke nicht nur an mich.« Zärtlich sah sie ihn an. »Ich denke auch …«

Er unterbrach sie. »Wenn der Mensch unausgesetzt unter Menschen bleibt, geht er zugrunde. Das ist ein Gesetz. Darum muss ich ihnen manchmal entfliehen, dann laufe ich in die Natur. Die Natur ist niemals krank. In der Natur gibt es Geburt und Sterben, hier herrscht das Gesetz des Stärkeren, aber niemals herrschen Bosheit und Hass in der Natur. Deshalb singe ich hier, denn Singen ist nicht Sprechen. Ich muss das viele Sprechen, das täglich auf mich niederprasselt, abschütteln. Ich singe, um wieder heil zu werden.«

Maria war verstummt, ängstlich, zugleich glücklich. Noch nie hatte er so mit ihr gesprochen. Sie hätte ihm gern geantwortet, wollte aber den schönen Moment nicht zerstören, wie sie so voreinander standen, Pfifferlinge in den Händen. Gern hätte Maria erzählt, dass auch sie sich manchmal Einsamkeit wünschte, weil sie das Schmatzen und Rülpsen der Knechte, das Geschwätz der Mägde und das laute Schimpfen der Mutter störte. Gleichzeitig fürchtete sie sich vor der Einsamkeit im Wald. Außerhalb des Dorfes gab es nur Bäume und Felsen und den endlosen Wald, in dem wilde Tiere hausten. Hinter dem Hurzenwald waren neulich Wölfe gesehen worden, wie leicht konnten sie sich bis nach Schrötten verirren. All das hätte Maria Gabriel gern anvertraut, stattdessen sah sie ihn nur an.

»Ich werde singen lernen«, antwortete sie schließlich. »Unser neuer Lehrer will mir Unterricht geben.«

»Der Krüppel?« Gabriel legte die Pfifferlinge in sein Tuch und schnürte es zu. »Ausgerechnet der?«

»Was hast du gegen ihn?«

»Nichts Besonderes. Ich finde nur, jemand mit so einem verpfuschten Mund sollte keinen Gesangsunterricht erteilen.«

Noch nie hatte Maria Gabriel hämisch oder herablassend über andere sprechen hören. »Weshalb redest du so gemein über ihn, so wie die meisten im Dorf?«

»Ich sage nur, was offensichtlich ist. Du solltest dir einen anderen Lehrer suchen.«

Was war nur in den lieben Jungen gefahren, fragte sich Maria. Alle Freundlichkeit war aus seinem Gesicht gewichen. »Jetzt will ich es erst recht tun«, entgegnete sie enttäuscht und wütend. »Ich nehme Unterricht bei Meister Zwinger.«

»Ich kann dich nicht daran hindern.«

Schweigen breitete sich zwischen ihnen aus. Schließlich sagte Maria: »Die Mutter wartet. Ich gehe jetzt zurück.«

Gabriel öffnete sein Bündel noch einmal. »Am besten, du nimmst meine Pilze gleich mit.«

»Kommst du denn nicht?«

»Ich bleibe noch. Vielleicht singe ich sogar«, sagte er mit geheimnisvollem Lächeln.

»Ich mag nicht, wenn du so bist«, antwortete Maria hilflos.

»Wie bin ich denn?«

»Nicht mehr du.«

»Woher weißt du, wer ich wirklich bin?«

Flehentlich sah sie ihn an. »Sei wieder du, ich bitte dich.«

Er kippte seine Pfifferlinge in ihr Körbchen. »Lass die Bäuerin nicht warten.«

Sein Haar fiel strähnig in die Stirn, er presste die Lippen aufeinander. Als müsste Maria ihm entfliehen, hastete sie von der Lichtung, stolperte über Wurzeln und erreichte das freie Feld. Sie begann zu rennen, bis der Hof endlich in Sicht kam.

Die Treppe hatte geknarrt. Nachts gab es auf dem Hof viele ähnliche Geräusche. Wenn die Knechte zur Notdurft nach draußen tappten, wenn die Mägde zueinander in die Zimmer huschten, um zu tratschen, wenn einer sich nur im Bett herumwälzte, verriet das alte knarrende Holz des Hofes seine Bewohner.

Wie ein Dieb schlich Gabriel in die Kammer unter dem Dach. Er hätte Antonia bestehlen, sie umbringen können, doch er legte sich neben sie und öffnete ihr Hemd, ohne Worte, ohne Erklärung. Tagsüber hatte er mit keinem Blick angedeutet, dass er diese Nacht bei ihr sein wollte. Über die Hintertreppe, vorbei am Gewölbe, wo das Brennholz lagerte, war er zu ihr geschlichen. Antonia war erst verstört von seiner wortlosen Lust, zugleich fasziniert davon. Er suchte nicht die Vertrautheit, er überließ Antonia ihrer überraschten Erregung. Mehr und mehr genoss sie, dass sie wie zwei Fremde Unzucht trieben, im Stockdunklen, heiß und ausdauernd, eine schwarze Freude, in die Antonia sich fallen ließ. Nachdem es vorbei war, lauschten sie in die Nacht. Tief unten hörte man, wie das Vieh mit seinen Leibern gegen die Stallwände polterte.

»Maria will Gesangsunterricht nehmen.«

Es war nicht das Erste, was Gabriel sagte, doch seine Worte kamen so überraschend, dass Antonia sich aufsetzte und ihr Kissen in den Rücken schob. »Woher weißt du das?«

»Sie hat es mir gesagt.«

»Wann?«

»Heute, im Wald.«

Gerade noch träge vom Genuss, war Antonias Geist mit einem Mal hellwach. Wenn junge Männer jungfräuliche Mädchen im Wald trafen, geschah es meistens zum Zweck der Annäherung. Dass Maria sich in Gabriel verliebt hatte, war nichts Besonderes, die meisten Schröttener Mädchen schwärmten für ihn. Antonia hatte jedoch als sicher angenommen, dass er die erfahrene Frau, die ihm im Bett jede Freiheit erlaubte, der scheuen Tochter vorziehen würde. Die Bäuerin hatte so manches Gespräch zwischen den beiden mitangehört, aber nie den leisesten Verdacht gehegt, dass Gabriel für Maria mehr Interesse zeigen könnte, als die Höflichkeit erlaubte. Sollte die heutige Begegnung im Wald anders verlaufen sein? Weshalb hätte Gabriel dann freiwillig davon erzählt? Nein, schloss Antonia für sich, Maria war ein hübsches Mädchen, doch für Gabriel nicht von Interesse.

»Weshalb wart ihr im Wald?« Sie streichelte seinen Schenkel.

Er krümmte sich, weil ihre Zärtlichkeit ihn kitzelte. »Du kennst den Grund. Wir haben uns die Pfifferlinge vorhin gut schmecken lassen.«

Antonia überlegte. »Maria hat noch nie erwähnt, dass sie in irgendetwas Unterricht nehmen wollte. Und nun soll es ausgerechnet der Gesang sein?«

»Wirst du ihr erlauben, dass sie zu Zwinger geht?«

»Ach, der neue Lehrer soll sie unterrichten?« Sie schärfte die Augen, um im Dunkeln seine Miene zu lesen.

»Das hat sie mir gesagt.«

»Dass Maria den armen Teufel in Schutz nimmt, zeigt ihr gutes Herz«, beschwichtigte Antonia. »Er hat es nicht leicht in Schrötten.«

»Der Mann ist mir nicht geheuer. Er ist mir regelrecht verdächtig.«

Antonia schmunzelte, weil Gabriel sich plötzlich wie die meisten im Dorf verhielt. »Es ist doch so: Der gute Zwinger ist einerseits protestantisch, außerdem wurde er uns vom Herzog aufgezwungen, und drittens blökt er wie ein Hammel. Es ist also nicht schwer zu verstehen, warum keiner ihn mag.«

»Mir gefällt die Vorstellung nicht, dass Maria mit ihm in einem Raum allein sein soll«, entgegnete Gabriel.

Antonia drehte sein Gesicht zu sich. »Glaubst du, dass er Unehrerbietiges mit Maria vorhat? Weißt du irgendetwas Bestimmtes?«

»Nein. Mein Gefühl genügt mir.«

»Was hat Maria dir noch erzählt?«

»Nichts.« Er seufzte und ließ sich in die Arme der Bäuerin sinken. »Ich weiß nur, dass ich jetzt schlafen muss.«

Sie streichelte sein Haar. »Es wird bald hell draußen.«

Er schloss die Augen. »Um diese Jahreszeit wird es kaum dunkel.«

»Schlaf, mein Liebster.« Sie küsste ihn, zog seinen Kopf an ihre Brust und ließ sich zurücksinken. Bald hörte sie Gabriels gleichmäßige Atemzüge.

15

EINE TRAUTE STUNDE

»Es gibt Schmerzen, die uns erkennen lassen, dass wir lebendig sind«, sagte Pater Berengar. »Und es gibt Schmerzen, die uns zeigen, dass wir absterben.«

Dorian ließ seine Kutte sinken. Der Einlauf, den der Pater ihm verabreicht hatte, zeigte noch keine Wirkung. »Sterben? Wieso sterben? Wie schätzt du mein Leiden ein?«, fragte er ängstlich.

»Dein Leiden trägt von beidem etwas in sich, vom Leben und vom Sterben.« Berengar säuberte den Schlauch aus hellem Darm in einem Bottich.

»Willst du sagen, dass ich bald sterbe?« Dorian zog den Strick um die Hüfte stramm. »Ist die Krankheit meiner Gedärme so ernsthaft, dass du sie nicht heilen kannst?«

»Du stirbst nicht, ehrwürdiger Abt. Ich habe nur Sorge …« Über den Bottich gebeugt besann sich der Pater. »Ich habe Sorge um die Gesundheit deiner Seele.«

So wie die beiden im Kräuterzimmer Berengars beieinanderstanden, hatte sich ihr Verhältnis umgedreht. Nun war der Abt der Schüler, der dem weisen Mann zuhörte, der Pater war zum geistigen Führer des Abtes geworden.

»Ich fürchte, dass du dich verlierst, mein Bruder«, fuhr Berengar fort.

»Was meinst du damit?«, fragte Dorian mit einer Stimme, hoch wie die eines Kindes.

»Du bist geweihter Benediktiner, bist ein Mann Gottes. Du bist der Führer, der uns den Weg durch unsere Tage zeigen und dessen Licht uns leuchten soll. Bisher hast du diese schwierige Aufgabe untadelig bewältigt. Doch in letzter Zeit fürchte ich, dass dein Geist, dein Fleisch und deine Seele sich woandershin verirrt haben.«

Seit Langem hegte Dorian die Sehnsucht, sich jemandem anzuvertrauen. Er wollte beichten, wollte endlich alles bekennen, was ihn bedrängte, Buße tun und Absolution erhalten für die Sünden seiner Gedanken und Taten im Dunklen seiner Zelle. Dorian war voll aufrichtiger Scham und Reue, zugleich beherrschte ihn sein alter Dämon, die Gewissheit, anderen Menschen überlegen zu sein. Er glaubte, sich mit vollem Recht über die kleinmütigen Gebote seiner Brüder hinwegsetzen zu dürfen. Wenn jener Geist über Dorian herrschte, bedeutete ihm die Bruderschaft der Mönche nichts, er verlachte ihre Einfachheit und Frömmigkeit und sah im Spiegel seiner Eitelkeit nur sich selbst und seinen Anspruch auf Glück. Das Glück, Primus inter Pares zu sein und die Liebe seiner Brüder zu besitzen, genügte ihm dann nicht mehr, er forderte jenes andere Glück, das jedem Priester verboten war und allen Geboten widersprach, die Dorian einzuhalten gelobt hatte.

Sein Schweigen dauerte schon zu lange, er musste dem Pater nun antworten. Sollte er Berengar demütig begegnen, sollte er die Hand des Mitbruders dankbar ergreifen?

»Meine Seele?«, entgegnete der Dämon in Dorian. »Ich weiß nicht, wovon du redest, du sprichst in Rätseln.«

Als sei die Angelegenheit damit abgeschlossen, sah sich der Abt im Laboratorium des Paters um. Kräuter und Wurzeln, Tinkturen in langen Reihen auf Regalen, Bücher und Gerätschaften, von denen Dorian nicht einmal die Namen kannte.

»Ich kann dir auch weiterhin Kräutereinläufe machen, Bruder.« Berengar richtete sich auf. »Ich kann wegsehen, jedesmal wenn ich erkenne, was dich quält und was du zu überwinden suchst. Ich könnte dich einfach deinem Schicksal überlassen, und wenn ich es täte, glaube mir, wäre das Leben einfacher für uns beide. Aber ich werde es nicht tun.«

Aus gütigen Augen sah der Pater Dorian an, Dorian erwiderte mit einem kalten Blick.

»Benedikt, dem ich Gehorsam gelobt habe, hat mir die Arbeit im Weinberg Gottes aufgetragen. Das bedeutet, meinem Mitmenschen hilfreich die Hand zu reichen. Ich reiche dir meine Hand, ehrwürdiger Abt. Lass uns gemeinsam Buße tun, lass uns beten und die Macht des Fleisches bekämpfen. Ich stehe dir bei, Bruder, ich stehe dir bei.«

Mit diesen Worten hielt der Pater sich am Pult fest, beugte langsam, mit knackenden Gelenken die Knie, bis er auf den Boden sank. Er faltete die Hände.

»Ich sehe dich nicht, Bruder Berengar«, antwortete Dorian. »Ich höre deine Stimme nicht.« Als er den Mönch vor sich knien sah, lachte der Abt mit frechem Stolz. »Mir ist, als ob ein Rauschen aus einem alten Baum von geheimnisvollen Dingen spricht. Ich lausche dem Rauschen von Zeit zu Zeit gern, doch es hat mit dem Leben nichts zu tun. Denn wenn ich deinen Worten Glauben schenken sollte, Bruder, wärst du ein verlorener Mann.«

In vollkommener Umkehr dessen, was Berengar ihm gerade angeboten hatte, erteilte Dorian dem alten Mann hochmütig seinen Segen. »Bedenke das in Hinkunft.« Er verließ die Hexenküche des Paters und trat ins Freie.

Wenige Schritte, nachdem der Abt das Laboratorium hinter sich gelassen hatte, begann der Kräutereinlauf im Gedärm seine Wirkung zu tun. Dorian wandte sich zum Necessarium und freute sich auf eine kräftige, erleichternde Entleerung.

»Ehrwürdiger Abt.« Ein junger Mönch trat ihm unter den Arkaden in den Weg.

»Was gibt es?«

»Du hast Besuch.«

»Um diese Zeit? Bald hören wir das Abendläuten.«

»Dieser Mann ist den ganzen weiten Weg heraufgekommen, um dich zu sehen.«

»Wer ist es?« Dorian versteifte sich. Die Sache in seinen Innereien verlangte prompte Erledigung.

»Der neue Lehrer aus Schrötten.«

»Der arme Teufel, den die herzogliche Verwaltung ins Dorf verbannt hat?«

»Eben der«, nickte der Mönch.

Dorian erwog, wie er den Abend zu verbringen wünschte. Er könnte, nachdem er sich erleichtert haben würde, entweder das Vespergebet leiten und den Brüdern den Segen erteilen, oder er könnte ein Gespräch mit jemandem führen, der ihm vielversprechend erschien. Ein protestantischer Lehrer, der von außerhalb kam, ein Krüppel, der sein Schicksal in Schrötten meistern musste – das wäre der richtige Zeitvertreib für heute Abend. Dorian seufzte. Ein *neuer Mensch* in der Wüste ewig gleicher Menschen, wie sehr sehnte er sich danach. Die Liebe zu seinen Mitbrüdern war Dorians Pflicht, doch nicht zum ersten Mal gestand er sich ein, dass die meisten seiner Mönche einfältig und langweilig waren. Dass sie eine Kutte trugen und lateinisch lesen konnten, machte sie noch nicht zu interessanten Menschen.

Dorian blinzelte in die Abendsonne, die um diese Jahreszeit hoch stand. »Wo ist der Lehrer jetzt?«

»Er wartet beim Pförtner auf deine Erlaubnis.«

»Bring ihn herauf.« Während der Mönch sich abwandte, hatte Dorian noch eine Idee. »Ich möchte, dass du mir das Nachtessen in der Amtsstube servierst.«

»Wie du wünschst, hochwürdiger Abt.« Der Mönch raffte seine Kutte, um besser laufen zu können.

»Eine Mahlzeit für zwei«, rief Dorian ihm nach und überlegte, ob er heute Abend den Kräuterlikör entkorken sollte, aus dem man die Heidelbeeren herausschmeckte, oder lieber die Spätlese aus dem Rheintal, die er in seinem Schrank verschlossen hielt. Länger schon wartete Dorian auf eine passende Gelegenheit, diesen Wein zu kosten, nun sollte der Lehrer aus Schrötten in den Genuss des feinen Tropfens kommen. Mit einem vorfreudigen Lachen lief der Abt zum Necessarium und ließ unterdessen den Blick über die Knaben streichen, die sich rund um den Brunnen die Zeit bis zum Vesperläuten vertrieben. Im Gehen öffnete der Abt den Strick um seine Kutte.

An der Art, wie sich der Lehrer zum dritten Mal vom Käse nahm, von den reifen Kirschen naschte und das weiße Brot in sich hineinstopfte, machte der Abt sich eine Vorstellung davon, welchen Mangel der arme Mann im Dorf leiden musste. Dorian selbst aß mit Genuss, ein Stückchen Hühnerbrust und etwas Gänsefett aufs Brot, sein Nachtessen fiel üppiger aus als der tägliche Brei, den die Mönche zur gleichen Zeit im Kapitelsaal löffelten.

Das Kennenlernen des Abtes mit dem Lehrer hatte sich als Wiederbegegnung entpuppt. »Bist du es wirklich?«, hatte Dorian ausgerufen. »Bist du der kleine Zwinger, der mein Studiosus war, im ersten Jahr, als ich auf diesen Berg kam?«

Herzlich hatte der Dorflehrer dem Abt die Hand geschüttelt. »Ja, der bin ich.«

»Wie ist es dir ergangen all die Jahre?«

Während sie zu essen begannen, während Dorian den Lehrer vom Wein probieren ließ, während der helle Sommerabend langsam in die Nacht entschwand, erzählte Aglef Zwinger aus seinem Leben.

»Ich hätte dich kaum wiedererkannt, du hast dich stark verändert«, sagte der Abt freundlich und fügte auf den forschenden Blick des anderen hinzu: »Damit meine ich, du bist ein Mann geworden.«

»Das macht wahrscheinlich der Bart«, erwiderte Zwinger mit einem Nicken. »Woran hast du mich als Erstes erkannt?«

»An deinem … nun, an deiner besonderen …« Dorian machte eine vielsagende Geste. Wie sollte er dem Schulmeister beibringen, dass es unter Tausenden keinen gab, der eine so merkwürdige Verformung des Mundes hatte?

»Es war meine Art zu reden, nicht wahr?« Der Lehrer musterte Dorian mit einem Blick, in dem Ernst, Güte und Mitleid lagen. »Meine Rede ist immer noch etwas holprig, aber jene, die mich besser kennen, haben sich daran gewöhnt.«

»Auch die Kinder im Dorf?«

»Anfangs waren sie scheu und verschreckt.« Zwinger trank vom Wein. »Aber mittlerweile haben sie verstanden, dass es mehr darauf ankommt, *was* man sagt, als *wie* man es sagt.«

Mit einer Geste deutete der Abt seine Zustimmung an. In Wirklichkeit fand er genau das Gegenteil richtig. Wer eine schöne Rede führte und sich wohltönend verständlich machte, war demjenigen, der nur knurrte und blökte, so wie die meisten Leute in dieser Gegend, bei Weitem überlegen. Dorian erkundigte sich nach dem Unterricht, den sein früherer Zögling in Schrötten gab.

»In der schönen Jahreszeit gehe ich mit den Kleinen oft nach draußen. Über das Leben lernst du am besten etwas, wenn du dich in das Leben hineinbegibst.«

»Lesen und Schreiben lernen die Kinder nicht in der Natur«, widersprach der Abt. »Erinnere dich, wie ich euch zwingen musste, in der Studierstube zu bleiben, obwohl draußen die helle Sonne leuchtete, damit ihr die altgriechischen Vokabeln in eure Köpfe kriegt.«

Zwinger legte den Finger an den Mund und besann sich. »δράκων – der Drache«, begann er, »λαλιά – die Sprache, ἐκδίκησις – die Rache.«

Da musste sein früherer Lehrer herzlich lachen. »Drache – Sprache – Rache, oh ja, ich erinnere mich an meine Dreisprünge beim Vokabellernen. Wie du siehst, ist bei dir etwas davon hängengeblieben.«

»Ich habe das Altgriechische geliebt«, nickte Zwinger. »Auch das Latinum.«

»Hast du es später jemals gebrauchen können?«

Zwinger machte eine kleine Pause. »Das Leben hat

mich an einen anderen Platz gestellt, als ich gehofft hatte, aber da, wo ich jetzt bin, bin ich zufrieden.«

Dass man mit seinem Schicksal, ein kleiner Dorfschullehrer zu sein, zufrieden sein konnte, klang unwahrscheinlich für Dorian. Er goss ihnen die Gläser voll, suchte eine schöne Kirsche aus, tauchte sie in den Wein und aß das Fruchtfleisch.

Zwinger lehnte sich zurück und musterte den Abt hinter dem Weinglas. »Wie viele Schüler mögen seit jener Zeit an dir vorbeigezogen sein?«

Dorian zeigte auf die Regale, die sich nach oben im Dunklen verloren. »Ich könnte die Registerbücher zu Rate ziehen und nachzählen. Hunderte waren es bestimmt, wahrscheinlich über tausend. Weshalb fragst du?«

»Weil wir beide auf gewisse Weise zu einer ähnlichen Bestimmung gefunden haben«, antwortete Zwinger leutselig. »Du unterrichtest junge Menschen, bevor sie in den Lebenskampf treten, ich eröffne ihnen die Grundbegriffe des Lernens.«

Der Abt fand die Annahme, dass ihn und den Dorfschulmeister irgendetwas verbinden könnte, anmaßend, doch er ging gutmütig darüber hinweg.

»Hat es während all der Jahre manchmal einen *Besonderen* im Kloster gegeben?«, fragte Zwinger. »Einen Schüler, der sich von allen anderen unterschied?«

»Weiß Gott, ja, und sogar in letzter Zeit.« Dorian legte den Kirschkern an den Tellerrand. »Ein Besonderer, so muss man ihn tatsächlich nennen.«

»Worin liegt seine Besonderheit?«

Der Abt überlegte. »Dieser Junge hat eine ungewöhnliche – wie nenne ich es? – eine Aura, wie ich sie noch bei keinem jungen Menschen erlebt habe.« Dorian war seinem Besuch dankbar, dass er ihn danach gefragt hatte, er genoss es, sich über sein Lieblingsthema auszulassen. Ein Mensch, der liebte, der dem Objekt seiner Bewunderung aber nicht nahe kommen durfte, wünschte nichts so sehr, wie über jenes Objekt zu sprechen. Der Abt redete über Gabriels Vorzüge, er erzählte, wie er den Knaben kennengelernt und zu sich genommen und dass er schon in jener Silvesternacht gespürt habe, einem außergewöhnlichen Menschen gegenüberzustehen. Er berichtete auch, weshalb er ihn bald darauf wieder aus dem Kloster hatte verbannen müssen und wie es dem Jungen seither in Schrötten ergangen sei. »Eigentlich müsstest du ihn schon kennengelernt haben«, schloss Dorian.

»Natürlich weiß ich, wer der schöne Gabriel ist.« Zwinger hob sein Glas. »Das ganze Dorf scheint von ihm verzaubert zu sein.«

»*Der schöne Gabriel* – ja, das trifft es!« Dorian prostete dem anderen zu. »Schön ist er, unerhört schön, man muss es fast als Ungerechtigkeit bezeichnen, dass unser Schöpfer ihn mit so viel Schönheit gesegnet hat.«

»Wenn du ihn für so außergewöhnlich hältst, weshalb lässt du ihn als Holzknecht in Schrötten arbeiten?«, hielt Zwinger dagegen.

Die Flasche Rheinwein ging zur Neige. Beide Männer waren das Trinken nicht gewöhnt. Die heitere, benebelte Stimmung löste die Zunge des Abtes noch weiter. »Das tue ich nicht freiwillig, lieber Bruder.« Eine bekümmerte Falte trat auf Dorians Stirn. »Ich erwarte in nächster Zeit Nachricht vom Bischof, ob Gabriel zum Medicus ausgebildet werden darf. Bis diese eintrifft, hatte ich für den Jungen keine Verwendung im

Kloster und ließ ihn ins Dorf zurückkehren.« Dorian fand, dass seine Notlüge durchaus plausibel klang. »Seltsamerweise scheint ihm die Schufterei im Wald Spaß zu machen.«

»Möglicherweise kenne ich den wahren Grund, weshalb sich der Bursche im Dorf wohler fühlt als im Kloster.«

»Den wahren Grund?« Der Abt hob ruckartig den Kopf. »Heraus damit, ich bitte dich, Bruder«, rief er mit hörbarem Zungenschlag.

»Ich glaube, dass Gabriel Gefallen an der Steinhauertochter gefunden hat.«

»An Maria? Gabriel hat sich in Maria verliebt?«, fragte Dorian erschrocken.

»Umgekehrt bin ich sogar sicher, dass das Mädchen den Holzknecht von ganzem Herzen liebt.«

»Woher weißt du das?«

»Maria Steinhauer ist ein Wesen von reinem Herzen«, antwortete Zwinger. »Als sie erkannte, dass die Leute von Schrötten mich zu Beginn nicht in die Dorfgemeinschaft aufnehmen wollten, war sie es, die ihre kleineren Geschwister und andere Kinder zu mir in die Schule gebracht hat. Bald darauf folgten die übrigen nach, und so hat sich mein Klassenzimmer inzwischen gefüllt. Maria und ich sind gute Freunde geworden. Sie erzählt mir von ihren Freuden, Hoffnungen und ihren Sorgen, und sie hat ein Lieblingsthema, über das sie oft und gern mit mir spricht.«

»Gabriel?«

Zwinger nickte. »Es mag eine jungfräuliche, unbedachte Verliebtheit sein, doch ich spüre, bei Maria geht dieses Gefühl sehr tief.«

»Wie reagiert der Junge darauf?«

»Ich hatte erst einmal Gelegenheit, mit ihm zu sprechen, weiß allerdings, dass man die beiden häufig zusammen sieht.«

»Nun, das versteht sich von selbst«, erwiderte Dorian beschwichtigend, »da Maria und er zusammen auf dem Hof leben.«

Zwinger lehnte sich zurück. »Wahrscheinlich ist das der Grund, du hast recht.«

Dorian war mit dem Abschluss des Themas noch nicht zufrieden. »Wie mir scheint, vermutest du etwas anderes hinter der Sache?«, spornte er Zwinger an, weiterzuerzählen.

»Es ist wahrscheinlich nichts.«

Dorian setzte die gütige Miene eines Benediktiners auf. »Berichte ohne Scheu, lieber Bruder. Nichts, was du mir anvertraust, wird diesen Raum verlassen.«

»Ich täusche mich wahrscheinlich, aber ...«

Der Geierschädel des Abtes zuckte vor. »Ja?«

»Ich habe Anzeichen dafür bemerkt, dass Marias Mutter ihrerseits Gefallen gefunden haben könnte an dem strammen Holzknecht.«

»Antonia Steinhauer?«, rief Dorian laut. »Woher willst du das wissen?«

»Ich *weiß* gar nichts.« Abwehrend hob Zwinger die Hand. »Es ist eher ein Gefühl, eine Beobachtung, die ich machte, während ich neulich auf dem Hof zu Besuch war und den bedauernswerten Bauern kennenlernte.«

»Anton, ach ja.« Dorian goss ihnen nach. »Sein Schicksal ist hart, er dauert mich von Herzen.« Er trank sein Glas in einem Zug leer. »Was war mit der Bäuerin, sag schon, rede. Fürchtest du etwa, dass auf dem Hof unlautere Dinge vor sich gehen?«

Während Dorian sich den Anschein des sittenstrengen Abtes gab, der dem Laster in Schrötten auf die Schliche kommen wollte, war er mehr und mehr entzückt über den Besuch seines früheren Schülers. Dieser Zwinger war ja Gold wert! Er schien genau zu wissen, was im Dorf vorging, beobachtete, mutmaßte, und da ihm selbst wegen seines Äußeren kaum Aufmerksamkeit zuteil wurde, würde er seine Beobachtungen in Ruhe fortsetzen können. Der Mann eignete sich ideal dafür, Dorians Augen und Ohren in Schrötten zu werden. Normalerweise drangen wenige Gerüchte aus dem Dorf an diesen frommen Ort. Mit Zwingers Hilfe könnte sich das ändern.

»Was hältst du davon, wenn du mir in periodischen Abständen berichtest, was sich in Schrötten zuträgt?«, fragte der Abt frei heraus.

»*Berichten*, wie verstehst du das?« Abwartend sah der Lehrer ihn an.

»Ohne dich wäre ich nie dahintergekommen, dass auf dem Steinhauerhof etwas nicht mit rechten Dingen zugehen könnte. Bestimmt gibt es noch andere Vorfälle in Schrötten, die es wert wären, berichtet zu werden.«

Als der Lehrer weiterhin schwieg, beugte sich Dorian vor. »Bedenke, in dieser einsamen Gegend stelle ich so etwas wie den Seelsorger, den geistlichen Führer und den obersten Richter in einer Person dar. Es gehört zu meinen Pflichten, die Sünde in meinem Sprengel zu erkennen und zu bekämpfen.«

»Die Sünde?« Zwinger lächelte ein füchsisches Lächeln. »Glaubst du wirklich, zwischen der reifen Bäuerin und dem unmündigen Knaben könnte Sündiges passieren?«

»Aber hast du nicht selbst gerade gesagt …?« Dorian haspelte. »Du hast doch eben angedeutet …«

»Da hast du mich wohl falsch verstanden. Ich möchte nicht schuld sein an einem Gerücht, das mir doch ziemlich unwahrscheinlich erscheint.«

»Aber sagtest du nicht, zwischen Gabriel und Maria bahne sich etwas an?«, hakte der Abt verwirrt nach.

»Ich meinte, dass es vielleicht einen zarten Grund geben könnte, weshalb Gabriel sich lieber in Schrötten aufhält als im Kloster. Über Unzucht und Liebesspiele junger Leute habe ich kein Wort verloren. Im Grunde sind es ja noch Kinder.«

»Kinder. Natürlich. Gewiss, ja. Verstehe.« Der Abt war enttäuscht, weil sich die Andeutungen des Lehrers als harmlos herauszustellen schienen. Wie wunderbar wäre das gewesen, wenn Dorian in Schrötten Sünde und Wollust aufdecken und sie mit dem Feuerschwert Gottes hätte ausbrennen können. Hervorgerufen durch diese Ernüchterung, stellte sich beim Abt eine Trägheit ein, die der Alkohol verursachte, dessen belebende Wirkung nachließ. Da er annahm, aus dem Lehrer nichts weiter herauszuholen, wollte er den Besuch so rasch wie möglich beenden und zu Bett gehen.

Doch gerade als der Abt sich erheben wollte, gab Zwinger dem Gespräch eine neue Wendung. »Ich glaube allerdings, dass etwas grundlegend Sündiges von diesem Jungen namens Gabriel ausgeht, das ich noch nicht durchschaue. Ohne sich selbst schuldig zu machen, ist er es, der bei anderen die Sünde auslöst oder zumindest sündige Wünsche und Sehnsüchte hervorlockt.«

Halb im Sitzen, halb im Stehen, gefangen in dieser gespannten Haltung, hielt der Abt inne. »Du meinst, Gabriel *verursacht* bei anderen die Sünde?«, flüsterte Dorian.

»Der Bursche gleicht einem Tier, das von Geburt zwar lauter und rein ist wie jede Gotteskreatur und dabei allein von seinem Instinkt getrieben wird. Selbst das wildeste Tier tut ja nichts Böses. Der Wolf zum Beispiel handelt nicht böse, wenn er das Lamm reißt, es liegt in seiner Natur.«

»Der Wolf?« Dorian schluckte. »Wieso kommst du von allen Tieren ausgerechnet auf den Wolf?«

»Er ist das perfekte Beispiel dafür, dass unser Schöpfer nichts Böses erschaffen kann. Jedes Wesen handelt nur gemäß seiner Natur, so auch der Wolf.«

»Hör auf«, murrte Dorian, benommen vom Wein. »Hör auf, von Gabriel als Wolf zu reden. Ich weiß, dass der Junge rein ist, ich will, dass er rein ist. Er kann kein Wolf sein, es ist falsch, ein Menschenkind mit einem wilden Tier zu vergleichen.«

Als dem Abt bewusst wurde, in welch sonderbarer Körperhaltung er dem Lehrer antwortete, wollte er vor dem Schulmeister kein betrunkenes Bild abgeben und stand endgültig auf. »Ich glaube, wir haben uns zu sehr in das Thema verrannt, lieber Zwinger. Im Grunde sprechen wir von einem halbwüchsigen Jungen.« Er klopfte auf die Armlehne des Sessels. »Unterdessen ist es spät geworden, und du hast noch den gefährlichen Abstieg ins Dorf vor dir. Verzeih, dass ich dir keine Zelle als Nachtquartier anbieten kann, sie sind alle besetzt.« Dorian ging zur Tür. »Ich werde anweisen, dir eine Laterne mitzugeben, dann findest du den Weg bestimmt ohne Mühe.«

Zwinger war ihm gefolgt. »Der Mond ist halb voll, meine Augen gewöhnen sich rasch an das Dunkel. Ich werde meinen Weg also auch ohne Laterne finden.« Lächelnd beugte er vor dem Abt das Knie. »Genau wie ein Wolf es tun würde.« Mit diesen Worten ließ Zwinger den betrunkenen Abt allein.

16

ZUR EHRE GOTTES

»Dir rufen die Engel alle
die Kerubim und die Serafim
mit niemals endender Stimme zu
heilig, heilig, heilig der Herr
Gott der Scharen.«

Dunkel und verheißungsvoll klang es, wenn der gekrümmte Mann mit dem gespaltenen Gaumen das *Te Deum* anstimmte. Rätselhaft, wie solche Töne aus dem zerschundenen Mund dringen konnten, verstörend für jeden, der ihn nicht kannte, verstörend aber nicht für Maria. Die Steinhauertochter lauschte dem Dorflehrer. Sie hatte ihr Schultertuch abgelegt, nur im Mieder stand sie in der Kapelle. Auf dem zerbrochenen Kirchengestühl, in das der Blitz gefahren sein mochte oder das mutwillig von Menschenhand angezündet worden war, lagen die Noten des Liedes.

Die Marienkapelle lag so abgelegen im Wald, dass kaum jemand je heraufstieg, um hier zu beten oder sich mit Weihwasser zu bekreuzigen. Früher, als die Tannen noch haushoch rund um die Kapelle gestanden hatten, aßen die Holzarbeiter manchmal im Schatten der Gottesmutter zu Mittag. Später waren die Bäume geschlagen und abtransportiert worden, und man hatte die Lichtung aufgeforstet. Die Tannensetzlinge waren inzwischen zu mannshohen Bäumen herangewachsen, wieder stand die Kapelle versteckt zwischen ihnen. Menschen aber verirrten sich kaum noch hierher.

Zwinger hatte diesen Ort gewählt, weil man den Gesangsunterricht unmöglich im Schulhaus hätte abhalten können. Seine Stimme und die seiner Schülerin hätten durch das Dorf getönt und alsbald Neugierige angelockt. Da er auch nicht im Freien singen wollte, waren sie zusammen zur Kapelle gestiegen, was von Vorteil war, da die Akustik im Gewölberaum außergewöhnlich lebensvoll klang.

Es war die dritte Stunde, die Maria bei Zwinger nahm. Begonnen hatten sie mit Stimmübungen, die er ihr vorgab, und sie sang es dann nach. Dabei war Maria erfüllt von hohem Ernst, zugleich begeistert, wenn es dem Lehrer gelang, ihr mit einfachen Hinweisen neue Töne zu entlocken. Mit seiner Hilfe lernte sie, den Klang ihrer Stimme selbst zu hören und Unterschiede darin zu entdecken, je nachdem, wie sie einen Ton ansetzte. Sie lernte, mit jenem Bruch umzugehen, der sich in einer gewissen Höhe einstellte, in der Maria die Töne nicht mehr aus voller Brust anstimmen konnte und in die Kopfstimme wechseln musste. Zwinger half ihr, diesen Bruch glatter und geschmeidiger zu machen und den Umfang ihrer Stimme nach oben und unten zu vergrößern. So erstaunlich waren die Ergebnisse schon nach nur zwei Stunden gewesen, dass Maria es kaum hatte erwarten können, wieder zur Marienkapelle aufzubrechen.

»Schon wieder?«, hatte Antonia gefragt, als Maria sie um Erlaubnis bat.

»Ich habe die Ziegen gemolken, der Stall ist ausgemistet, der Mais entkörnt«, führte Maria an.

»Ich meine nicht deine Arbeit. Ich frage mich, ob

es gut ist, wenn du dich so oft mit dem … mit diesem … wenn du dich so häufig mit unserem Lehrer triffst.«

»Warum denn nicht? Er ist der interessanteste Mensch in Schrötten. Man kann so viel von ihm lernen.«

»Es ist schon gut, wenn du so viel Freude daran hast«, nickte die Mutter.

»Freude ist als Wort zu klein. Das Singen fühlt sich an wie … wie ein Ausflug durch die Luft. Ja, es ist, als ob ich fliegen könnte.«

»Flieg bloß nicht zu weit weg.« Lächelnd stemmte Antonia die Hände in die Hüften. »Richte Zwinger aus, wir müssen uns über die Entlohnung für seinen Unterricht unterhalten.«

»Aber er will gar nichts dafür.«

»Das dulde ich nicht, dass wir bei diesem Mann in der Schuld stehen. Das ist ein armer Teufel, und die schäbige Kammer, in der er wohnt, ist eines Lehrers nicht würdig. Sag ihm, er soll zum Essen zu uns kommen, dann will ich ihn entlohnen.« Auf Marias überraschten Blick fuhr sie fort: »Warum nicht? Dieser Lehrer macht dich froh, das sehe ich. Du bist viel ausgeglichener in letzter Zeit. Wenn das alles vom Gesang kommt, will ich Herrn Zwinger gern dafür danken.«

»Einverstanden.« Plötzlich fiel das Mädchen Antonia um den Hals.

Die Bäuerin wehrte die überraschende Zärtlichkeit ab. »Schon gut, geh jetzt. Und richte es Zwinger aus.«

»Das will ich tun.« Maria sprang durch das Dorf davon.

»Du Herr der Herrlichkeit, Christus«, sangen Maria und Zwinger gemeinsam. *»Du hast der Jungfrau Schoß nicht verschmäht*

bist Mensch geworden, um den Menschen zu befreien.

Du hast bezwungen des Todes Stachel
und sitzest zur Rechten Gottes
in deines Vaters Herrlichkeit.

»Nein, siehst du, hier steht ein Fis, kein F.« Zwinger zeigte auf die Notenstelle. »Wir müssen hier Fis singen.«

»Aber es steht ein F da.« Marias Wangen glühten vor Anstrengung und Konzentration. »Woran soll ich das Fis erkennen?«

»Es ist ein Fis, weil am Zeilenanfang ein Kreuzzeichen steht. Das zwingt uns, jedes F als Fis zu singen, so lange, bis ein Auflösungszeichen erscheint.«

Zwinger setzte sich auf die einzige Kirchenbank, die den Brand unbeschadet überstanden hatte. »Ich bin zufrieden mit dir, Maria, nein, zufrieden ist der falsche Ausdruck. Ich bin aufs Höchste überrascht, welche Geheimnisse deine Stimme birgt.« Er schob sein struppiges Haar aus der Stirn. »Schade.«

»Was ist schade?«

»Wie schön wäre das, wenn wir das *Te Deum* zusammen mit einem ganzen Chor anstimmen könnten. Dann sängest du den hohen Sopran, das wäre die reine Freude.«

»Es gibt keinen Chor in Schrötten«, erwiderte Maria schlicht.

Der Lehrer nickte bitter. »Die Leute in deinem Dorf haben allesamt Schweinsohren. Noch nie habe ich einen derart unmusikalischen Haufen erlebt. Selbst beim einfachsten Volkslied gibt das ein Gekrächze und Gejohle, eine Beleidigung fürs Ohr.« Er fasste sich an den Bart. »Einen Chor werden wir hier wohl nicht aus der Erde stampfen, aber es wäre hilfreich, einen Tenor zu haben.«

Maria setzte sich neben ihn. »Einen Tenor?«

»Natürlich, denn siehst du, ich bin von der Stimmlage ein schwarzer Bass. Damit fülle ich das Kontraregister. Du dagegen singst die allerhöchste Lage und umschwebst das *Te Deum* mit deinem Sopran. Trotzdem ist unser Ergebnis unvollständig, weil uns die Mittellage fehlt, die nur ein Tenor singen kann.« Nachdenklich schob er die Unterlippe vor. »Es gibt einen Tenor im Dorf, ich habe ihn schon singen hören.«

»Wer ist das?«

»Errätst du es nicht?«

»Du meinst …?«

Zwinger nickte.

»Gabriel ist Tenor?«

»Ein prächtiger sogar.«

»Wann hast du ihn denn gehört?«

Er lächelte. »Nicht nur euer Holzknecht verschwindet manchmal nach der Arbeit in den Wald. Auch ich habe die Angewohnheit, außerhalb der Schulzeit durch die Natur zu streifen. Neulich habe ich ihn belauscht. Er hat eine *ungeschliffene*, aber vielversprechende Stimme. Was hältst du davon, wenn wir ihn fragen, ob er das *Te Deum* mit uns anstimmt?«

In Marias Miene spiegelte sich Freude, zugleich der Schatten eines Zweifels.

»Was hast du?«

»Es wäre wunderbar, wenn Gabriel mit uns singen könnte, aber ich glaube …«

»Ja? Sprich frei heraus.«

»Ich fürchte, dass Gabriel …« Sie seufzte. »Dass er dich nicht leiden kann.«

»Mich?« Zwinger lachte überrascht. »Was habe ich ihm denn getan?«

»Nichts«, beeilte sie sich zu sagen. »Ihm gefällt nur die Vorstellung nicht, dass ich Unterricht bei dir nehme.«

»Ach, dem Holzknecht gefällt das also nicht?« Zwinger lächelte warmherzig. »Und was wäre, wenn ich ihn einfach fragen würde? Was hältst du davon? Mehr als Nein kann er zu meinem Vorschlag wohl nicht sagen.«

Aufrecht setzte sich Maria hin, ihre Schultern spannten das Mieder. »Du hast recht«, rief sie so laut, dass es im Gewölbe nachhallte. »Frag ihn, ja, frag ihn, ob er mit uns singen will.«

Zur Bekräftigung klopfte Zwinger kurz auf ihren Handrücken und stand auf. »Gut, so wollen wir es machen. Genug gefaulenzt, jetzt setzen wir die Lobpreisung des Herrn fort.«

»Noch einmal an der gleichen Stelle?«

»Lass uns lieber bei den Fürbitten weitermachen.« Er blätterte die Noten um. »Bei – *Rette dein Volk*. Und pass schön auf, hier kommt das nächste Fis.«

Nebeneinander nahmen sie Aufstellung vor dem Notenblatt.

»Rette dein Volk, o Herr, und segne sein Erbe
Und führe es bis in die Ewigkeit
Erbarme dich unser, o Herr, erbarme dich
In Ewigkeit werden wir dann nicht zuschanden.«

17

SCHLACHTEN

Ein Sturm aus Hass und Zwietracht fegte durch die Stube. Die beiden jungen Leute schrien einander an. Antonias Tochter, minderjährig und zum Gehorsam verpflichtet, sonst die Sanftmut in Person, stand bebend vor Zorn da. Ihr war nicht bewusst, dass sie das Brotmesser auf den Holzknecht richtete. Auch er war aufgesprungen. Gabriel und Maria, Kinder der Wildheit, Geschöpfe des Aufruhrs, was war in die beiden gefahren?

»Dein verdammter Hochmut!«, schrie sie.

Normalerweise, wenn Maria jemanden anrief oder den Lärm der Dreschflegel übertönen wollte, überschlug sich ihre Stimme und wurde zum Piepsen. Aber nicht heute. Hell und von der Tiefe der Überzeugung getragen, schrie die Steinhauertochter den Holzknecht an. »Du beleidigst meinen Lehrer. Du beleidigst den Gast unseres Hauses!«

»Weil ich euch Kummer ersparen will.«

Gabriel sprach gemessen, doch man sah ihm an, dass ihn der Streit erregte. Ausgerechnet Maria, die ihn sonst mit besonderer Freundlichkeit behandelte, stellte Gabriel vor dem Gesinde bloß, vor der Bäuerin, vor dem Lehrer selbst.

»Von diesem Mann geht nichts Gutes aus. Das habe ich schon gesagt, seit er ins Dorf kam.«

Sie saßen alle um den Tisch. Rupert, die Knechte

und die Mägde, hielten ihre Löffel in der Hand und wollten sie gerade in den Brei tauchen, solange er heiß war, doch dazu kam es nicht. Kaum hatte Maria mit dem Lehrer die Stube betreten, kaum hatte Antonia den Gast gegrüßt, kaum war Gabriel, der sich als Letzter draußen gewaschen hatte, hereingetreten, war der Zwist losgebrochen.

»Was macht er denn hier?«, hatte Gabriel zunächst noch ruhig gefragt.

»Ich habe ihn zum Essen eingeladen.« Nervös, weil sie seinen Unmut spürte, bot Maria Zwinger einen Platz an.

»Und zwar auf meinen Wunsch.« Antonia stärkte ihrer Tochter den Rücken. »Meister Zwinger gibt Maria Gesangsstunden, und ich will mich erkenntlich dafür zeigen.«

»Obgleich das nicht nötig wäre«, versicherte Zwinger. Die angespannte Stimmung war ihm sichtlich unangenehm.

Gabriel ließ sich dadurch nicht beeindrucken und trat vor den Lehrer. »Was willst du von dieser Familie?«

»Gar nichts«, antwortete Zwinger. »Ich bin lediglich auf Marias Einladung hier.«

»Deine Harmlosigkeit und deine angebliche Freundlichkeit, diese aufgesetzte Bescheidenheit, das ist alles nur Maske«, rief Gabriel drohend. »Wer bist du wirklich, Zwinger?«

Nicht Rupert, nicht die Bäuerin redeten den Lehrer in diesem derben Ton an, nein, es war Gabriel, der Dahergelaufene, der jüngste Knecht auf dem Hof und damit der Niedrigste in der Rangordnung. Antonia hätte ihn sofort in seine Schranken weisen müssen. Aber sprach sie ein Machtwort, schickte sie Gabriel etwa nach draußen? Die Bäuerin setzte sich an ihren Stammplatz.

»Genug davon. Lasst uns jetzt essen.«

Sie hatte die Rechnung ohne Maria gemacht. Die rannte zu Zwinger hin und drängte Gabriel beiseite. »Lass ihn in Ruhe«, fuhr sie den Knecht an. »Setz dich endlich und sei still!«

Er schien sich zu besinnen und nahm wirklich am unteren Tischende Platz. Zwei Mägde brachten die große Schüssel mit Brei und stellten sie auf den Tisch. Alle falteten die Hände, Antonia sprach das Gebet, man bekreuzigte sich. Doch noch bevor der erste Löffel eingetaucht worden war, stand Gabriel wieder auf.

»Ich habe diesen Mann schon früher gesehen«, fing er von Neuem an. »Das war zu einer anderen Zeit, früher, ich weiß nicht mehr, wann und wo, weil das die Zeit war, die aus meinem Gedächtnis verschwunden ist.« Er ballte die Fäuste. »Aber eines weiß ich gewiss: Er ist kein Lehrer. Dieser Mann ist etwas anderes, bloß kann ich nicht sagen, wer oder was …« Seine Worte kamen ins Stocken. »Ich kenne dich, Zwinger … Ich kenne dich!« Mit ausgestrecktem Finger deutete er auf den Sitzenden, der schweigend seinen Löffel beiseitelegte.

Zwingers Blick, sonst harmlos und ein wenig scheu, war klar, ernste Augen musterten den schönen Jungen. Bedauern lag in seinem Blick, zugleich auch Strenge. Zwinger stand nicht auf, und doch schien es, als würde er sich über die Hausgemeinschaft erheben.

»Setz dich, Hans«, sagte er ohne Nachdruck. »Lass uns jetzt essen, es wäre schade um den guten Brei.«

»Hans?« Marias Augen wurden riesengroß. »Wer ist Hans?«

»Er ist es«, antwortete Zwinger. »Sein wahrer Name ist Hans. Er hat ihn vergessen, so wie er alles vergessen hat, was früher einmal war.«

Antonia musterte den Lehrer. Sie sah Gabriel an, ihren Liebsten, ihre Freude. »Wie kann man seinen eigenen Namen vergessen?«

Bleich war der Jüngling geworden, krampfhaft stützte er sich vom Esstisch ab, seine Lippen zitterten. »Hans?«, murmelte er. »Ich weiß nicht mehr … Hans …?«

»Es ist lange her, Hans. Ein ganzes Leben liegt dazwischen«, sagte der Lehrer.

»Woher kennst du ihn?«, rief Maria. »Wer bist du in Wirklichkeit?«

»Ich kenne Hans seit frühester Kindheit.«

Alle um den Tisch verstummten. In ihren Blicken lag der brennende Wunsch, Zwinger möge das Rätsel lösen.

»Wieso bekennst du das erst jetzt?«, fragte Antonia.

»Es gibt nichts zu bekennen.« Offen sah der Lehrer die Bäuerin an. »Als vor ein paar Monaten die Reihe an mich kam, als Schulmeister in eines der Dörfer im Schwarzwald zu gehen, fiel die Wahl der herzoglichen Verwaltung ganz zufällig auf Schrötten. Während ich hier anfing, hielt sich Gabriel noch oben im Kloster auf, erinnert ihr euch? Erst später schickte der Abt ihn zu euch zurück. Als ich den Knecht zum ersten Mal sah, erkannte ich ihn nicht gleich wieder. Zwischen den Kinderjahren eines Jungen und dem frühen Mannesalter liegen große Veränderungen. Ich hatte zwar eine Ahnung, war mir aber nicht sicher. Erst als ich Gabriel singen hörte, wurde mir klar, dass ich den Jungen von damals wiedergefunden hatte.«

»Wo hast du ihn singen gehört?« Rupert meldete sich zum ersten Mal zu Wort.

»Draußen im Wald.« Zwinger lächelte. »So wie du ihn einmal im Wald gehört hast, nicht wahr?«

Ruperts Blick huschte zu Maria. »Wer hat dir das erzählt?«

»Maria erzählt mir so einiges«, nickte Zwinger. »Als ich erfahren habe, dass es in Schröttern einen Jungen gibt, der in den Wald geht, um zu singen und zu tanzen, gab es für mich keinen Zweifel mehr. Du musst Hans sein«, sagte Zwinger zu Gabriel. »Ich habe dich ausgebildet.«

Die Frage, was damit gemeint sei, schwirrte durch den Raum. Zwinger sank gegen die Lehne der Holzbank.

»Erinnert ihr euch an die Franzosenkriege? Nein, bis in diese Gegend ist der Krieg wohl nicht vorgedrungen. Was hätte Napoleon hier in der Höhe auch gewinnen können?« Während Zwinger sprach, wurde er immer gelöster, das Gebrechen seines Mundes schien fast verschwunden zu sein.

»Seit der Großherzog sich auf die Seite der Franzosen geschlagen hatte, gab es im Badischen keinen Krieg mehr, und doch warf das Menschenschlachten seine Schatten bis hierher. Der Kaiser wollte siebentausend Soldaten als Zeichen für die Bündnistreue Badens. Der Großherzog rekrutierte also siebentausend Badener und schickte sie in den Feldzug gegen Russland. Die Männer kämpften tapfer, viele sind gefallen, vielen raubte der russische Winter das Leben. Als die

Grande Armée vor der Eiseskälte und den Russen floh, machten sich weniger als tausend Badener Männer auf den Heimweg. In jenem Winter fiel die Temperatur so rasant, dass die Menschen in dicht aneinandergedrängten Knäueln erfroren. Die Überlebenden plünderten die Liegengebliebenen aus, selbst vor Frauen wurde nicht Halt gemacht. Man sah Soldaten, die sich in Frauenpelzen oder in Fellen von frisch geschlachteten Schafen vor dem Erfrieren schützten. Aus Pferden, die auf der glatten Straße gestürzt waren, wurde bei lebendigem Leib das Fleisch herausgeschnitten. Als der Rückzug schließlich Marienwerder erreichte, lebten nur noch fünfhundert badische Soldaten. Von denen, die auf den letzten Heimweg geschickt wurden, kamen weniger als hundertsechzig in Karlsruhe an. Dort bin ich ihnen begegnet. Dort habe ich gesehen, was Glanz und Glorie des Krieges in Wirklichkeit aus den Menschen machen. Ich sah die Zerstörung der Menschlichkeit, sah Männer, deren halbe Gesichter fortgerissen waren und die trotzdem weiterlebten. Amputierte, denen weder Arme noch Beine geblieben waren, Männer, die nach dem tagelangen Feuer der Kanonen nur noch zitterten, die nicht aufhörten zu weinen und in Krämpfen gestorben sind. Damals habe ich wenig Heldentum gesehen, muss ich euch sagen, viele dieser Männer wurden wieder zu Kindern und riefen voll Schmerzen nach der Mutter. Manche riefen nach dem Tod, weil sie die unsäglichen Qualen nicht länger aushalten konnten. Wir hatten kaum Arzneien, um ihnen Linderung zu verschaffen, und ich will euch gestehen, dass ich einigen geholfen habe, zu sterben.«

Zwinger hielt inne, er wischte über die raue Holzplatte des Tisches. Antonia erkannte, dass er mit den Tränen kämpfte.

»Du hast den Verwundeten geholfen?«, fragte sie. »Wieso ausgerechnet du?«

»Weil niemand anderer zur Stelle war. Ich bin kein Arzt, ich habe nie Medizin studiert. Zu jener Zeit war ich Pfleger und Helfer, ich habe die Bettpfannen der Männer geleert, die nicht mehr aufstehen konnten.«

»Wieso ist niemand anderer zur Stelle gewesen? Wo waren die Ärzte?«

Zwinger faltete die Hände. »Die Verwundeten aus dem Russlandfeldzug hatten nicht nur ihr Sterben, sondern auch manche Krankheit mit nach Karlsruhe gebracht. Die Ruhr ging um. Man fürchtete, die Pocken seien ausgebrochen und der Typhus. Und es gab noch eine Krankheit, deren Namen niemand gerne aussprach, den Hunger. Die Männer waren schrecklich abgemagert, viele erholten sich nicht mehr von der Unterernährung, sie starben als Erste. Die Seuchen, die eingeschleppt worden waren, befielen die Einheimischen genauso, und so sind auch die Ärzte gestorben, bis nur noch wenige im Lazarett übrig waren. Ich war unter den Letzten. Ich hatte viel gelernt von diesen Ärzten und tat genau das, was sie getan haben. Ich glaube, dass ich helfen konnte.«

Der Dampf, der über dem Brei aufgestiegen war, hatte sich verflüchtigt. Das Nachtessen war kalt geworden. Niemand dachte daran, den Löffel einzutauchen.

»Und Gabriel?«, fragte Maria.

»Ja, *Gabriel,* natürlich.« Ein herzlicher Glanz überzog Zwingers Antlitz. »Wir hatten einen kleinen Jungen im Lazarett, fünf, vielleicht sechs Jahre alt, der sprang zwischen dem Elend und den Sterbenden fröhlich umher. Dieser Junge war, wie ich damals glaubte, taub. Weil er sich selbst nicht hören konnte, stimmte er manchmal einen unsäglichen Gesang an, es klang wie ein Heulen. Die Soldaten in den Betten fühlten sich durch ihn nicht gestört. Sie langweilten sich meistens, der Junge brachte ein bisschen Unterhaltung in ihren Tag. *Unser kleiner Wolf,* haben sie ihn genannt, wenn er wieder munter vor sich hinheulte.«

»Wolf«, wiederholte Maria.

»O ja. Der Junge war klug und furchtlos. Das Sterben rund um ihn schien ihm nichts auszumachen, zugleich war er durchdrungen von einer namenlosen Angst. Ich wohnte damals in einem kleinen Zimmer im Lazarett. Der Junge selbst hatte keine Bleibe, und so nahm ich ihn zu mir. Ich habe ihn beobachtet. Jede Nacht rang er mit seinen Gespenstern. Er konnte nicht sagen, wovor er solche Angst hatte. Die Dunkelheit war für ihn der schlimmste Feind. Er konnte nur einschlafen, wenn wenigstens ein kleines Licht brannte. Wenn es dunkel um ihn war, begann er sofort zu weinen.«

»Hatte er denn keine Eltern?«, fragte Antonia, so als säße Gabriel nicht mitten unter ihnen.

»Er war ein Waisenkind. Ob er der Sohn eines verwundeten Soldaten sein mochte oder nur durch Zufall auf die Krankenstation verschlagen worden war, habe ich nie herausgefunden.«

»Du sagst, dass er taub war. Konnte er auch nicht sprechen?«

Zwinger lachte traurig. »Niemand weiß besser als ich, wie man sich fühlt, wenn es einem nicht vergönnt ist, zu reden wie die anderen. Deshalb habe ich mich dieses Jungen angenommen. Wahrscheinlich hatte er sein Gehör während einer Grippe verloren, doch allmählich kam es wieder. Ich bemerkte, wie seine Sinne sich schärften, sobald er wieder zu hören begann. Ich habe ihn ermutigt und ihm geholfen. Und eines Tages habe ich ihm die ersten Worte entlockt. Ein paar Wochen später sprach er, als hätte es seine Behinderung nie gegeben.«

»Hat er dir von seiner Herkunft erzählt?«

»Er wusste nicht, woher er kam, zu wem er gehörte und weshalb es ihn ins Lazarett verschlagen hatte. Offenbar hatte er keinen Ort, wo er hinkonnte, also blieb er bei mir, so lange, bis der letzte Verwundete aus der Krankenanstalt entlassen werden konnte. Ich weiß nicht, wer auf den Namen gekommen war, doch die Männer im Lazarett nannten ihn Hans. Er hat sich bei der Krankenpflege sehr geschickt angestellt. Ich habe die Geheimnisse der Medizin, die ich selbst nur aus zweiter Hand kannte, an ihn weitergegeben. Hans konnte Verbände wechseln und Salben auftragen, er kannte sich mit Arzneien aus und hat mir bei einfachen Operationen assistiert. Hand in Hand haben wir zusammengearbeitet, bis der große Krankensaal eines Tages leer war. Ich fragte ihn, was er nun vorhabe, und nahm an, er wollte bei mir bleiben, obwohl ich selbst noch nicht wusste, was ich unternehmen sollte. Doch am nächsten Morgen war seine Schlafstelle leer. Hans war verschwunden. Seither habe ich nie wieder etwas von ihm gehört.«

Es war still geworden in der Stube. Nach einer Weile stand Zwinger auf, ging auf die andere Seite des Tisches und reichte Gabriel die Hand.

»Nun weißt du, wer ich bin, und weißt vielleicht auch etwas mehr darüber, wer du bist. Von nun an werden wir uns hoffentlich besser verstehen.«

Gabriel sah den Mann mit dem schiefen Mund an, er sah Maria an, schließlich stand auch er auf. Der Junge, den die Soldaten Hans genannt hatten, der Junge, den sie in Schrötten Gabriel riefen, gab dem Lehrer die Hand.

Da lächelten alle am Tisch, weil sie die Geschichte des Lehrers so schön fanden und sich freuten, weil zwei, die ein Geheimnis teilten, sich versöhnten.

Die Bäuerin rief: »Bringt den Brei hinaus, wärmt ihn noch einmal auf. Dann wollen wir endlich essen.«

18

TERZETT ZU VIERT

»Willst du denn nicht Bauer werden?«

Antonia und Rupert standen unter einem vollkommenen Sternenhimmel. So klar und leuchtend wölbte sich das Firmament, dass niemand, der reinen Herzens hinaufschaute, daran zweifeln konnte, dass es eine allmächtige Ordnung gab, die der Mensch niemals erfassen würde, und einen Schöpfer, der verhinderte, dass sein wunderbares Werk in sich zusammenstürzte. Wer unter einem solchen Nachthimmel stand, die Sommerluft atmete, die Grillen hörte und das Schreien des Käuzchens, der musste das Geschenk des Lebens begreifen und das Glück, das sich damit verband.

Rupert Steinhauer begriff gar nichts. Das lag in seiner Natur. Engstirnig hielt er den Blick auf seine erbärmlichen Lebensziele gerichtet. Was darüber hinausging, kümmerte ihn nicht. Rupert wollte Maria heiraten, er wollte Bauer auf dem Steinhauerhof werden, er wünschte sich die Anerkennung der Schröttener.

So simpel Ruperts Wünsche auch waren, gingen Antonia seine Ambitionen doch nicht weit genug. Die Bäuerin war alarmiert und in ihrer Verzweiflung gezwungen, sich diesen Tölpel als Komplizen zu nehmen. Rupert schien der Einzige zu sein, der das Verhängnis noch abwenden konnte.

»Willst du Bauer werden oder nicht?«, wiederholte sie.

»Wie kann ich Bauer werden, solange dein Mann noch lebt?«, erwiderte er.

»Lebt Anton wirklich noch? Tut er das?« Antonia ließ bei dieser heiklen Frage gerade so viel Mitgefühl mitschwingen, dass Rupert ihren Plan nicht gleich durchschaute.

»Wie meinst du das?« Er fasste sich ans Kinn, was er für eine Geste des Nachdenkens hielt. »Ich höre ihn da drinnen schnarchen.«

Du lieber Himmel, stellte sich der Bursche begriffsstutzig an! Dabei war Antonia im Begriff, ihm die Werkzeuge für die Führung des Hofes in die Hand zu geben. »Seit zehn Jahren bin ich gezwungen, Männerarbeit zu tun«, redete sie auf ihn ein. »Seit zehn Jahren führe ich den Hof allein. Dabei wollte ich es von Anfang an nur so lange tun, bis ein neuer Bauer das Heft in die Hand nimmt.«

»Da du es schon so lange getan hast, wieso können wir nicht warten, bis Onkel Anton in Frieden stirbt?«, erwiderte Rupert, als hätte er plötzlich Angst vor seinem eigenen Herzenswunsch gekriegt.

»Antons Zustand verbessert sich nicht, er wird aber auch nicht schlimmer. Wenn Gott es zulässt, könnte er uns noch alle überleben«, gab Antonia zu bedenken. »Wir müssen aber jetzt etwas unternehmen, Rupert.« Sie legte dem Neffen die Hand auf die Schulter. »Zum Wohle des Hofes und zum Wohl der Familie.«

»Was denn?« Aus seinen einfältigen Augen unter den dichten Brauen sah Rupert die Bäuerin an.

»Du musst Maria heiraten.«

»Ich soll …?«

»Verstell dich nicht, Rupert. Jeder im Dorf weiß, dass du meine Tochter zur Braut haben willst. Warum denn auch nicht?«

Er wollte antworten, aber Antonia hatte keine Lust auf einen weiteren Ausfluss seiner Dummheit. »Du wirst natürlich einwenden, dass ihr Base und Vetter ersten Grades seid. Das habe ich bedacht. Ihr seid beide kerngesund, keiner von euch trägt einen vererbten Makel in sich, also habe ich keine Bedenken, weshalb du und Maria keine gesunden Kinder in die Welt setzen könntet.« Antonia zauberte einen sehnsuchtsvollen Glanz auf ihr Gesicht. »Ich möchte bald Enkel haben, Rupert, ich sehne mich danach, sie über den Hof springen zu sehen. Meine Jugend ist dahin, ich bin ein Weib, das die Annehmlichkeiten der Reife genießen möchte.«

Lüge, alles Lüge, dachte sie, aber es war eine Lüge, die einem guten Zweck diente. Maria musste verheiratet werden, es war der einzige Weg. Nur eine verehelichte Maria stellte keine Gefahr mehr dar. Antonia schämte sich für das, was sie gerade anzettelte, und fühlte sich zugleich im Recht. Sie trug die schrecklichen Bilder noch in sich, jene unwiderruflichen Bilder aus dem Wald.

So glücklich Antonia auch gewesen war, dass durch Zwingers Offenbarung Frieden auf dem Hof eingekehrt war, so harmonisch sich das Verhältnis von Maria, dem Lehrer und Gabriel darauf entwickelt hatte, am Ende war etwas Böses daraus entstanden, etwas Beschämendes. Und die Beschämte war Antonia.

Von nun an sang Gabriel in seiner freien Zeit mit dem Lehrer und Maria Kirchenlieder. Der Junge war angeblich ein Meister der hohen Männerlage. Antonia hatte nichts dagegen, dass die drei den protestantischen, also deutschen Text des *Te Deum* übten, ihr war der Unterschied zwischen dem katholischen und dem evangelischen Ritual nicht wichtig. Antonia verstand auch nichts von Tönen und Stimmlagen. Sie war von Herzen unmusikalisch und sogar ein wenig stolz darauf, denn das Singen war in ihren Augen nichts als Zeitvertreib.

Von nun an sah die Bäuerin ihre Tochter manchen Nachmittag die Noten zusammenpacken und in den Wald laufen. Sie sah Gabriel mit der Axt aus dem Wald kommen, sich waschen und ebenfalls zur Kapelle hochsteigen, wo – nun war es kein Geheimnis mehr – die Gesangsstunden abgehalten wurden. Sie sah Meister Zwinger am Steinhauerhof vorbeihinken, auch er trug einen Notenpacken und winkte der Bäuerin freundlich zu. All das weckte friedliche Gefühle in Antonia.

Was ihren Frieden störte, war, dass Gabriel sich nachts nicht mehr bei ihr blicken ließ. Seit jenem Abend, an dem er etwas über seine Kindheit erfahren hatte und darüber aufgeklärt worden war, woher er so viel über Heilkunst wusste, hatte Antonia umsonst auf ihn gewartet, tagelang, bis sie während des Mähens schließlich einmal zu ihm gegangen war und vorgeschlagen hatte, er solle sie diese Nacht besuchen. Gabriels Antwort war äußerst merkwürdig ausgefallen.

»Ich brauche mehr Schlaf. Wenn ich bei dir bin, komme ich nicht zum Schlafen.« Er hatte sie freundlich angeblickt, seine Sense gewetzt und weitergemäht.

Mehr Schlaf? Eine offensichtlichere Ausrede konnte es kaum geben. Antonia hatte ihre böse Ahnung anfangs nicht wahrhaben wollen, doch als Gabriel sich weitere drei Nächte nicht blicken ließ, war die Ahnung zum Verdacht geworden. Darauf hatte sie den ersten Schritt zu ihrer eigenen Demütigung getan. Hätte man ihr prophezeit, dass sie, die einflussreichste Bäuerin von Schrötten, einmal heimlich ihrem Geliebten nachspionieren würde, Antonia hätte gelacht.

»Wo gehst du hin, Steinhauerin?«, fragte die hinkende Magd, als sie Antonia am Dorfrand begegnete.

»Pilze sammeln«, lautete die hingeworfene Antwort.

»Es ist viel zu trocken. Du wirst keine Pilze finden.«

»Aber die Heidelbeeren sind schon reif.«

Die Steinhauerbäuerin rechtfertigte sich vor einer Magd. Die Steinhauerbäuerin nahm Zuflucht zu einer Notlüge. Um weiteren Fragen zu entgehen, hastete sie aus dem Dorf, mit dem Ziel, die drei Sänger aufzuspüren, ihre Tochter, ihren Liebhaber und den Lehrer. Durch den Hurzenwald drang Antonia immer höher empor, bis zauberhafte Töne sie zum Stillstand brachten. Vor ihr lag die Waldkapelle. Als beträte sie ein verwunschenes Elfenreich, schlich Antonia weiter.

»O Reinste der Schöpfung, o Mutter und Magd
bei dir in den Armen das Jesuskind lag
Maria, erhör unser freudig Gebet
gib unseren Schritten Geleit
und schenk uns dein Licht allezeit.«

Wie wunderschön die drei Stimmen einander umschmeichelten! Der volle Bass Zwingers bildete die Basis, Maria sang hold und rein die schlichte Melodie, und in der Mitte verband eine Männerstimme das Tiefste und das Höchste in strahlenden Tönen miteinander. So mussten Heldenstimmen klingen, dachte Antonia. Das war so erhebend, so anders als alles, womit das Leben die Bäuerin sonst beschenkte, dass sie ihre Herablassung gegenüber dem Musizieren vergaß und in Tränen ausbrach. Ihre Finger krallten sich in die Kittelschürze. Was für ein himmlisches Lied, was für ein Glück, es hören zu dürfen.

Als die drei in der Kapelle verstummten und Antonia fürchten musste, entdeckt zu werden, schlich sie hinter das Bauwerk, um weiter zuzuhören. Wie enttäuscht war sie, da die Unterrichtsstunde offenbar schon zu Ende war. Zwinger machte ein paar Bemerkungen, was die Interpretation betraf, Gabriel und Maria antworteten. Schließlich kam der Lehrer aus der Kapelle und trat den Rückweg an.

Warum nahm er die beiden nicht mit? Weshalb ließ er sie zu zweit in dem kleinen Tempel zurück? Was geschah dort drinnen? Mit lautlosen Schritten erreichte Antonia ein Fenster hinter dem Altar und spähte hinein. Die jungen Leute redeten miteinander. Maria deutete auf eine Notenseite und gab Gabriel einen Kohlestift, er machte sich eine Notiz. Sie lachten. Mit einem Mal schämte sich Antonia für ihren lächerlichen Verdacht und verachtete sich für das Misstrauen, das sie den beiden entgegenbrachte. Bevor sie auf sie aufmerksam werden würden, wollte sie ungesehen verschwinden. Antonia tat bereits den ersten Schritt, da hörte sie von drinnen ein Seufzen, dem ein kurzes Lachen folgte. Danach breitete sich eine verräterische

Stille aus. Sie schlich ans Fenster zurück und lugte vorsichtig hinein.

Kein Künstler hätte diesen Kuss schöner malen können. Gabriel lehnte am Kirchengestühl, Maria schmiegte sich an ihn, ihr Kopf lag in seiner Armbeuge, sehnsuchtsvoll reckte sie das Kinn, seine Lippen verschlossen ihren Mund. Es war ein Kuss von solcher Länge, dass man dachte, sie würden nie wieder aufhören. Danach verharrte Maria in seinem Arm, während er ihr übers Haar strich, versonnen, liebevoll, mit einem Blick so voller Zärtlichkeit, wie er ihn Antonia noch nie geschenkt hatte. Für die Bäuerin hatte er nur feurige Blicke, derbe Bewegungen im Bett, verruchte Geräusche. Durch Maria schien eine Verwandlung mit ihm vor sich zu gehen, die sich wie ein giftiger Pfeil in Antonias Fleisch bohrte. Sie wollte sich dem Anblick der Liebenden entziehen, konnte es aber nicht. Tiefer und tiefer sog sie das schwarze Gift in sich ein, füllte die Bäuerin ihre Augen, ihr Herz mit dem Bild der Gewissheit. Gabriel liebte Antonia nicht, er hatte sie nie geliebt, sein Herz gehörte Maria, zu der er hundertmal besser passte als zu der verbrauchten, welkenden Bauersfrau, deren Bett er heimlich geteilt hatte.

Für Augenblicke stellte sich bei Antonia eine Befreiung ein, dass es gut war, so wie es war. Zwischen Gabriel und ihr hätte es nie zu einer endgültigen Vereinigung kommen können. Das war ein schöner Traum gewesen, eine Frau Ende dreißig, ein Junge von fünfzehn, Antonia hätte sich zum Gespött des Dorfes gemacht. Dort, im Inneren der Kapelle, behütet von der Gottesmutter, saßen zwei, die wahre Liebe verdient hatten, die vor Gott und die Welt hintreten und sagen konnten: Wir lieben einander, wir wollen einander gehören.

Antonias befreiende Erkenntnis dauerte nur wenige Momente. Schon kehrten Missgunst, Rachsucht und brennende Eifersucht zurück, die ihr befahlen, alles Menschenmögliche zu unternehmen, damit diese Liebe nicht keimen sollte. Wenn Antonia ihn nicht haben durfte, musste er Maria ebenfalls versagt bleiben. Später, auf dem Heimweg, dachte sie darüber nach, wie sie das bewerkstelligen könnte, und verfiel auf den niedrigen Plan, ihren Neffen, den täppischen Rupert, für ihre Zwecke zu missbrauchen.

»Kann ich auf dich zählen, Rupert?«, fragte sie in dieser Nacht, die an Schönheit kaum zu übertreffen war. »Zum Wohle des Hofes, zum Wohl der Familie musst du Bauer werden.«

»Ja, das will ich«, antwortete Rupert, mehr angestachelt durch ihre Worte als durch eigenen Antrieb.

»Gut.« Antonia trat zurück. »Ich wusste, dass ich auf dich rechnen kann.«

»Ich glaube aber, Maria mag mich nicht besonders«, fügte er zaghaft hinzu. »Ich glaube, sie mag einen anderen lieber.«

»Lass meine Tochter nur meine Sorge sein. Sie wird tun, was ich ihr sage. Vielleicht wird dich Maria anfangs nicht lieben, aber glaube mir, die Liebe ist in der Ehe nicht so wichtig.« Antonia wandte sich um und ging ins Haus zurück. Aus der Knechtkammer hörte sie den Bauern schnarchen.

Rupert hob den Kopf zu den Sternen, aber er fühlte sich nicht siegreich und unüberwindlich, sondern mit einem Mal so klein, so furchtsam wie selten in seinem ängstlichen Leben. Er sollte Bauer sein, er sollte Marias Gemahl werden? Die Vorstellung war für ihn so groß wie das Firmament. Als in diesem Augenblick eine Sternschnuppe vom Himmel fiel, zuckte Rupert zusammen, als sei er vom Strahl des Himmelskörpers getroffen worden.

19

AUS REINEM HERZEN

»Ich habe diese beiden jungen Leute ins Herz geschlossen«, sagte Aglef Zwinger wenige Minuten, nachdem er auf für ihn unverständliche Weise beleidigt worden war. »Außerdem liebe ich die Musik. Kannst du darin etwas Verwerfliches erkennen?«

Der Stuhl, den der Abt ihm angeboten hatte, war ein wenig zu niedrig, Zwinger musste aufrecht sitzen, um Dorian hinter dem Schreibtisch in die Augen zu sehen.

»Natürlich nicht. Was könnte lauterer sein als deine Liebe zur Kunst und die behutsame Führung, mit der du jungen Menschen die Musik näherbringst?«

Dorian zeigte sich für Zwingers Problem empfänglich, zugleich war er mit seinen Gedanken woanders. Die Abrechnung stimmte einfach nicht. Der junge Mönch, den der Abt mit der Buchführung betraut hatte, war der Aufgabe nicht gewachsen. Die Registerbücher waren durchsiebt von Fehlern, alles musste noch einmal durchgerechnet werden, bevor man die Halbjahresauflistung dem Bischof vorlegen konnte.

»Was sollte an deinem Verhalten verwerflich sein, Bruder?«, hakte Dorian nach.

»Es kommt mir vor, als ob alles, was ich unternehme, um ein wenig Kultur in Schrötten einziehen zu lassen, gegen mich verwendet wird.«

»Sprich nicht in Andeutungen. Wer hat dich angegriffen?«

Dorian blätterte vor und zurück. Es war zum Verzweifeln. Die Liste mit den Namen der Studierenden hatte Leerstellen. Einige Jungen, für die Schulgeld entrichtet wurde, waren hier gar nicht aufgeführt. Noch schlimmer wurde es mit den Ausgaben. Der Mönch hatte sich mit der Setzung der Kommata vertan. An einer Stelle sollte es heißen, sieben Silbergulden und zwanzig Kreuzer seien für die Ausbesserung der Dachrinnen bezahlt worden, doch die Summe im Register belief sich auf 70 Gulden und 2 Kreuzer! Der Abt brauchte einige Beherrschung, um seine Faust nicht auf den Tisch niedersausen zu lassen. »Nun, Zwinger, wer war es?«

»Das möchte ich nicht sagen«, antwortete der Lehrer. »Es sind schon genügend Gerüchte im Umlauf.«

»Was für Gerüchte?« Die Geiernase Dorians zuckte vor.

»Dringe bitte nicht in mich. Der Vorwurf ist zu lächerlich, als dass man weitere Gedanken darauf verschwenden sollte. Ich bin auch nicht zu dir gekommen, um dir mein Leid zu klagen, sondern wollte …«

»Jetzt hast du mich neugierig gemacht.« Dorian schob das Register beiseite. »Wer im Dorf hat dir Vorwürfe gemacht?«

Überrascht hob Zwinger den Kopf. »Im Dorf? Es war nicht im Dorf.«

»Willst du etwa sagen, im Kloster wäre dir jemand respektlos begegnet?«

»In gewissem Sinne.«

»Wer?«

Da er einsah, dass der Abt nicht von seinen Fragen

lassen würde, nahm Zwinger allen Mut zusammen. »Du musst wissen, dass ich mich ehrlich gefreut hatte, dem Pater auf dem Klosterhof zu begegnen.«

»Welchem Pater?«

»Dem Ältesten unter deinen Mönchen.«

»Pater Berengar?«

Zwinger nickte. »Ich bin dem alten Manne mehrmals schon im Dorf begegnet, wenn er Heilkräuter zu den Bauern brachte. Leider fehlte uns jedesmal die Zeit für eine Unterredung. Vorhin auf dem Klosterhof hielt er ein dickes Buch in Händen, erwiderte meinen Gruß und fragte, wieso ich zum zweiten Mal in wenigen Tagen den beschwerlichen Weg ins Kloster gemacht hätte.«

»Und du?«

»Ich sagte, ich hätte dir etwas zu berichten, und fragte ihn nach dem Inhalt des Folianten. Es sei ein Kräuterbuch, antwortete er. Ich machte die scherzhafte Bemerkung, dass Berengar, was die Kräuter betreffe, selbst ein wandelndes Lexikon sei.«

Obwohl er die Bemerkung nicht spaßig fand, erwiderte der Abt Zwingers Lächeln. Da sich dessen Erzählung in die Länge zu ziehen drohte, nahm Dorian seine Pfeife und füllte sie mit Tabak. »Und dann?«

»Noch einmal wollte Berengar wissen, was mich den steilen Weg heraufgeführt hätte. Da meine Nachricht nur für deine Ohren bestimmt ist, antwortete ich ausweichend, dass es keine Mühe, sondern eine Freude für mich sei, den Weg zu den gelehrten Mönchen hochzusteigen, würde ich doch mit tiefgründigen Gesprächen belohnt.«

»Trefflich geantwortet.« Der Abt hielt einen Kienspan an die Kerzenflamme, die dem düsteren Gewölbe etwas Licht verschaffte, und entzündete seine Pfeife.

Zwinger wischte sich nachdenklich über den Mund, als falle es ihm schwer, die nächsten Worte herauszulassen. »Die Erwiderung Berengars war mir unverständlich.«

»Was sagte er?«

»Der Pater sagte: *Unserem Abt magst du mit deinen Schmeicheleien vielleicht gefallen, er ist anfällig dafür. Mit mir brauchst du solche Spiele nicht zu spielen.*«

Dorian ließ erst eine blaue Wolke zur Decke steigen, bevor er antwortete. »So, so, ich bin also anfällig für Schmeicheleien. So sieht das der greise Berengar.«

»Ich war nicht im Mindesten darauf gefasst«, beeilte sich Zwinger zu sagen. »Ich fragte ihn, welche *Spiele* er meine.«

Die Pfeife im Mundwinkel, musterte der Abt den Lehrer. »Und was hat Berengar darauf geantwortet? Bitte Wort für Wort.«

»Er sagte mir: *Du beherrschst die Kunst, dir das Wohlwollen der Leute zu erschleichen. Die Menschen glauben, dass du ihnen mit deinen schmeichlerischen Reden etwas schenkst. In Wirklichkeit zapfst du sie gleichsam an, entlockst ihnen Dinge, die sie sonst mit einem Fremden niemals teilen würden.*«

Zwinger hob beide Hände, um anzudeuten, dass er noch nicht zu Ende sei. »Darauf gab ich dem Pater zu bedenken, ob es nicht die wichtigste Aufgabe eines Lehrers sei, das wahre Wesen der Menschen hervorzukehren und ihnen die Kraft zu geben, ihr Innerstes zu offenbaren. Indem ich die Dorfkinder solche Offenheit lehrte, sagte ich, würden sie später mit derselben Offenheit ins Leben treten.«

»Wunderbar geantwortet, Zwinger«, nickte der Abt. »Ich weiß nicht, ob ich die Schlagfertigkeit besessen hätte, auf Berengars Unverfrorenheit so besonnen zu reagieren.«

Der Lehrer beugte sich vor, bis seine Ellbogen auf dem Schreibtisch ruhten. »Ja, aber Berengar hielt dagegen: *Du sagst den Menschen nichts über ihr Wesen, du köderst sie mit ihrer Eitelkeit, der heimtückischsten Todsünde von allen.*«

»Ich verstehe.« Dorian paffte erregt. Dass Berengar es auf ihn abgesehen hatte, war keine Überraschung, doch dass er so weit ging, andere in seine Abneigung mit hineinzuziehen, war beispiellos. Es war frevelhaft und ein klarer Bruch des Gehorsamkeitsgelübdes, das jeder Benediktiner ablegen musste. »Und du darauf?«

Schweiß stand auf Zwingers Stirn, die Erzählung setzte ihm zu. »Mir fiel es schwer, das Gespräch in diesem Stile fortzuführen. Darum antwortete ich, dass ich dir jetzt meine Neuigkeit überbringen wolle. Spöttisch betrachtete mich der alte Mann und sagte: *Willst du auch dem Abt etwa deine wundersame Geschichte offenbaren, wie du den kleinen Gabriel ausgebildet hast?* Ich fragte, woher er das wisse, und er antwortete: *Solch fabelhafte Geschichten trägt der Wind rasch vom Dorf zu uns hoch.* Fabelhaft?, erwiderte ich und weiter, dass Fabeln, wie jeder wisse, Erzählungen seien, in denen Tiere, ausgestattet mit menschlichen Eigenschaften, etwas Gleichnishaftes erlebten. Darauf meinte er spöttisch: *Ist es denn keine Fabel, wenn in deinem Märchen ein Wolf vorkommt?*

Ich war außer mir. Ich habe Berengar angeschrien, dass es kein Märchen sei, was ich der Steinhauerfamilie berichtet hätte.«

Der Lehrer ließ den Kopf sinken. »Natürlich bedaure ich inzwischen aufrichtig, unehrerbietig zu deinem Mitbruder gewesen zu sein. Bestimmt hat es der weise Mann nicht so gemeint.«

Oh, doch, dachte Dorian, die alte Klapperschlange hat es genau so gemeint. »Auch mir ist deine Geschichte über Gabriels Kindheit zu Ohren gekommen«, antwortete er dem verstörten Lehrer. »Es ist eine bewegende Geschichte, die endlich Licht in das Geheimnis um Gabriels Herkunft bringt.« Dorian stippte die Asche ab. »Ich frage mich allerdings, wieso es einen Mann mit deinen medizinischen Fähigkeiten als Dorflehrer in diesen finsteren Winkel verschlagen hat. Einer wie du wird überall gebraucht. Was willst du nur in dem hoffnungslosen Kaff?«

»Ich lehre die Kinder Schröttens das ABC«, antwortete Zwinger schlicht.

Einen Moment lang ging dem Abt durch den Sinn, dass dieser kluge, verkrüppelte Mensch die Einfaltspinsel von Schrötten mit seiner Geschichte vielleicht zum Besten halten wollte und dass möglicherweise etwas anderes dahintersteckte. Vielleicht hatte Berengar Recht, dem Schulmeister zu misstrauen. Doch da Dorian keinen Sinn dahinter entdecken konnte, warum Zwinger so etwas Aberwitziges tun sollte, verwarf er den Gedanken wieder. »Wie ich höre, gibst du Maria Steinhauer inzwischen Gesangsunterricht?«

Zwinger lächelte, weil das Gespräch endlich eine andere Wendung nahm. »In jeder freien Minute steigen wir zur Marienkapelle hoch und üben geistliche

Lieder. Dieses Mädchen ist äußerst feinfühlig. Sie hat etwas Besseres verdient als den täglichen Stumpfsinn, der in Schrötten herrscht. Es ist ein Geschenk für sie, an der göttlichen Schönheit der Musik teilzuhaben.«

Dorian bemühte sich, jeglichen Unterton in seiner Stimme zu unterdrücken, als er sagte: »Neuerdings, hört man, beziehst du auch Gabriel in deinen Unterricht mit ein?«

»Das stimmt. Da uns bis jetzt ein Tenor gefehlt hat, ist der Junge ein großer Gewinn.«

Der Abt zündete die Pfeife ein zweites Mal an. »Neulich hast du Andeutungen über eine mögliche Annäherung zwischen Maria und Gabriel gemacht. Kommt es dir da nicht unvorsichtig vor, wenn die beiden einander so häufig sehen?«

»Gut, dass du danach fragst«, nickte Zwinger. »Damit sind wir beim wahren Grund meines Besuches angelangt.« Es schien ihn nicht länger im Sitzen zu halten, er stand auf. »Die Dinge in Schrötten ändern sich, und zwar schneller, als ich annahm.«

»Was ändert sich?«, fragte Dorian hellwach.

»Etwas ist in Gang gekommen.« Ziellos lief der Lehrer im Amtszimmer auf und ab.

»Betrifft es Gabriel?«

»Auf gewisse Weise.« Vor dem Regal mit den mächtigen Büchern blieb Zwinger stehen. Etwas verbarg sich in seiner Hand.

»Sprich frei heraus«, rief Dorian ungeduldig. »Ich mag es dir nicht aus der Nase ziehen.«

»Es soll bald eine Hochzeit geben.« Gedankenverloren zog Zwinger das Werk *Clavicula Salomonis* heraus, betrachtete den Einband und schob es wieder zurück.

»Eine Hochzeit? Soll Gabriel etwa …?« Der Abt merkte, dass er außer sich geraten war, und besann sich. »Eine Hochzeit? Weshalb weiß das Kloster nichts davon? Bei mir wurde noch kein Aufgebot bestellt.«

»Die Sache ist bisher nicht offiziell.«

Dorian stand ebenfalls auf. Der Strick seiner Kutte blieb am Schreibtisch hängen, er musste sich erst befreien. »Woher weißt du es dann? Wer ist das glückliche Brautpaar?«

»Darin liegt ja das Problem. Von Glück ist keine Spur zu erkennen«, antwortete Zwinger. »Deshalb komme ich und suche deinen Rat.«

»Was ist vorgefallen?«

»Die todunglückliche Maria hat sich mir anvertraut.«

»Worin liegt ihr Unglück?«

»Sie ist die Braut.«

»Maria ist die Braut?« Dorian konnte die Schicksalsfrage nicht länger zurückhalten. »Ist Gabriel der Bräutigam?«

»Oh, nein«, erwiderte Zwinger lächelnd. »Nein, in diesem Fall wäre Marias Glück kaum zu übertreffen. Leider ist es anders gekommen. Die Bäuerin hat beschlossen, ihren Neffen Rupert und Maria zu vermählen.«

»Rupert?« Ein großes Staunen trat ins Gesicht des Abtes. »Rupert soll …?«

»Ich verstehe deine Besorgnis«, nickte Zwinger. »Rupert und Maria sind Cousins ersten Grades. In Schrötten gibt es viele unselige Beispiele der Verehelichung naher Verwandter. Die Kinder dieser Verbindungen sind … Nun, sie sind …«

»Schon gut, ich kenne die armen Teufel«, half Dorian ihm weiter.

»Ich nehme an, dass der Bischof sein Einverständnis zu dieser Eheschließung nicht geben wird.«

Lass den Bischof nur meine Sorge sein, dachte Dorian und zugleich, dass der heutige Tag sich in seinen Glückstag verwandelte. Nicht nur, dass Zwinger, ohne es zu beabsichtigen, dem Abt die wahre Haltung Berengars offenbart hatte: Dieser Pater war ein listiges Reptil, das dem Abt hinterrücks aufzulauern suchte. Damit nicht genug, schien sich die drohende Gefahr einer Liebesverbindung zwischen Gabriel und der Bauerstochter von selbst zu erledigen. Maria würde unter die Haube kommen. Natürlich war es ein Jammer, dass kein Besserer als Rupert sie kriegen sollte, doch Marias Jammer war zum Nutzen Dorians. Nun würde es nicht mehr lange dauern, bis er Gabriel ins Kloster zurückholen konnte, damit der Junge seine Ausbildung zum Medicus vervollständigte. Und wenn die Zeit gekommen war, Berengar auf sein Altenteil zu schicken, könnte Gabriel dessen Stelle in diesen Mauern übernehmen. In diesem Moment stand Dorian seine eigene, freudvolle Zukunft klar vor Augen.

»Ich verstehe deine Bedenken, bester Zwinger«, antwortete er und legte den Kopf zur Seite. »Sollten wir uns aber nicht fragen, ob diese Verbindung wirklich so abwegig ist? Rupert ist ein braver Mann, etwas einfältig, gewiss, doch von lauterer Denkungsart. Der Hof bleibt in Familienhand, und ob die Kinder der beiden tatsächlich missgebildet sein werden, liegt im Willen Gottes.«

»So siehst du das?«, erwiderte Zwinger erstaunt.

»Denke in Ruhe darüber nach«, ermunterte Dorian

den Lehrer. »Hat Gabriel nicht etwas Besseres verdient, als in Schrötten als Knecht zu verkümmern?« Auf den erstaunten Blick des Lehrers lieferte Dorian die Erklärung. »Unter meiner Obhut soll er ein gewissenhafter Arzt werden, zum Wohle der Menschen im ganzen Umkreis. Allzu lange wird Gott unseren teuren Berengar nicht mehr unter uns weilen lassen, dann brauchen wir hier einen neuen Mann, der zu heilen versteht.«

»Tja, wenn das deine Meinung ist …« Zwinger hob beide Arme. »Dann will ich beruhigt ins Dorf zurückkehren und mich bemühen, Maria mit ihrem Schicksal zu versöhnen.«

»Tu das, mein Bruder. Mein Freund.« Dorian legte dem Lehrer beide Hände auf die Schultern. »Ich bin froh, dass du, mein früherer Schüler, in diese Gegend zurückgekehrt bist. Es ist ein Segen, dass ich dich habe.«

Das Lob schien den Lehrer zu beschämen, er beugte vor dem Abt das Knie und verließ dessen Amtsräume.

Dorian wusste im selben Moment nicht, was er in seiner glücklichen Stimmung als Erstes unternehmen sollte. Er fühlte sich so ausgelassen, so jung, so verwegen, dass er die Kutte raffte und auf den abgetretenen Steinplatten ein Tanzschrittchen vollführte.

20

NIEMALS

Es begann als Umtrunk und wurde zu einem Fest, wie es in Schrötten lange nicht gesehen worden war. Das letzte Mal, als sich das Dorf einen solchen Taumel erlaubt hatte, war der gütige Baron vom Nachbarberg verstorben. Baron Korb von Weidenheym hatte den Schröttenern in seinem Testament eine Schenkung vermacht. Damals hatten sie ein großes Feuer auf der Lichtung entfacht und waren zusammengekommen, um sich in dankbarem Gedenken an den Baron zu betrinken.

Die heißen Tage und lauen Nächte neigten sich ihrem Ende zu, der Sommer verlor an Kraft. Es war hohe Zeit, dem Leben ein letztes Mal unter dem Nachthimmel zu huldigen, bevor die düsteren, eisigen Monate wieder hereinbrechen würden. Rupert war der Schirmherr des Festes, er hatte das ganze Dorf eingeladen. Der stille Rupert, der ängstliche Steinhauerneffe hatte sich von dem Rausch, plötzlich Bräutigam zu sein, mitreißen lassen und alle gebeten, auf sein Glück anzustoßen.

Obwohl die Verbindung mit Maria nicht abwegig war, hatte keiner in Schrötten mit einer Eheschließung gerechnet, bevor der sieche Bauer verstorben wäre. Auch war den Schröttenern Marias Gefühl für Gabriel nicht verborgen geblieben, und obwohl sie diese Schwärmerei mit den meisten Mädchen teilte, war es ein gewohntes Bild geworden, die Steinhauertochter und den Holzknecht zusammen auftreten zu sehen. Umso mehr freuten sich vor allem die Schröttener Burschen darüber, dass Rupert den Sieg über Gabriel davontragen sollte. Schönheit allein machte eben noch keinen Bauern. Gabriels wohlklingender Gesang und seine heilenden Fähigkeiten mochten die Schröttener eine Weile geblendet haben, nun aber gewann derjenige das Mädchen, der es aufgrund vererbter Rechte verdiente.

Auf der weiten Lichtung am Westrand des Dorfes hatten sie einen Feuerstoß errichtet und wollten ihn entzünden, sobald die Sonne hinter dem Hurzenwald versunken wäre. Tische waren herangeschafft worden, Stühle und Melkschemel. Ein Fass Bier wurde angeschlagen, Rupert hatte ein Fässchen Wein aus dem Tal hochgebracht. Die Frauen hatten Strauben ausgebacken, frisches Brot geschnitten, dazu gab es Schmalz und Käse. Rupert hatte das fetteste Ferkel im Stall geschlachtet und ausgenommen. Der Spieß, an dem es gebraten werden sollte, stand bereit. Die Innereien, Milz, Herz und Kutteln hatte man gekocht, das gab eine kräftige Suppe. Alle kamen, alle gratulierten Rupert von Herzen und erwarteten mit Spannung die Braut. Die Verlobung war noch nicht offiziell bekanntgegeben worden, auch das Hochzeitsdatum stand noch aus.

Zwei Stunden später waren die meisten betrunken. Das Feuer brannte, das Schwein wurde gleichmäßig über der Flamme gedreht und mit Suppe begossen, damit es schön knusprig würde. Die Braut hatte sich immer noch nicht blicken lassen. Antonia war in ihrer prächtigen Schwarzwäldertracht erschienen, im schwarzen Mieder mit den kreuzweise gebundenen goldenen Tressen. Sie beruhigte die Wartenden, Maria werde gewiss gleich eintreffen. Doch als die Braut eine halbe Stunde später immer noch fehlte, machte sich Antonia auf, sie zu holen.

Der blonde Holzknecht war ebenfalls unter den Gästen. Gabriel wirkte ruhig und heiter, gelassen trank er mit den Dörflern. Niemand hätte ihm angesehen, dass der Anlass dieser Feier seine Niederlage bedeutete. Wenn einer der Burschen ihn darauf ansprach, reagierte er sanft, beinahe versonnen, und sagte, er freue sich für Rupert. Keiner wollte das glauben, aber man ließ Gabriel schließlich in Ruhe.

Nur Rupert nicht. Rupert, der monatelang seine Eifersucht und Angst in sich hineingefressen hatte, traute sich im Schutz der Dorfgemeinschaft, enthemmt vom Alkohol, endlich aus der Deckung. »Möge der bessere Mann gewinnen«, polterte er, als er Gabriel allein auf einem Baumstumpf sitzend fand. »Möge der Bessere gewinnen!« Breitbeinig baute er sich vor dem Holzknecht auf.

Gabriel nickte, schwieg und aß weiter sein Brot.

Dieser Sieg erschien Rupert zu einfach. Er hob seinen vollen Bierkrug. »Stoß mit mir an, Kerl. Du bist ein prima Knecht. Wenn du dich brav anstellst, sollst du es auch weiterhin gut bei mir haben. Stoß mit mir an.«

Gabriel blickte auf. »Ich habe kein Glas.«

»Stoß an, sag ich!«

»Lass gut sein, Rupert. Ich habe nichts zu trinken.«

»Ich bin der Bauer, und ich befehle dir …« Der wütende Schwung seiner Worte brachte Rupert kurz aus dem Gleichgewicht. Nachdem er sich wieder gefangen hatte, grinste er schelmisch. »Du hast nichts zu trinken? Ja, was soll man denn da machen, wenn mein Holzknecht nichts zu trinken hat?« Mutwillig kippte Rupert das Bier über Gabriels Kopf aus.

Der Sitzende zuckte zusammen, erstarrte, schließlich strich er sich das nasse Haar aus der Stirn und stand auf. Triefend stand Gabriel vor dem Bräutigam und überragte ihn um Haupteslänge. Burschen und Männer, neugierige Mägde und besonnene Bäuerinnen liefen um die beiden zusammen.

»Lass gut sein, Rupert«, ließ sich eine Alte vernehmen.

»Er hat dir nichts getan«, eine andere.

»Warum wehrt sich Gabriel nicht?«, raunte ein Knecht.

»Er kuscht vor seinem neuen Herrn«, lästerte ein Bauernsohn.

Die Schröttener gaben ihrer Überraschung Ausdruck, dass derjenige, den sie bei seinem Eintreffen als Engel bezeichnet hatten, nichts unternahm, den betrunkenen Steinhauer in seine Schranken zu weisen. Aug in Aug mit Gabriel war Rupert kümmerlich anzusehen. Ein Handstreich des Blonden, und der Kleine wäre in den Staub gestürzt. Selten hatte man den Unterschied zwischen beiden deutlicher sehen können als in diesen Sekunden, während die letzten Sonnenstrahlen zwischen den Bäumen spielten und ringsum die Dämmerung einfiel.

»Ich habe gewusst, dass du vor mir kuschen würdest«, lachte Rupert, als er begriff, dass sein Streich den Blonden nicht die Beherrschung verlieren ließ. »Du warst nur so lange stark, wie du Maria an deiner Seite wusstest. Damit ist es ab jetzt vorbei. Die Steinhauertochter wird meine Bäuerin, meine Frau. Von nun an musst du täglich mitansehen, wie ich und mein Weib zusammen ins Bett kriechen werden, du aber schläfst weiter bei den Knechten.«

Das Bier, der warme Abend, die körperliche Nähe der Dörfler befähigten Rupert zu diesen Worten, die gar nicht seiner Natur entsprachen. Normalerweise brauchte Rupert Harmonie und Frieden, spannungsvolle Zustände machten ihm Angst. Er mied sie und überließ es Antonia, Streitigkeiten zu schlichten. Rupert handelte also gegen sein Wesen, als er Gabriel attackierte. Sein Unglück war, dass ihn der seltene Anfall von Mut just in dem Moment ereilte, als Maria das Fest betrat.

An der Seite Antonias kam sie auf die Lichtung. Wegen der Dämmerung und der allgemeinen Aufmerksamkeit, die Rupert galt, hatte sie noch niemand bemerkt. Maria war zurechtgemacht wie eine Braut, in der Tracht der Gegend. Die Bänder an ihrem Kleid waren nicht golden, sondern jungfräulich weiß. Die Mutter hatte einen weißen Kranz aus Spitzen ins Haar der Tochter geflochten.

Maria war sechzehn Jahre alt und dazu erzogen worden, Vater und Mutter zu ehren. Vom Vater auf den Sohn, von der Mutter auf die Tochter, so lautete die Tradition, mit der in Schrötten der Wechsel der Generationen vollzogen wurde. Marias Eltern hatten keinen Sohn, und so war es natürlich, dass der nächste männliche Anverwandte in den Rang des Bauern erhoben wurde. Alles nahm seinen Lauf, so wie Sitte und Tradition es vorgaben.

Maria hatte die Tracht angelegt, die für hohe Feste aufgespart wurde, und sich von der Mutter den Jungfrauenkranz flechten lassen. Dass sie dabei weinte, spielte keine Rolle. Maria hatte viel geweint während der kurzen Frist, die Antonia ihr seit Eröffnung ihres künftigen Schicksals gegönnt hatte.

An einem Dienstag war die Mutter vor die Tochter getreten. »So, wie es ist, kann es nicht bleiben«, hatte sie gesagt. »Rupert muss endlich Bauer werden. Siehst du das ein?« Bevor Maria sich darüber klar wurde, was das bedeutete, hatte die Mutter weitergesprochen. »Ich kann und mag den Hof nicht länger allein führen.«

»Rupert als Bauer?«, hatte Maria erwidert. »Und der Vater?«

»Dein Vater ist längst nicht mehr Bauer und wird es nie wieder werden. Wir müssen an die Zukunft denken.« Antonia hatte sich auf die Kunst gesetzt und Maria an ihre Seite gezogen. »Der neue Bauer braucht eine Bäuerin. Und das wirst du sein.«

Maria war es nicht gewohnt, ihren Gefühlen besondere Beachtung zu schenken, sich ihre Gefühle überhaupt einzugestehen. Doch seit Kurzem trug sie den Kuss ihres Liebsten auf den Lippen. Dieser Kuss war eine Rüstung, in der sie sich sicher fühlte. Der Kuss war ein Zauber, der sie befähigte, zu antworten: »Ich kann nicht Ruperts Frau werden.«

Antonia hatte sich keine Mühe gegeben, ihr Kind zu überreden, sie wusste, wie sinnlos das gewesen wäre. Sie hatte ihrer Tochter den Befehl erteilt, zu gehorchen, und darauf vertraut, dass Maria sich fügen würde. Tage voller Elend waren gefolgt, bis Maria heute aufgefordert worden war, die Tracht anzulegen und auf das Fest zu gehen.

Hier stand sie nun, die unglückliche Braut, blinzelte ins Feuer, roch das Schweinefleisch und den Bierdusel, sah eine wachsende Gruppe Schröttener sich um zwei junge Männer versammeln. Maria ging näher, die Mutter blieb dicht hinter ihr. Die Braut entdeckte den feixenden Bräutigam und hörte dessen Worte, die er dem anderen entgegenschleuderte.

»Von nun an musst du täglich mitansehen, wie ich und mein Weib zusammen ins Bett kriechen werden, du aber schläfst weiter bei den Knechten«, hörte Maria und sah gleichzeitig den anderen, den jungen Mann, dessen Kuss sie im Herzen trug. Sie betrachtete Gabriel, den sanften, klugen Menschen, der so viel Kraft besaß und so viel Geist, ohne damit zu prahlen, Gabriel, den sie aus tiefster Seele liebte. In diesem Augenblick herrschte in Maria weniger die Abscheu, Ruperts Frau zu werden, als vielmehr die reine unverbrüchliche Liebe zu Gabriel. Ihr Gefühl war so groß und einzigartig, dass sie keinen Augenblick zweifelte, was sie zu tun hatte.

Als die Leute Maria erkannten, teilte sich die Menge. Unbeirrt ging sie weiter, bis sie vor den beiden stand. Was Maria nun sprach, hatte wohl Gott ihr in den Mund gelegt.

»Ich freue mich, dass du feierst, Rupert«, sagte sie mit einer Klarheit in der Stimme, die ihr neuerdings zu eigen war. »Ich bin froh für dich, dass du unser neuer Bauer wirst.«

Im ersten Moment zuckte der Bräutigam vor seiner wunderschönen Braut zurück. Rupert fühlte, er war es nicht wert, etwas so Vollkommenes, so Kostbares geschenkt zu bekommen. Statt sich groß und siegreich zu fühlen, übermannte ihn augenblicklich die alte Gewissheit seiner eigenen Unzulänglichkeit.

»Ich danke dir, Maria«, stammelte er.

»Ich will dir als neuem Bauern dienen«, setzte sie fort und schaute in die Runde. All die triefäugigen, schwerfälligen Menschen, die da standen, kannte sie seit frühester Kindheit. Die Knechte mit den schlechten Zähnen, die Mägde mit dem Haarausfall, die Greise mit den eingefallenen Wangen und riesigen Nasen, ihre Gesichter erschienen im flackernden Feuerschein noch greller, erschreckender. Maria sah auch die Mutter, die den Worten der Tochter mit höchster Spannung folgte.

Maria wandte sich zu Rupert. »Aber ich kann dir nur als Magd dienen, nicht als Bäuerin. Denn deine Frau, Rupert, werde ich niemals sein.«

Sie sagte es, ohne Gabriel anzusehen, ohne mit Blicken oder Gesten Hilfe von ihm zu erbitten. Die Schröttener aber, die staunenden, die überrumpelten, wandten ihre Blicke von Maria zum Holzknecht, der mit nassem Haar und triefendem Hemd da stand. Sie warteten, wie er reagieren würde. Gabriel betrachtete die Braut aus ernsten Augen.

Nachdem Maria gesagt hatte, was zu sagen war, machte sie kehrt, ging vorbei an der Mutter, hinaus aus dem Kreis, aus dem Feuerschein und schließlich fort von der Lichtung, bis sie im Dunkeln verschwunden war. Im Gehen löste sie den weißen Kranz aus ihrem Haar.

Ehe die Schröttener aus ihrer Starre erwachten, griff ein schmaler Mann im schwarzen Gehrock zu einer Flasche Wein und goss sich ein Glas voll. Er stand außerhalb des Kreises, den die Schröttener um Gabriel und Rupert gebildet hatten, stand da, nippte und sandte seine Blicke hierhin und dahin, nachdenkliche, neugierige Blicke. Dieser Mann beteiligte sich nicht am Tumult, der jetzt losbrach. Zwingers Augen blieben an der schönen, bleichen Bäuerin hängen, die sich ebenfalls nicht an dem aufgeregten Geplapper der Schröttener beteiligte. Wie gut ihr die Tracht stand, dachte er, wie sichtbar ihr Busen das Mieder hob und senkte. Dieser Frau war soeben eine tödliche Wunde beigebracht worden. Nichts war für Zwinger von größerem Interesse als die Art, wie Antonia damit umgehen würde.

21

DIE HAND AUF DER SCHULTER

Der Abt war unruhig. Zu viel, dachte er, zu schnell traten die Ereignisse ein. Die Zeit schien sich selbst überholen zu wollen. Dorian hielt nichts von Geschehnissen, deren Unvorhersehbarkeit dem Blitz ähnelte, den Gott im Frühling in die Eichen fahren ließ. Ein Blitz ganz anderer Art hatte Schrötten gespalten. Noch in der Nacht des Festes war die Nachricht ins Kloster getragen worden, dass die Verlobung zwischen Rupert und Maria geplatzt sei. Man hatte dem Abt den Auftritt der kämpferischen Maria geschildert. Nun würde es keine Hochzeit geben und keine baldige Klärung der dörflichen Situation. Maria blieb weiterhin Dorians gefährlichste Rivalin. Sie war im Begriff, ihm Gabriel wegzunehmen, so einfach war das. Die großen Gefühle waren stets die einfachsten. Dorian liebte Gabriel, auch Maria liebte Gabriel. Dorians Liebe galt als abartige Unzucht, widerwärtig, verboten, Marias Liebe war jungfräulich und in ihrer Reinheit für jedermann verständlich. Wer die beiden zusammen sah, den liebenswerten Burschen und das schöne Mädchen, fand Gefallen an ihnen und gewann die Überzeugung, dass es sich lohnte, an die Liebe zu glauben. Dagegen durfte niemand Dorian und Gabriel je anders zusammen sehen als in ihrer Verbindung als Schutzherr und Schutzbefohlener. Niemals würde Dorian mit Gabriel Hand in Hand über eine Wiese schlendern, ins Gras sinken und Brust an Brust liegen können. Niemals, niemals, niemals, ging es ihm durch den Kopf. Dort unten, in dem dreckigen Dorf, sollte die wahre Liebe erblühen, hier oben, im ehrwürdigen Stift, würde es nichts als Andacht und Buße und die ewig gleichen zermürbenden Rituale geben. Sollte es dem Herrscher dieses kleinen Reiches, über das Gott ihn zum König erhoben hatte, nicht erlaubt sein, anders und besser zu leben als seine Untergebenen? Sollte die heitere Brise junger Liebe niemals durch sein Leben wehen oder der Sturm der Leidenschaft? Dorian vermisste Gabriel so schmerzlich, so körperlich, dass er an seine Kutte fasste und die verfluchten Organe seines Geschlechts schmerzhaft zusammenpresste, bis er stöhnte.

»Ehrwürdiger Abt?«, hörte er hinter sich.

Er hatte den jungen Mönch zu sich bestellt, um ihn zu tadeln, zu bestrafen und ihm aufzutragen, seine Arbeit nächstes Mal besser zu machen. Der Abt sah den jungen Mönch in der Tür des Amtszimmers stehen.

»Gelobt sei Jesus Christus«, sagte der junge Mönch.

»Schließ die Tür.« Dorian nahm die Hand von der Kutte und trat neben den Schreibtisch.

Der Mönch tat, wie ihm geheißen. Er war ein unscheinbarer Benediktiner, einer, der es außerhalb des Klosters, wo harte Arbeit verlangt wurde, nicht weit gebracht hätte. Hier hinter den schützenden Mauern des Glaubens ließ es sich leichter leben. Der junge Mann verfügte über brauchbare Kenntnisse der Mathematik, weshalb Dorian auf die Idee verfallen war, ihn in die klösterliche Buchführung einzuarbeiten. Das Ergebnis war mangelhaft ausgefallen.

Dorian erhob die Stimme. »Ich bin unzufrieden

mit dir, Bruder. Deine Arbeit findet keine Gnade vor Gott, noch weniger aber würde sie Gnade vor dem Bischof finden.« Er machte eine Pause, um den Nachhall im gewölbten Amtszimmer zur Geltung kommen zu lassen, der seiner Stimme die Wucht eines obersten Richters verlieh. »Setz dich.«

Verängstigt sah sich der junge Mönch um, konnte aber keinen anderen Stuhl ausmachen als den gedrechselten Sessel, in dem der Abt normalerweise saß.

»Nimm Platz.« Die Richterstimme vervielfältigte sich.

Ängstlich glitt der Mönch auf den Sessel.

»Schlag das Register auf.«

Der Mönch hob den ledernen Deckel.

»Lies.«

Sekunden, minutenlang blieb es still, die Augen des Mönches glitten die Spalten hinab. Dort, wo Dorian mit roter Tinte etwas angemerkt hatte, hielten die Augen inne, hoben sich vorsichtig und sahen den Abt an. Dorian erwartete, dass der Mönch zu erklären versuchen würde, wie es zu den Fehlern gekommen sei, dass er Ausflüchte machen und Besserung geloben würde. Stattdessen fing der junge Mönch zu weinen an. Dicke, reuevolle Tränen liefen ihm über die Wangen, die noch kein Bart verunzierte, und tropften auf das Hauptbuch des Klosters. Der Anblick rührte Dorian. Der Mönch war ja noch ein halbes Kind. Man konnte ihm wirklich nicht böse sein. Vielleicht war es voreilig gewesen, ihm die schwierige Aufgabe zu übertragen, aber Dorian hatte nun einmal etwas für diesen jungen Kerl übrig.

»Nun, nun«, brummte der Abt. »Fehler sind dazu

da, aus ihnen zu lernen und es beim nächsten Mal besser zu machen.«

»Beim nächsten Mal?«, schluchzte der junge Mönch. »Wirst du mir die Aufgabe denn nicht entziehen?«

»Entziehen?« Dorian ließ sich zu einem Lächeln hinreißen. »Ich werde mich hüten. Du wirst das ganze Buch noch einmal von Neuem anlegen.«

»Das ganze ... Für das komplette Halbjahr?«, fragte der Mönch mit Blick auf die vielen dicht beschriebenen Seiten.

»Du wirst die Arbeit sogar zügig vollenden«, nickte Dorian. »Spätestens Ende des Monats muss ich die Abrechnung ins bischöfliche Ordinariat schicken.«

»Verehrter Abt ...« Der junge Mönch wischte sich mit dem Kuttenärmel über die Nase. »Lieber Abt, bedenke doch ...«

»Keine Ausflüchte«, fiel Dorian ihm ins Wort. »Dies wird dich lehren, was wahre Konzentration auf eine wichtige Aufgabe bedeutet.«

Er trat näher. Seine Hand schwebte über dem Haupt des Jungen. Er zögerte, warf seine Zweifel beiseite und senkte die Hand auf dessen Schulter. Dorian wartete, ob der Mönch zusammenzucken oder aufblicken würde. Die Geste des Abtes blieb so lange väterlich, bis er die Beuge zwischen Schulter und Nacken des Jungen zu massieren begann. Dazwischen machte er kleine Pausen, um dem anderen Gelegenheit zur Reaktion zu geben. Der Mönch saß stockstill da, über das Register gebeugt schniefte er hin und wieder, sonst tat er nichts.

Dorian hatte ein feines Gespür für die Reaktion jedes Einzelnen entwickelt, unabhängig davon, ob sie

Ordensbrüder oder Klosterschüler waren. Er hatte die Nackenmethode schon oft angewandt. Sie war ein sicherer Gradmesser für die Verführbarkeit eines Knaben. Jedesmal, wenn ein junger Mensch Dorians Finger abgeschüttelt hatte oder gegenüber der Berührung steif und unempfänglich geblieben war, hatte der Abt die Hand fortgenommen, und die Berührung war nichts weiter als eine ermunternde Geste geblieben. Wenn der Rücken eines Schutzbefohlenen aber durch Dorians Hand weich geworden war, wenn er sich der Berührung entgegengestemmt, gar die Wange an seine Hand geschmiegt hatte, war Dorian immer schnell ans Ziel gelangt. In solchen Fällen hatte er den betreffenden Burschen zu sich genommen, ihn genossen und mit dem Hinweis auf die Todsünde, die der Junge soeben begangen habe, entlassen. Die Todsünde und die Androhung ewiger Verdammnis waren strengere Fesseln, verlässlichere Knebel, als es jede Strafandrohung hätte sein können. Niemand wollte in die Hölle kommen, nur weil er dem Abt einige Minuten lang zu Diensten gewesen war. Die meisten versuchten die Sache zu vergessen, einige wenige kamen wieder und wollten mehr. Es war ein Prickel, dem Dorian sich über viele Jahre hingegeben hatte. Er selbst hatte keine Angst vor ewiger Verdammnis. Er durfte so handeln, denn er hatte von Kindheit an mit seinem Gott gesprochen und Antwort erhalten.

Der junge Mönch hatte aufgehört, zu weinen. Rascher als Dorian es erwartet hatte, neigte sich dessen Kopf mit dem rotblonden Haar zur Seite, die Wange kam auf Dorians Hand zu liegen.

Der Abt drehte den jungen Mönch zu sich herum,

hieß ihn aufstehen und küsste ihn. »Komm jetzt«, sagte er. »Mit der Arbeit wirst du morgen beginnen.«

Der Abt führte den Mönch in das Zimmer nebenan, wo ein weiß bezogener Diwan stand. Hier pflegte Dorian sich manchmal in den Nachmittagsstunden der Ruhe hinzugeben.

22

AM FENSTERKREUZ

Nichts war gleich geblieben auf dem Hof, und doch bemühte sich jeder, den Schein zu wahren. Um fünf Uhr morgens saßen sie schweigend beim Frühessen und löffelten Haferschleim. Auch vor dem einschneidenden Ereignis hatten sie im Morgengrauen meistens schlaftrunken geschwiegen, jetzt aber geschah es aus Verlegenheit. Die Bäuerin saß unter dem Herrgottswinkel, die Tochter daneben, es folgte der Großknecht, dann Rupert, dann der zweite Knecht, der blonde Holzknecht und schließlich die Mägde. Mit dumpfem Klacken tauchten sie die Löffel in den Brei. Sobald die Schüssel leer war, standen sie auf und gingen an die Arbeit.

Die Knechte zogen in den Wald. Der Borkenkäfer hatte die Schonung befallen, kranke Bäume mussten abgeholzt und aus Reichweite der gesunden geschafft werden. Die Mägde fütterten die Tiere und säuberten das Haus. Rupert mistete den Stall aus. Der künftige Bauer schaffte den Kot auf den Misthaufen und haderte mit seinem Schicksal. So nahe war er dem Glück schon gewesen, zum Greifen nah, er hätte nur die Hand danach auszustrecken brauchen. Stattdessen hatte er zu viel Bier getrunken, in seiner Trunkenheit den blonden Rivalen angegriffen und dadurch Marias Widerspruch herausgefordert. Ein anderer als Rupert hätte das minderjährige Mädchen einfach ausgelacht, das ihm einen Korb geben wollte, sie in den Arm genommen und vor Gabriels Augen geküsst. Ein anderer als Rupert hätte Marias Worte in den Wind geschlagen und sich auf die Zusicherung der Bäuerin verlassen. Ein anderer als Rupert hätte sich mit der schönen Cousine vermählt und wäre Bauer geworden. Er aber war zu schwach, zu feige, vielleicht zu feinfühlig, um so zu handeln. Rupert liebte es, ein Reh zu beobachten, das sein Kitz auf die Lichtung führte. Er liebte die Veilchen, die auf den Schröttener Wiesen erst im Juni blühten, pflückte sie, roch daran und presste sie zwischen den Seiten der Bibel. Rupert liebte die Abendstimmung, wenn die Sonne rotgolden hinter dem Hurzenwald versank, das kindliche Grün, das im Frühling auf den Birken erwachte. Von solchen Regungen hatte er noch keiner Menschenseele erzählt und würde diese Gefühle auch weiterhin in seinem Herzen verschließen. Denn was ein veritabler Schröttener war, der fluchte, kratzte sich, spuckte aus und pöbelte nach Feierabend durchs Dorf. Rupert konnte nicht sein wie seine Altersgenossen, doch weil er die Chance, Bauer zu werden, nicht vertun wollte, ging er einfach seiner früheren Arbeit nach und setzte seine mageren Hoffnungen in die Zusage der Bäuerin.

Nachdem er die Urinrinnen der Kühe trockengelegt und das alte Stroh auf den Misthaufen geschafft hatte, legte er eine Pause ein. Rupert wusch sich am Brunnen und setzte sich auf dessen steinernen Vorsprung. Die Sonne stach, das war ungewöhnlich für Ende August, meistens hatte sie ihre Kraft um diese Jahreszeit schon eingebüßt. Rupert fiel auf, dass Anton sich heute noch gar nicht bemerkbar gemacht hatte. Normalerweise hätte um diese Zeit ein Knurren und Heulen aus der Knechtkammer ertönen müssen, wenn der Gelähmte sein Essen wollte. Da Anton in der warmen Jahreszeit bis tief in den Tag hinein schlief, wurde er erst während der Vormittagsstunden versorgt. So brauchte man ihm kein Frühstück zu bringen, Anton löffelte seinen Brei als Mittagessen. Rupert stand auf. Ein Besuch bei Anton würde ihn von seinen trüben Gedanken ablenken. Er ging in die Küche und sagte der dummen Magd, er selbst werde sich um den Bauern kümmern. Ihr war das nur recht, ihr graute vor dem Mann in der dunklen Kammer, es ekelte sie, den sabbernden Mund ihres Dienstherren zu füttern. Die Dumme übergab Rupert die Schüssel mit Haferschleim und sprang ins Wäschezimmer davon.

Er betrachtete den traurigen grauen Brei. Rupert wollte dem hilflosen Mann etwas Gutes tun, langte zum Regal über dem Herd, öffnete eine Dose und streute getrocknete Korinthen über Antons Essen. Mit dem Schälchen in der Hand betrat Rupert die Knechtkammer. Selbst bei Sonnenschein herrschte hier stets ein dämmeriges Zwielicht. Rupert wandte sich zum Bett. Die Bettstatt war leer, die Decke zurückgeschlagen. Der Bauer befand sich nicht an dem Fleck, wo er seit zehn Jahren fast ununterbrochen gelegen hatte. War er aus dem Bett gefallen? Rupert lief auf die andere Seite. Auch auf dem Boden fand er den Bauern nicht. Das Fenster war hinter einem Mauervorsprung verborgen, was die Kammer so dunkel machte. Rupert wollte ans Fenster treten und rufen, ob jemand wisse, wo Anton geblieben sei. Er kam nicht bis dorthin.

Mit aufgerissenen Augen und offenem, zahnlosen Mund hing der Bauer am Fensterkreuz. Ein Kuhstrick war um seinen Hals geschlungen, die Hände lagen im

Schoß, als hätte er sich gottergeben in den Tod davongemacht. Auf den ersten Blick sah es aus, als säße er auf den Dielen, in Wirklichkeit hing der Hintern des Toten in der Luft.

Rupert stand vor Anton, und alles, was er fühlte, war Erleichterung, dass dieser Mann von seinen Qualen erlöst worden war. Anton selbst hatte die Erlösung vollzogen. Rupert fühlte weder Bedauern noch Ekel vor dem entstellten Leichnam, ihn ereilte auch keine Erinnerung an Anton, wie er früher gewesen war. Rupert fühlte nur die Gewissheit, dass Anton gegangen war.

Bei genauerem Hinsehen entdeckte Rupert etwas Helles zwischen den gefalteten Händen des Bauern, einen Fetzen Papier. Er stellte den Brei beiseite, bückte sich, nahm den zusammengefalteten Zettel und öffnete ihn. Verschlungene Buchstaben und Worte standen darauf. Die Kohleschrift hatte unterschiedliche Schattierungen, was darauf hinwies, dass die Worte nicht auf einmal, sondern in mehreren mühevollen Versuchen hingekritzelt worden waren. Rupert überlegte, ob er hinauslaufen und die anderen zusammenrufen oder besser erstmal nur die Bäuerin benachrichtigen sollte. Er verschob diese Entscheidung, setzte sich auf Antons kaltes Bett und begann die Worte des Toten zu lesen.

Nasser Schnee, der in mächtigen Brocken von hohen Tannen fiel und ein Reh erschlug. Rollende Baumstämme, die alles, was ihnen in die Quere kam, zermalmten. Ein hungriger Wolf, der in den Hühnerstall einfiel – Antonia versuchte die Gewalten, die durch ihr Inneres, durch den Steinhauerhof, durch ganz

Schrötten fuhren, mit Naturgewalten zu vergleichen, die sie erlebt hatte. Sie versuchte Außenwelt und Innenwelt in Einklang zu bringen. Ihre Innenwelt war kalt, erfroren mitten im Sommer.

Die Außenwelt dagegen war heiß und lodernd, sie nährte sich aus der Glut der Empörung. Geahnt hatte man es ja schon, hieß es im Dorf. Aus Respekt vor Anton hatte man nur nicht ausgesprochen, dass die Sünde auf dem Steinhauerhof Einzug gehalten hatte. Wie die Tochter so die Mutter, schrien auf einmal die meisten. Diejenigen, die nicht schrien, schlossen sich den Schreihälsen durch bigottes Nicken an.

Dass Maria Gefallen an dem blonden Wüstling gefunden hatte, mochte noch hingehen, eine jugendliche Schwärmerei, jungfräuliche Unbedarftheit. Man hätte das Kind wahrscheinlich im Zaum halten können, und nichts wäre weiter passiert. Wenn es nicht schon passiert war! Konnte man mit Gewissheit sagen, wie weit der Blonde sich in der Kapelle an Maria vergangen hatte? Gesangsstunden, hieß es, seien abgehalten worden, Gesangsstunden, wie unverschämt! Das Dorf war auf die Ausrede, hinter der sich nichts als Unsittlichkeit verbarg, hereingefallen. Und ausgerechnet der Krüppel, der das Unrecht nicht hinausschreien, der mit seiner gelähmten Hand nicht darauf zeigen konnte, hatte alles ans Licht gebracht. Konnte man sich den Schmerz, die Schmach, die Qualen vorstellen, die Anton Steinhauer monatelang erlitten haben musste, wenn er Nacht für Nacht den blonden Verführer in die Kammer seiner Frau hatte schleichen hören?

Antonia hatte nicht geahnt, dass ihr Mann noch so beweglich gewesen war. Ein haltloses Zucken der rechten Hand war alles gewesen, was er seit Jahren zustandegebracht hatte. Und jetzt, gleich ein ganzer Brief? Es mochte ihn Wochen gekostet haben, Buchstabe um Buchstabe zu setzen, bis daraus Worte, Sätze, die Aufzeichnung der Wahrheit geworden war. Wer hatte ihm den Kohlestift zugespielt und das Papier? Wieso hatte keine der Mägde, als sie Antons Bett aufschüttelte, den halbfertigen Brief gefunden? Weshalb war Antonia nicht darauf gestoßen, wenn sie das besudelte Laken des Bauern wechselte? Wo hatte er sein Geheimnis versteckt gehalten?

Ich ertrage nicht länger. Mag nicht. Dabei sein. Ich mag nicht. So begann die Schrift. Seine Sätze waren kurz, bei manchem musste man sich das Verb, den Artikel dazudenken, aber die Aussage war klar wie der Sonnentag nach einem Gewitter. Jeder in Schrötten sah in dem Brief, diesen Zeilen eines Sterbenden, so etwas wie eine schreckliche Offenbarung. Darum zögerte man auch nicht, zu handeln. Nur einen Tag, nachdem Rupert den Toten gefunden hatte, übte Schrötten Gerechtigkeit.

An diesem besonderen Tag war viel geschehen. Rupert hatte, den Brief in der Hand, eine Weile auf Antons Bett gesessen und nachgedacht. Schließlich war er mit einem Einfall gesegnet worden, zu dem er sich selbst gratulierte. Er hatte den Brief zu Antonia gebracht und sie aufgefordert, ihn noch desselben Tages zum Bauern zu machen und ihm den Hof offiziell zu übergeben. In diesem Fall würde er den Inhalt des Briefes für sich behalten. Ach, Rupert, der einfältige Rupert, es lag nicht in seiner Macht, irgendetwas richtig zu machen. Mit geschwellter Brust war er zu Antonia in die Stube getreten und hatte sein Ultimatum verkündet, ohne zu merken, dass Maria nebenan in der Nähstube saß und alles mit anhörte. Die Durchreiche in der Wand zur Küche stand ebenfalls offen, zwei Mägde hörten die Worte Ruperts und das Zitat, das er aus Antons Brief vorlas. *Ehebrecherin,* hörten sie ihn sagen, *schamloser blonder Geliebter,* hörten sie ihn sagen.

Maria betrat die Stube, nahm Rupert den Brief ihres Vaters aus der Hand und las mit eigenen Augen. Schlimmer als die Sünde, derer Antonia bezichtigt wurde, schlimmer als die spätere Verurteilung durch die Dorfgemeinschaft, wog Marias Blick, der erste Blick, den sie ihrer Mutter zuwarf. Dieser entsetzliche Blick, diese unumkehrbare Erkenntnis des Mädchens, dass die eigene Mutter ihr den Liebsten gestohlen, ihn besudelt und entehrt hatte, wog schwerer als alles, was darauf folgte.

Die Zerstörung ihrer Familie ließ Antonia innerlich zusammenbrechen. Sie wollte nach dem Brief greifen, sich verteidigen, sie wollte Lüge, Lüge, Lüge schreien, doch sie spürte nur, wie das Blut in ihrem Kopf rauschte, wie das Rauschen sich von Rot in Weiß verwandelte, wie ihr schlecht wurde und sie auf die Eckbank unter dem Herrgottswinkel sank. Sie blieb so weit bei Bewusstsein, um mitanzusehen, wie Maria den Brief fallen ließ, nach ihrem Schultertuch griff und vom Hof rannte. Antonia hörte Rupert rufen, sah ihn seiner Cousine nachlaufen, ohne sie einholen zu können, und schließlich ins Haus zurückkehren, hilflos in dem Chaos, das er selbst angerichtet hatte. Während der ganzen Zeit hatten die Leute des Steinhauerhofes den erbarmenswerten Bauern vergessen, der immer noch in seiner Kammer am Fensterkreuz hing.

Die Nachricht verbreitete sich innerhalb einer Stunde im Dorf. Man lief zusammen, man redete durcheinander, selten hatte man den Platz um den Brunnen so voll gesehen. Man brachte Maria Mitgefühl entgegen. Sie trug keine Schuld, neben Anton war sie das wahre Opfer. Man brachte sogar Antonia Mitgefühl entgegen. Wer konnte die Bäuerin nicht verstehen? Seit zehn Jahren hatte sie statt eines Mannes einen Krüppel im Haus, zehn Jahre ohne Zärtlichkeit, ohne Liebe. Und dann war dieser teuflische Engel aufgetaucht. Er hatte unter Antonias Dach gelebt, er wusch sich mit nacktem Oberkörper an ihrem Trog, bald schon hatte der vermeintliche Engel sein wahres Gesicht gezeigt. Antonia war schwach geworden, die Sünde hatte in ihrem Haus Einzug gehalten. Die Schröttener waren bereit, Antonia zu verzeihen. Keinesfalls verziehen sie jedoch dem Anstifter, dem Versucher, dem Dämon, auf den sie selbst hereingefallen waren. Gabriel war das Übel. Das Übel musste ausgebrannt werden wie ein schwärender Furunkel.

Der Holzknecht war einfach zu finden. Wo sollte er anders stecken als im Wald? Die Schröttener warteten nicht, bis Gabriel abends mit den Knechten heimkommen würde, sie zogen hinaus, fingen ihn und brachten ihn ins Dorf zurück. Er wehrte sich nicht, fragte nicht, was gegen ihn vorgebracht werde, er ließ sich mitführen, er ließ sich binden.

Genau das verstanden die Schröttener nicht. Das war es, was ihre heimliche Verehrung für den Engel zurückbrachte. Verhielt er sich nicht wie Jesus, der seiner Verurteilung durch die Pharisäer nicht zu entfliehen suchte? Wegen Gabriels gottergebener Ruhe getraute sich keiner, ihn zu misshandeln. Niemand schlug ihn oder spie ihn an, man führte den Gefesselten in einen Ziegenstall und schloss das Gatter. Man bat den Dorfschulzen, zu entscheiden, was zu tun sei. Der einfältige Mann schlug eine Gegenüberstellung vor. Man schickte zum Steinhauerhof und wollte Antonia holen. Die Bäuerin war nicht zu finden. Auch Maria blieb verschwunden. Keiner wusste, wohin sie gerannt war. Rupert war der Einzige aus der Steinhauerfamilie, den man antraf. Man sah auch in ihm ein Opfer des dämonischen Gabriel, darum sollte Rupert entscheiden, was mit Gabriel zu geschehen hätte. Umringt von aufrechten Schröttenern zog Rupert zum Ziegenstall, wo der Gefangene saß. Als sie dort ankamen, begann es zu regnen.

23

DER MÖNCH IM REGEN

Zu Gott, zu Gott, dachte Antonia im Rhythmus ihrer Schritte. Nur Gott konnte helfen. Sie trug die festen Schuhe mit den rauen Sohlen. Anders wäre sie auf dem steilen Pfad ausgeglitten. Das Kopftuch hatte sie tief ins Gesicht gezogen, niemand sollte erkennen, wer da heimlich aus dem Dorf hastete. Der Regen wurde stärker. Obwohl Antonia unterwegs zu Gott war, galten ihre Schritte zunächst Pater Berengar, ihrem Beichtvater, der noch jedesmal Rat und Seelentröstung für sie gefunden hatte. Sollte sie leugnen, sollte sie ihm gegenüber Ausflüchte vorbringen? Nein, mit Lügen und Winkelzügen würde sie die Fluten nicht aufhalten können, nun, da der Damm ihres Lebens zu brechen drohte. Sie würde Berengar alles offenbaren, die Sünde der Eifersucht, die Todsünden des Neids und der Lust, auch die Verletzung des zehnten Gebotes, *du sollst nicht begehren deines Nächsten Mann.* Dies war Antonias schwerste Sünde. Sie hatte den Liebsten ihrer eigenen Tochter begehrt.

Aber so war es nicht, dachte sie keuchend, während sie den steilen Aufstieg in unvermindertem Tempo bewältigte. Gabriel war nicht Marias Mann gewesen. Mein war er, dachte sie, mein vor allen anderen, mein in so vielen süßen Nächten. Ihm hatte sie alles geschenkt und hätte noch mehr für ihn getan, noch viel mehr. Sollte Antonia sich geißeln, nur weil sie geliebt hatte? Sollte sie etwas beichten, was sie aus tiefstem Herzen und mit voller Überzeugung wieder tun würde? Antonias Reue, ihre Absicht, Buße zu tun, verwandelte sich auf dem steilen Pfad ins Kloster nach und nach in das Gegenteil. Vielleicht lag es an ihrem pochenden Puls, an dem durch die Anstrengung rasenden Blut ihres Kopfes, dass ihr mit einem Mal so kämpferisch zumute war. Zehn Jahre lang hatte sie einen lebenden Leichnam gepflegt. Sie hatte sich aufopfernd um den Siechen gekümmert, und er hatte es ihr gedankt, indem er sie als Ehebrecherin brandmarkte.

Ein Gedanke ließ Antonia plötzlich stehenbleiben.

»Anton kann es unmöglich gehört haben«, flüsterte sie. »Er kann nicht gehört haben, wie Gabriel in mein Zimmer schlich.« Niemand sonst im Haus hatte irgendetwas gehört. Wieso sollte ausgerechnet der gelähmte Bauer bessere Ohren haben als alle anderen? Die Knechtkammer lag auf der Ostseite des Hofes. Um in Antonias Zimmer zu gelangen, musste man eine Treppe und einen Korridor überwinden. Selbst wenn der Bauer Gabriel gesehen haben sollte, hätte er unmöglich daraus schließen können, wohin der Junge unterwegs war.

»Jemand muss es ihm erzählt haben«, sagte Antonia so laut, als ob sie es den Tieren des Waldes zurufen wollte. Sie stand im strömenden Regen und sah Wasserperlen vom Rand ihres Tuches tropfen. Es gab einen Verräter im Haus. Jemand musste die Liebe der Bäuerin bemerkt, sie um ihr Glück beneidet und den gelähmten Bauern auf die Untreue seiner Frau aufmerksam gemacht haben. In dem Fall, überlegte sie, könnte der Unbekannte auch den verräterischen Brief geschrieben haben. Niemand erinnerte sich heute noch daran, wie Antons Handschrift ausgesehen hatte, damals als er noch bei Gesundheit gewesen war.

»Warum ist mir das nicht gleich aufgefallen?«, rief Antonia in den Regen. »Weshalb habe ich es den Schandmäulern von Schrötten nicht entgegengeschleudert, als ich die Gelegenheit dazu hatte?« Langsam lief sie weiter. Wer mochte es sein? Steffen, der Großknecht? Er war die Gutmütigkeit in Person. Eine der Mägde? Was sollten sie damit gewinnen, das Gleichmaß der Dinge auf dem Hof zu zerstören? Rupert wäre ein Plan von solcher Gemeinheit keinesfalls zuzutrauen.

Noch einmal blieb Antonia stehen. Und Gabriel selbst? Unsinniger hätte kein Gedanke sein können. Man hatte den Jungen gefangen und eingesperrt. Sie fürchtete, dass man brutal mit ihm umspringen würde. Gabriel konnte es nicht getan haben. Antonia musste so rasch wie möglich mit Berengar sprechen. Der Rat des weisen Mannes würde ihr weiterhelfen.

Südlich und östlich von Schrötten fielen die Weiden steil ab, dort begann der Wald. Das Dorf erstreckte sich nach Westen, dahinter lag ebenfalls Wald. Im Norden beschirmte der Wald das Dorf vor schlechtem Wetter. Wohin Maria auch rannte, überall führte ihr Weg in den Wald. An einem einzigen Tag hatte sie Vater und Mutter verloren. Sie hatte Rupert öffentlich gedemütigt, weil sie ihn für den Falschen und Gabriel für den Richtigen hielt. Sie hatte sich ihrer Mutter widersetzt, die sie liebte, und dabei nicht geahnt, dass die Mutter ihr Feind war. Der Vater war tot, die Mutter war ihr Feind. Es gab keinen Ort, an den Maria laufen konnte. Sie ging langsamer, stieg bedächtiger durchs Moos, schaute zu den Baumspitzen hoch, die Sonne schien. Sie war verzweifelt, aber die Sonne brachte sie für einen Moment zum Lächeln. Was sie durchlebte, war grauenhaft, aber das Moos war weich und die Farne standen darin wie kleine Fahnen. Der Himmel leuchtete zwischen den wiegenden Wipfeln. Maria erreichte die kleine Kapelle der Gottesmutter, bekreuzigte sich, sprach ein Gebet und kehrte ins Freie zurück. Sie legte sich unter eine Kiefer und schlief augenblicklich ein, nicht aus Erschöpfung, sondern weil der Schlaf sie aus ihrem Elend entführte.

Kein Laut weckte sie, keine Hand schüttelte sie, aber Maria spürte, dass jemand in der Nähe war. Sie schlug die Augen auf. Er saß an eine schräg gewachsene Fichte gelehnt, in seinem schwarzen Gehrock, der zu heiß für den Sommertag schien. Er betrachtete Maria.

»Meister Zwinger. Was machst du hier?« Sie richtete sich auf.

»Ich habe überlegt, wohin du gerannt sein könntest. Außer dem Kloster ist mir sonst kein Platz eingefallen.«

Maria strich sich das Haar aus dem Gesicht, bemerkte Flusen von Moos und zupfte sie ab. »Weshalb hätte ich ins Kloster laufen sollen?«

»Weil die Menschen, wenn sie in ihrem Erdendasein nicht weiterwissen, meistens zu Gott laufen.«

Sie nickte ernsthaft, als hätte er einen außergewöhnlichen Gedanken geäußert. »Ich bin zur Mutter Maria gelaufen.«

»Nun hast du dich ausgeruht. Du wirst hungrig sein.« Er langte in seine Tasche und warf ihr ein Stück Brot zu. »Hier.«

Seit dem Morgenbrei hatte Maria nichts mehr im Magen. »Danke.«

»In ein paar Stunden wird es dunkel. Wo willst du dann hin?«

»Ich weiß nicht.« Sie biss ab.

»Nach Hause?«

»Nein.« Sie kaute. »Nach Hause nicht.«

»Deine Mutter hatte nichts Böses im Sinn.«

»Darüber will ich nicht sprechen.«

»Das ist auch nicht nötig. Ich sage es dir einfach. Mit der sogenannten Moral ist es nämlich ein sonderbares Ding.«

»Meinst du die Moral meiner Mutter?«

»Jede Moral beruht lediglich auf einer Annahme. Das Gebot *Du sollst nicht töten* beinhaltet die Annahme, dass der Mord an einem Menschen Sünde sei. Aber bei manchen Völkern gilt die Tötung eines Menschen als religiöses Ritual.«

»Nur bei den Heiden«, entgegnete Maria.

Zwinger nahm einen Fichtenzweig vom Boden. »Ich fürchte, im Namen des christlichen Glaubens sind mehr Morde geschehen, als unsere gute Mutter Kirche wahrhaben will.« Er zupfte die Nadeln vom Zweig. »Was den heutigen Fall betrifft, herrscht in Schrötten die Annahme, dein Vater habe einen Brief geschrieben, bevor er sich erhängte. Und weil er sich das Leben nahm, glauben natürlich alle, dass dein Vater die Wahrheit geschrieben hat.«

»Hat er das nicht?«

»Das weiß ich nicht. Ich behaupte nur, dass die

moralische Empörung, die gerade durchs Dorf fegt, auf einer Annahme beruht. Auf der Annahme nämlich, dass der gute Bauer sich erhängt hat.«

»Aber er hat es getan!«, schrie Maria verwirrt.

»Wir wissen nur, dass er am Fensterkreuz hing. Ich war dabei, als man ihn abgenommen hat. Kein schöner Anblick.«

»Warum sagst du mir das alles?« Maria vergaß, weiterzuessen.

»Weil dich die angebliche Unzucht deiner Mutter erschüttert, die lediglich in einem Brief behauptet wird. Warum hast du Antonia nicht gefragt, ob es wirklich so war? Weshalb fragst du Gabriel nicht? Und wieso fragst du dich selbst nicht, ob das, was hier in der Kapelle geschah, nicht auch Unzucht war?«

Maria wollte widersprechen, aber Zwinger hob die Hand.

»Was du getan hast, ist im Angesicht der Madonna geschehen. Wo war da deine Moral? Hattest du sie vergessen? Kann es sein, dass du Moral mit zweierlei Maß misst?«

»Ich habe gewiss nicht …«, stammelte sie.

»Du hast einen anständigen jungen Mann, der dich liebt, von dir gestoßen. Du hast Rupert öffentlich lächerlich gemacht, weil du glaubst, in Gabriel der großen Liebe begegnet zu sein. Dabei weißt du genau, dass euer Hof eine Führung braucht und einen neuen Bauern. Glaubst du wirklich, Gabriel könnte dem Gesinde diese Führung geben, ein halbwüchsiger Junge ohne Herkunft, ein Dahergelaufener?«

»Wieso sprichst du plötzlich so von ihm?«

»Um dir zu zeigen, dass alles, was wir tun, denken

und fühlen, dass jeder unserer Wünsche nur vom Standpunkt des Betrachters abhängt. Was dem einen segensvoll erscheint, ist zum Schaden des anderen. Mir scheint sogar, dass eine vollkommene Wahrheit im Schöpfungsplan gar nicht vorgesehen ist. Das gilt übrigens auch für das Glück, weil es oft genug das Unglück eines anderen voraussetzt.«

»Was soll ich tun? Was soll ich denn nur tun?«, flüsterte Maria.

»Vielleicht wäre es das Beste, wenn du tatsächlich ins Kloster gehst.«

»Was erwartet mich dort?«

»Finde es heraus«, antwortete Zwinger. »Schau in dich hinein, Maria, bete und beichte.«

»Beichten soll ich?«, entgegnete sie schroff. »Ausgerechnet ich?«

Er musterte sie ernst. »Siehst du, jetzt hat soeben der Teufel sein tückisches Haupt erhoben. Du glaubst, dass du nichts zu beichten hättest, weil andere schlimmer gesündigt haben als du. Dies ist die erste der Todsünden, Maria, die Hoffart, die Todsünde der Eitelkeit. Hüte dich davor, beichte und gehe in dich.«

Er stand auf, wandte sich ohne Abschied um und verschwand den Berg hinauf zwischen dem dunklen Grün. Maria begann zu weinen, nicht weil seine Worte sie so bewegt hatten, sondern weil sie an ihren toten Vater dachte, wie er am Fensterkreuz gehangen hatte. Sonnenstrahlen hatten sich in seinen langen Haaren verfangen und sie wie Spinnweben leuchten lassen.

Mit letzter Kraft schleppte sich der alte Mann ins Freie. Er erhoffte sich auf dem Klosterhof weder Hilfe noch Linderung. Pater Berengar wollte sein Leben nur einfach unter freiem Himmel aushauchen. Er kannte die Wirkung des Gifts. Vorhin, als er aus dem Laboratorium getaumelt war, hatte ein Blick in die Spiegelscherbe ihm gezeigt, dass seine Zunge schwarz, seine Augen blutunterlaufen waren. Die Symptome der Tollkirsche waren ihm aus Fällen vertraut, wenn Mönche im Wald die Heidelbeere mit deren giftiger Zwillingsschwester verwechselt hatten.

Es hatte zu regnen begonnen. Der Pater wandte sein Gesicht dem Himmel zu und ließ das Wasser auf die heißen Wangen prasseln. Drinnen im Kapitelsaal sangen Mönche und Schüler gemeinsam den Hymnus von der Dreifaltigkeit. Der Gesang war nicht besonders schön, doch Berengar wusste, es würde das letzte himmlische Lied sein, das er auf Erden hören sollte. Er ahnte, wer ihm das Gift verabreicht hatte, aber der Schmerz, der seine Gedärme zerschnitt, machte klares Denken unmöglich. Pater Berengar hatte mit Gott, der Natur und den Menschen in Einklang gelebt. Niemand hätte Grund gehabt, den greisen Benediktiner, den Heiler und Seelsorger, zu vergiften, außer Einem. Einen gab es im Kloster, der Berengar fürchtete, weil der Pater um sein Geheimnis wusste.

»Schwacher, teuflischer, verworfener Mensch!«, keuchte der Mönch und wälzte sich im aufgeweichten Lehm. Der Schmerz biss unausgesetzt zu und vergiftete seinen Geist. »Verderber der Jugend, Verbreiter von Sünde und Laster, ich verfluche dich!« Nach diesem schwarzen Gebet kroch Berengar weiter. Er spürte seine Beine nicht mehr. Mit der Kraft der Arme schleppte er sich bis zum Vordach des Arkadengangs, wo er in den schlammigen Lehm fasste. Er streckte die Hand und senkte sie auf eine Steinplatte, die im Trocknen lag. Mit lehmigem Finger schrieb Berengar den Namen seines Mörders auf, gut leserlich und in voller Länge.

Der Kopf des Mönchs sank herab, er spürte feuchten Grund an seiner Wange, die Erde, in die man ihn bald hinabsenken würde, damit er eins werde mit dem Schöpfer, dem er sein Leben geweiht hatte. Berengars Augen schlossen sich. Als man ihn fand, lag sein Finger noch an der Stelle, wo er den letzten Buchstaben vollendet hatte.

24

SÜNDENBOCK

Justiz und Gerichtsbarkeit waren weit von Schrötten entfernt, in den Städten, im Tal, wo nach den Unruhen des Krieges oft die Galgen das letzte Wort sprachen. Verräter, Deserteure, Scharlatane und Diebe sah man dort baumeln, in Lörrach, in Singen, in Waldshut. Ob auch Ehebrecher dabei waren, darüber wusste man in Schrötten nichts. Der Dorfschulze regelte dörfliche Streitigkeiten, sofern es um Grund und Boden ging, um Klafterholz oder eine Messerstecherei. Aber wer sollte Recht sprechen, wenn ein Toter Anklage gegen die eigene Frau erhob? Wer sprach Recht in Schrötten?

Der Augenschein. Darin lag die Schwierigkeit, mit der die Schröttener rangen. Wenn es nach dem Augenschein ging, war der Angeklagte die Reinheit in Person. Er saß in diesem erbärmlichen Ziegenstall, die Hände auf den Rücken gebunden, sein Hemd war verschwitzt von der Arbeit, das Haar fiel wirr auf die Schultern. Er hatte jenen undurchdringlichen Ausdruck angenommen, den die Schröttener von ihm kannten und in den jeder etwas anderes hineindeutete. Die Männer glaubten, Gabriel verfüge über ein besonderes Wissen, das er für sich behielt, und behandelten ihn mit Respekt. Die Frauen glaubten, in seinem Blick liege die Fähigkeit, ihnen ins Herz zu schauen. Sie fühlten sich durch Gabriels Blick verstanden. Und ausgerechnet er sollte ihr Vertrauen missbraucht und das Gesetz der Keuschheit gebrochen haben? Das Dorf war erregt, das Dorf wollte die Wahrheit erfahren. Der Schulze hatte den Holzknecht vernehmen wollen, aber Gabriel schwieg. Das Dorf hatte Antonia rufen lassen, sie war nicht zu finden. Das Dorf war besorgt wegen Maria, die noch nicht zurückgekehrt war. Das Dorf hatte Zweifel, ob Rupert der Sache gewachsen wäre, trotzdem wurde er dem Gefangenen gegenübergestellt. Ganz Schrötten drängte in den Kuhstall, wo ein Holzgatter die Ziegen von den Rindern trennte. Dort saß der Angeklagte. Die Mutterziege lag zu seiner Rechten, zwei Jungtiere spielten daneben. An das Gatter gelehnt betrachtete Rupert den Holzknecht. Er wusste, dass Gabriel den hölzernen Zaun mit einem einzigen Fußtritt hätte zertrümmern können, doch seit er festgesetzt worden war, hatte der Blonde nichts zu seiner Befreiung unternommen.

Rupert hielt ihm das Papier vor die Augen. »Schreibt der Bauer die Wahrheit? Stimmt es, was in diesem Brief steht?«

Gabriel blinzelte ins Licht der schräg einfallenden Sonnenstrahlen und senkte den Kopf wieder.

»Er hat genickt«, rief ein Bauer im Hintergrund. »Das war ein Nicken. Er hat ja gesagt.«

»Hast du dich an der Bäuerin vergangen?«, fragte Rupert.

Was nun geschah, hätte unter anderen Umständen kein Aufsehen erregt, doch die Schröttener waren derart aufgewühlt, dass sie jeden noch so kleinen Hinweis auf Schuld oder Unschuld dankbar annahmen. Ein Gottesurteil wäre ihnen wohl am liebsten gewesen. Während Rupert noch einmal fragte, ob Gabriel Antonia zum Ehebruch angestiftet habe, kam die Ziegenmutter auf die Beine, sprang zu dem Gefangenen und legte den Kopf auf seine Schulter. Sie rieb sich an ihm und begann sein Ohr zu lecken. Als ihre Kitze das bemerkten, kamen sie ebenfalls näher und kletterten vertrauensvoll auf Gabriels Schoß. Es war eine banale Szene, im Grunde unerheblich, doch das Bild des Blonden, den die Ziegen in seiner Bedrängnis mit Zärtlichkeit belohnten, dieses Bild in Verbindung mit dem Sonnenstrahl, der das Gatter erfasste, wodurch Gabriel von Streifen aus Licht und Schatten in einen unwirklichen Schimmer getaucht wurde, traf die Schröttener mitten ins Herz. War es den Ziegen zu verdenken, dass sie den Jungen liebkosten? War es Antonia zu verdenken, dass sie Küsse für den schweigsamen Holzknecht gehabt hatte? Rupert verstummte. Die Menge murmelte, keiner wusste, wie es weitergehen sollte. Bis auf Einen.

»Seid ihr denn noch bei Trost?«, rief er, dessen Sprache sie mittlerweile kannten, jene gurrenden, knurrenden Laute des Lehrers. An die Stallwand gelehnt stand er da und drängte sich nun zwischen den Leuten durch. »Erkennt ihr nicht, dass der Bursche euch von Anfang an geblendet hat? Braucht ihr noch mehr Beweise seiner Schuld als den Brief eines Mannes, der in letzter Verzweiflung und tiefer Demütigung Hand an sich gelegt hat?« Zwingers ausgestreckter Finger deutete auf Gabriel.

»Aber hast du nicht selbst geistliche Lieder mit ihm gesungen?«, fragte der Dorfschulze, hin und hergerissen in seinem Urteil. »Hast du Gabriel nicht auserwählt? Kennst du ihn nicht besser als wir alle?«

»Wer kennt einen anderen Menschen wirklich?« Der Lehrer baute sich vor der Dorfgemeinschaft auf. »Wollt ihr ihn etwa von seiner Schuld entbinden, nur weil ihr Gefallen an seinem Äußeren habt? Es ist richtig, ich kenne ihn von Kindesbeinen an. Schon damals hatte ich den Eindruck, dass dieser Mensch ein Gefäß ist, in das man so manches hineingießen kann. Je nachdem, was ihr hineingießt, wird er es wieder über euch ausschütten. Wenn ihr in ihm einen Heiler seht, wird er zu heilen vermögen. Seht ihr aber einen Lüstling in ihm, wird er auch das sein.« Zwingers Blick schweifte über die verwirrten Gesichter. »Betrachtet ihn aufmerksam. Jetzt, da er sein wahres Wesen bezeugen könnte, schweigt er still. Dieser Junge ist ein Niemand. Er kam als Fremder zu euch und wird für immer ein Fremder bleiben. Egal, womit er euch beschenkt hat – Sehnsucht, Freundlichkeit, Lust oder Heil, es kam nie von ihm selbst. Es war eine Spiegelung dessen, was ihr in ihm sehen wolltet. Er ist der Fremde, und er bleibt für immer der Fremde. Dem Fremden aber soll man stets misstrauen!«

Uneins in ihren Gefühlen, schwiegen sie. Was der Lehrer sagte, war klug, doch der Mann selbst erschien ihnen so unangenehm, dass die meisten von ihnen lieber den hübschen Gefangenen betrachteten als den Lehrer mit dem schiefen Gesicht.

»Was rätst du uns?«, fragte der Schulze. »Wie sollen wir verfahren?«

Nachdenklich trat der Lehrer vor das Gatter. »Hans, ach, Hans, was sollen wir nur mit dir machen?«

Der Blonde hob den Kopf und sah den Lehrer an. Das Schweigen zwischen ihnen glich einem Gespräch.

Zwanzig Jahre zuvor war ein junger Kerl im Kloster des heiligen Benedikt erschienen, dessen innigster Wunsch es war, Gott zu dienen. Man hatte ihm den Kopf rasiert, händigte ihm Kutte und Strick aus und machte ihn zum Novizen. Der Abt des Klosters, einer der Jüngsten seines Amtes, konnte den neuen Bruder trefflich gebrauchen. Der Novize war stark und klug, dabei bescheiden und demütig. Keine Arbeit erschien ihm zu niedrig. Er glühte für Gott, liebte die Religion und hätte sich für seine Überzeugung vierteilen lassen. Abt Dorian machte dem jungen Mann Hoffnung, dass seine wahre Berufung das Priesteramt sei.

Mehrere Jahre vergingen. Der Novize war nicht nur erfüllt von tiefem Glauben, sondern erwies sich auch als der Gelehrigste von allen. Bald sprach er fließend Altgriechisch und wurde unter Dorians Anleitung ein Kenner der lateinischen Liturgie.

»Ich bin nun vier Jahre in deiner Obhut«, sagte der junge Mann eines Tages, nachdem er sich bekreuzigt hatte. »Ich bitte dich, lege den Tag fest, an dem ich zum Priester geweiht werden soll.«

Das war es, was der Novize sagte, es war aber nicht das, was der Abt vernahm. Dorian hörte stattdessen ein Gestammel, ein Knurren und Keuchen, Bellen und Quaken. Es waren eher die Laute eines Tieres, nicht eines gebildeten Menschen, erst recht nicht die Sprache von jemandem, der das Wort der Heiligen Schrift verkünden sollte. Dorian hatte das gutturale Heulen, Spucken und Schlucken des Novizen natürlich schon während dessen Ausbildung bemerkt. Heute aber, hervorgerufen durch Aufregung und Vorfreude, klang es besonders schlimm. In seiner Euphorie trat der Novize dicht vor den Abt und schleuderte ihm feuchte Worte entgegen. Dorian zog sich vor dem Tröpfchenregen zurück, unbedarft rückte der andere nach. Ein Speicheltropfen traf den Abt ins Auge, er blinzelte. In diesem Moment ekelte er sich vor seinem Gegenüber. Das schiefe Gesicht, dieses Maul eines malträtierten Frosches, das er beim Sprechen gewaltsam aufriss. Dorian sah Zähne und Zunge, sah den Spalt des Gaumens, der an dem Gestammel schuld war. Speichel sammelte sich in der Kiefertasche und entlud sich mit jedem P und T fontänenartig in die Atmosphäre.

Die Welt Dorians war eine freudvolle, genussreiche Welt. Jünger als die meisten war er zum Abt befördert worden und wurde vom Bischof ebenso geschätzt wie von den Mönchen. Heute zu Mittag hatte Dorian allerdings nicht gut gespeist, seine Verdauung machte ihm Sorgen, auch sein Schlaf ließ zu wünschen übrig. Daher war er nicht gesonnen, die Verkrüppelung des Adepten und dessen sprühende Äußerungen zu tolerieren. Er war in der Stimmung, ein Urteil zu sprechen. Da Dorian sich im Zustand seiner angemaßten Allmacht am wohlsten fühlte, ließ er ein unumkehrbares Urteil auf den jungen Mann niedergehen.

»Du bist ein verlässlicher Diener im Weinberg des Herrn.« Er zog sich vor dem spuckenden Bruder zurück. »Du kennst die Gesetze Gottes und die Sprache, in der er sie niederschreiben ließ. Du bist ein guter Kirchenmann.«

»Danke, ehrwürdiger Abt«, erwiderte der Novize. Das harte T ließ seinen Speichel sprühen.

»Du bist allerdings nicht dazu ausersehen, die Heilige Messe zu lesen.«

Der Junge begriff es nicht gleich. »Lieber Abt, ich

kenne die Worte der Liturgie auswendig, genauso wie die Lobpreisungen und die Psalmen. Jedes Agnus Dei und jedes Sanctus könnte ich dir auf der Stelle hersagen. Ich beherrsche jeden Handgriff des Abendmahls und …«

»Genug«, unterbrach ihn Dorian. »Es ist mein Wille, dass du in unserem Kreise bleibst und dich um die Ausbildung unserer Studenten kümmerst, sofern es die humanistischen Sprachen betrifft. Die Priesterweihe ist eine Auszeichnung, die dich über alle anderen Menschen erheben würde. Sie erhebt den Erwählten gleichsam in den Himmel und näher zu Gott. Ich kann nicht erlauben, dass einer, dem der Mund so schief gewachsen ist, die Messe liest, weil er die Worte der Bibel dadurch entehren würde. Ich kann nicht gestatten, dass dein Mund die allerheiligste Wandlung von Brot ins Fleisch des Erlösers und von Wein ins Blut des Herrn vollzieht. Ich kann es dir nicht erlauben, Bruder«, wiederholte Dorian, als er die fassungslosen Augen des jungen Mannes sah, dessen Welt in Stücke zersprang.

»Ich verurteile dich nicht«, fuhr er fort. »Und doch muss es einen Grund geben, warum der Herr dich mit dieser Missbildung bestraft hat. Du trägst sie tapfer und mit Würde. Ich prophezeie dir eine erfüllte Zukunft im Kreise unserer Brüder. Falls du uns eines Tages verlassen solltest, bin ich sicher, dass dir fast jeder Beruf offensteht, nur der des Priesters wird dir für immer verschlossen bleiben.« Dorian segnete den Adepten und verließ das Amtszimmer. Während der Abt die Treppe hinunterlief, wischte er sich Aglefs Speichel aus dem Gesicht.

Heute, zwanzig Jahre später, forderte der Lehrer von Schrötten die Leute auf, den Gefangenen aus dem Stall zu holen.

»Nur unsere heilige Mutter Kirche kann die Wahrheit ans Licht bringen«, rief er ihnen zu. »Nur sie kann über den Fremden Recht sprechen.« Zwinger bekreuzigte sich, und alle taten es ihm gleich.

Draußen fiel der Regen unvermindert. Die Leute zogen ihre Hüte in die Stirn, die Frauen warfen sich Schultertücher über den Kopf. Ein Kälberstrick wurde an Gabriels Fessel gebunden, man zerrte ihn zum Dorfrand. Zwinger marschierte voran, gefolgt vom Dorfschulzen, danach kam der Gefangene. Zwei Knechte eskortierten ihn.

Rupert Kohlbrenner ging als Letzter. Während er den Holzknecht beobachtete, den sie den Berg hochführten, den blonden Jüngling, der die Herzen aller, auch Marias Herz, erobert hatte, fühlte Rupert weder Häme noch Schadenfreude, sondern die beklemmende Ahnung, dass dort ein Sündenbock ging, der das Los des wahren Schuldigen auf sich nehmen sollte. Da Rupert außerstande war, in komplexen Schlussfolgerungen zu denken und dem Geheimnis nicht auf die Spur kam, blieb ihm nur jenes dumpfe, ahnungsvolle Gefühl. Der blonde Holzknecht, der durch den Regen gezerrt wurde, tat ihm von Herzen leid.

25

WOLF!

Als die versammelte Schar der Klosterbewohner, Mönche und Studenten nach ihrer Andacht aus dem Kapitelsaal traten und in den Arkadengang strömten, fanden sie Pater Berengar im Schlamm. Ihn, den Gütigsten unter ihnen, der ihnen stets ein offenes Ohr und Linderung ihrer Schmerzen geschenkt hatte. Sie entdeckten ihn am Rande der Kolonnaden. Man erkannte gleich, dass der alte Mann nicht an diesem Ort zusammengebrochen war. Schleifspuren im Schlamm legten Zeugnis davon ab, das sich der Sterbende vom Laboratorium quer über den Hof geschleppt haben musste. Weshalb hatte er nicht um Hilfe gerufen? Vielleicht hatte er es getan, doch sein Schreien war durch den Gesang übertönt worden.

Bevor sie den Pater herumdrehten, betrachteten sie die besondere Haltung, in der ihn der Tod ereilt hatte. Gekrümmt lag Berengar auf der Seite, einen Arm von sich gestreckt. Sein Finger ruhte neben einer Buchstabenfolge, die er mit Lehm geschrieben hatte. Alte und junge Köpfe beugten sich über die letzte Nachricht eines Sterbenden, jenen gut leserlichen Namen, den sie kannten und der jeden Einzelnen mit unterschiedlichen Gefühlen erfüllte. Manche sahen im Träger des Namens die oberste Instanz im Kloster, einen Mann, der näher bei Gott wohnte als sie selbst. Andere hielten ihn für einen fähigen Verwalter und klugen Geist, dem sie sich vertrauensvoll unterwarfen. Aber es gab auch solche, die in ihm einen anderen sahen, das waren die Jungen unter ihnen, die Schmalen, die Schlanken mit dem langen Haar und den ängstlichen Augen, Mönche und Studenten gleichermaßen. Sie teilten ein Geheimnis, ohne zu wissen, dass es andere unter ihnen gab, die Ähnliches erlebt hatten und von diesem Mann mit einem Stempel der Schuld gebrandmarkt worden waren. Sie hatten mit ihm gesündigt, litten unter ihrer Schuld und hatten sich trotzdem geschworen, für immer Stillschweigen zu bewahren.

Als man Berengar auf den Rücken drehte, erschraken sie, denn es lag so viel Pein in dem greisen Gesicht, dass sie es mit der Güte und Herzlichkeit des geliebten Paters nicht in Einklang brachten. Seine Miene war schmerzverzerrt, der Mund aufgerissen, als ob er die Todesqual immer noch hinausschreien wollte. Darin entdeckten sie eine schwarze Zunge, auch seine Lippen waren schwarz. Leblose Augen starrten sie an, die Pupillen waren rot und verquollen. Jeder begriff, dass der Mönch keines natürlichen Todes gestorben war. Seine Hand lag auf den Steinfliesen, sein Finger zeigte auf jenen Namen. Keiner unter ihnen hatte einen Zweifel, was die Schrift aus Lehm bedeutete.

Zuerst hörte man nur ängstliches Gemurmel, weil keiner auszusprechen wagte, was jedem durch den Kopf ging. Rufe, Sätze wurden laut, jemand müsse zur Verantwortung gezogen werden. Derjenige, um den es ging, hatte sich noch nicht blicken lassen. Schließlich machten die Mönche Platz für den Subprior, der in Abwesenheit des Abtes manchmal Entscheidungen traf. Der Subprior war ein mutloser Tropf, blutleer und verzagt, von Dorian nur deshalb in dieses Amt bestellt, weil er seinem Herrn nie zu widersprechen wagte. Ratlos stand der zweithöchste Mann des Klosters vor dem vergifteten Pater.

In diesem Moment erschien Antonia Steinhauer auf dem Klosterhof. Durchnässt, mit roten Wangen und außer Atem erreichte sie den Ort des Verbrechens. Neugierig kam sie näher, trat in den Kreis und sah ihren Beichtvater vor sich liegen, von dem sie Rat und Linderung erhofft hatte, sah sein Leiden und den entsetzlichen Tod, den er gestorben war. Antonia sah die Schrift. Der Schrei, den sie ausstieß, ließ alle zusammenfahren. Eine schrille Frauenstimme an diesem von Männern bevölkerten Ort, ein Schrei, der Rache forderte und nicht überhört werden konnte.

Im Turm des Amtszimmers erschien ein Licht, ein Fenster ging auf. Dort stand er, von dem sie Rechenschaft forderten, stand mit einer Kerze da und hatte keine Ahnung, dass er nie wieder einen Tag erleben sollte, wie er ihn gewohnt war. Der Abt richtete sich auf, um besser sehen zu können. Unten im Hof öffnete sich der Kreis, die Mönche traten zur Seite und gaben den Blick frei auf den Ermordeten.

»Teufel!«, schrie Antonia Steinhauer.

Ihr Beichtvater war ermordet worden, und sie wollte Genugtuung für seinen Tod. Zugleich vollzog sich in ihr, ohne dass sie sich dessen bewusst wurde, die Wandlung von einer Angeklagten, der man Ehebruch vorwarf, zur Anklägerin. »Teufel, betrachte dein Werk!«, schrie Antonia. Sie war der heiligen Überzeugung, dass er dort mehr Schuld trug als sie selbst.

Die Bäuerin ahnte nicht, dass ihr Ruf in manchem jungen Mönch, in manchem Studenten ein geheimer Schlüssel war, der in einem Schloss herumgedreht wurde, das für immer hätte verschlossen bleiben sollen. Das Wort *Teufel* schien die Burschen mit den kindlichen Gesichtern und den schlanken Körpern aufzuwecken, es durchzuckte sie wie ein Funke. Plötzlich hatten sie die Hoffnung, dass die Schuld dieser Mordtat sie von ihrer eigenen Schuld befreien könnte. Dort stand der Schuldige, dort stand der Übeltäter, dem sie alles, was sie bedrängte, zur Last legen wollten. Antonias Ruf setzte sich fort, er vervielfältigte sich in den Kehlen Vieler. Auch sie begannen zu schreien und anzuklagen. Sie rannten durch den Regen, quer über den Klosterhof, bis zum Turm, an dessen Fenster Dorian wie festgebannt stand. Sie schrien und schüttelten die Fäuste, Tropfen fielen auf ihre Gesichter und durchnässten ihr Haar.

Der Subprior erreichte den Turm als einer der Letzten. Die Situation war zu komplex für ihn, als dass er sich eine eigene Handlungsweise angemaßt hätte. Sollte er seinen Meister, den Abt, beschützen oder der wütenden Meute nachgeben? In seiner Verwirrung tat der Subprior etwas Unbedachtes. Er drehte den großen Schlüssel herum, der am Turmtor steckte, zog ihn ab und hielt ihn den anderen hin, zum Zeichen, dass der Abt nun eingesperrt sei und keine Gefahr mehr von ihm drohe. Danach überlegte der Subprior, welche Folgen sein Handeln haben könnte.

Antonia Steinhauer war nicht mit den anderen zum Turm gelaufen. Sie kniete neben der Leiche, bekreuzigte sich und betete. Als sie das nächste Mal aufblickte, sah sie eine schmale Erscheinung von der

Klosterpforte hochkommen. Das Mädchen schlug sein Tuch zurück, es war Maria. Sie blieb stehen, wandte den Blick zum Turm, wo eine Menschenmenge zum Fenster hochschrie, zur Mutter, die im Regen kniete, und schließlich zu der leblosen Gestalt auf dem Boden. Langsam ließ sich Maria neben der Mutter in den Schlamm sinken.

Das Begräbnis Anton Steinhauers fand an jenem Tag statt, als der Abgesandte des hohen Kirchengerichts im Kloster eintraf. So verzweifelt Dorian seine Unschuld beteuerte, ihm sollte der Prozess gemacht werden. Er habe mit Berengars Tod nichts zu tun, verteidigte er sich, wisse nicht einmal, wo das Gift, das dem Pater zum Verhängnis geworden war, zu finden sei. Er habe Berengar an jenem Tag gar nicht gesehen und sei auch nicht in die Nähe des Laboratoriums gekommen. Doch es half alles nichts, ein Richter hatte den Fall zu entscheiden, und da Dorian ein Mann Gottes war, würde es ein kirchlicher Richter sein.

In mehrtätigen Botenritten war die Angelegenheit bis zu seiner Heiligkeit nach Rom getragen worden, der ebenso eilige Boten zurückgeschickt und bestimmt hatte, welcher theologische Würdenträger sich der Sache annehmen sollte. Ein Kardinalsrichter war von Karlsruhe aus aufgebrochen und hatte sich in einem von vier Pferden gezogenen Wagen zum Kloster bringen lassen. Nach dessen Ankunft hatte man ihn nicht im Gästetrakt untergebracht, sondern in den Amtsräumen des Abtes, weil sie die komfortabelsten waren. Dorian dagegen war in eine Mönchszelle gesperrt worden. Ihm wurden drei Mahlzeiten täglich durch die Tür geschoben, ansonsten getraute sich keiner in seine Nähe. Niemand wollte sich der Gefahr aussetzen, von dem füchsischen Scholasten in einen Diskurs verwickelt zu werden, der zur Folge haben könnte, dass jemand bereit wäre, den Abt heimlich laufen zu lassen. Man verordnete ihm Einsamkeit und innere Einkehr. Das Kloster vertraute auf die Weisheit und Strenge des Kardinalsrichters und atmete auf, als der schwere Wagen endlich auf dem Klosterhof hielt.

Die Beerdigung Anton Steinhauers war eine zwiespältige Angelegenheit. Jemand, der das göttliche Geschenk des Lebens mutwillig fortwarf, hatte das Recht auf ein christliches Begräbnis verwirkt. Normalerweise wurden Selbstmörder hinter dem Dorfanger verscharrt. Anton Steinhauer galt in Schrötten jedoch als Märtyrer, als Hiob, der sein schweres Schicksal jahrelang tapfer erduldet hatte und schließlich der Verzweiflung zum Opfer gefallen war. Man einigte sich also darauf, dass Anton an seiner Verzweiflung gestorben war, und ein Verzweifelter durfte christlich begraben werden. Trotzdem wussten die Leute nicht so recht, welche Art von Trauer sie zur Schau stellen sollten. Der Mord an Berengar überschattete ihre Tage. Er war der zweite Tote in kurzer Zeit. Die Trauergäste fanden knappe Worte für die Witwe, murmelten ihr Beileid gegenüber Maria und schüttelten Ruperts Hand, im Bewusstsein, dass er der neue Bauer war.

Einer war nicht zu dem Leichenbegängnis erschienen, Aglef Zwinger. Niemand wusste, welche Bewandtnis es damit hatte. Am Tag, als der Regen unaufhörlich gefallen war, hatte der Lehrer das Dorf zum Kloster hochgeführt. Zusammen mit den Übrigen war er über den Mord erschrocken, hatte Berengar betrauert, Maria getröstet und erlebt, wie sich eine Masse, getrieben durch Hass und Ablehnung, gegen Dorian erhoben und den Abt vom Thron des Herrschers in die Niederung eines Delinquenten gestürzt hatte. Während dieser aufwühlenden Stunden hatte kein Schröttener mehr an den Grund gedacht, aus dem sie eigentlich losgezogen waren. Niemanden interessierte es, Gabriel zu verurteilen, da ein wuchtigeres Urteil gefällt werden musste. Irgendwann waren Gabriels Fesseln abgefallen, ohne dass man wusste, wer ihn befreit hätte. Als die Nacht hereingebrochen war, hatten sich die Schröttener gemeinsam mit dem Holzknecht auf den Heimweg gemacht.

Während des Begräbnisses stand Gabriel abseits. Da er keine schwarze Jacke besaß, hatte er ein Trauerband um seinen Arm gewunden. Mit gesenktem Kopf stand er da, betete wie die anderen und wartete, bis der Sarg hinuntergelassen wurde. Als die Schröttener in geordneter Reihe an die Grube traten und Erde hinabwarfen, zog Gabriel sich zurück. Er lief ins Dorf, machte dort aber nicht Halt, sondern eilte weiter hinaus, wo die letzten Häuser standen und die Hütte, die man dem Lehrer zugewiesen hatte. Gabriel drückte die Tür auf. Im Herd brannte kein Feuer, düster war der Raum, durch das winzige Fenster fiel kaum Licht. Er erklomm die Leiter, die zum Heuschober führte. Dort lag der Lehrer im Heu, mit angezogenen Beinen hielt er sich stöhnend den Leib.

Gabriel blieb auf dem Absatz stehen. »Hat dir der Sud nicht geholfen?«

»Der Sud«, knurrte Zwinger. »Wenn eine Niere ein Leben lang von Koliken geplagt wird, hilft irgendwann auch der Extrakt aus Walderde nicht mehr.«

»Was soll ich für dich tun?«

»Lass mich zufrieden.« Man roch Schweiß, das Gesicht Zwingers war von einem nassen Film bedeckt.

»Ich muss mit dir sprechen«, antwortete Gabriel ruhig.

Zwinger wälzte sich auf die andere Seite. »Nicht jetzt.«

»Jetzt und dann nie wieder«, entgegnete Gabriel.

»Was willst du?«

»Ich habe meine Aufgabe erledigt. Darum möchte ich gehen. Ich werde Schrötten noch heute verlassen.«

Trotz der Schmerzen fuhr der Kopf des Lehrers hoch. Seine Augen bekamen einen durchbohrenden Glanz. »Die Aufgabe ist noch lange nicht erfüllt, Hans.«

»Ich habe alles getan, was du befohlen hast.« Gabriel zeigte in die Richtung, wo das Kloster lag. »Morgen tagt das Kirchengericht. Man wird Dorian seines Amtes entheben und verurteilen.«

»Das ist nicht gewiss«, zischte Zwinger.

»Dein alter Feind wird durch den Strang sterben. Du selbst hast dafür gesorgt. Für alles Weitere brauchst du mich nicht mehr.«

»Hans, ich bitte dich …« Ächzend richtete sich der Lehrer auf. »Das Dorf hat noch nicht gebüßt.«

»Steinhauer ist tot, genau wie du es beschlossen hast. Weshalb willst du diese Leute büßen lassen?«

»Falls du jetzt gehst, wird Antonia ihrer Strafe entkommen.«

»Sie hat nichts getan, als mich zu lieben.«

»Die ganze Familie muss büßen«, bellte Zwinger. »Jeder einzelne Steinhauer!«

Gabriel trat auf den Liegenden zu. »Maria hat nichts damit zu tun.«

»Nur weil du dein Herz für sie entdeckt hast, heißt das noch nicht …«

Bevor Zwinger den Satz vollenden konnte, packte Gabriel ihn an den Schultern. »Maria darf nichts geschehen! Du lässt sie in Ruhe.«

Für einen Moment war der Lehrer erschrocken, schließlich lächelte er. »Dann solltest du besser hierbleiben und darauf achten, dass ihr nichts passiert. Denn in *meiner* Macht steht es nicht, das allerschlimmste Unheil von ihr abzuwenden.«

»Welches Unheil?«

»Das Unheil, dass sie sich in den Armen des Bauerntölpels winden, dass sie Ruperts Lust ertragen und seine Kinder gebären muss.« Als Gabriel schwieg, stieß der Lehrer nach. »Rupert wird Bauer, Hans, es ist beschlossen. Marias Widerspruch zählt nicht mehr. Sie muss ihn heiraten.«

»So weit wird es nicht kommen.«

»Was ist dein Plan?«

»Ich gehe mit ihr fort.«

»Du willst die reizende Maid aus Schrötten entführen?« Der Lehrer lachte verblüfft. »Und zusammen reitet ihr dann auf einem weißen Pferd in euer Glück hinein?«

»Mit oder ohne Pferd, ich nehme sie mit.«

»Du scheinst nur eines vergessen zu haben«, erwiderte Zwinger lauernd. »Maria hasst dich. Was du getan hast, kann sie dir nie verzeihen.«

Mehrere Momente war es still. »Sie wird mir verzeihen.«

»Wie willst du das anstellen? Erzählst du ihr, dass

der verkrüppelte Lehrer dich angestiftet hat, mit ihrer Mutter Unzucht zu treiben? Sie wird dir nicht glauben. Keiner glaubt dir. Sie werden dich zusammen mit der Bäuerin bestrafen, weil ihr …« Eine plötzliche Kolik ließ Zwinger schreiend ins Heu zurücksinken.

»Ich mache dir noch einen Sud.« Gabriel wandte sich zur Leiter.

»Lass das.« Ein flehentlicher Glanz trat in Zwingers Miene. »Ich habe alles für dich getan, Hans. Du verdankst mir dein Leben.«

»Mit mir brauchst du dein Spiel nicht zu spielen, auf das ganz Schrötten hereingefallen ist.« Der Blonde stemmte die Hände in die Hüften. »Ja, du hast mein Leben gerettet, aber ich habe es dir hundertfach zurückgezahlt.«

»Das stimmt. Niemand hätte deine Rolle so spielen können wie du«, nickte Zwinger. »Niemand außer dir hätte im Dorf solchen Unfrieden gestiftet. Niemandem wäre es gelungen, das Vertrauen des Abtes so mühelos zu gewinnen. Er liebt dich, weißt du das? Dieser verworfene Mann würde alles tun, um dich zu besitzen. Er will dich haben, mit Haut und Haar, und seine abartige Liebe mit dir genießen. Antonia hat sich dir ebenfalls ausgeliefert und ist daran genauso verzweifelt. Auch Maria ist in Liebe zu dir entflammt. Sie alle tun das, alle, alle, weil du etwas darstellst, was sie nie sein werden. In ihren Augen bist du rein, edel und schön. Du bist der Engel, der sich zu ihnen in den Wald herabgelassen hat.«

»Ich bin weder rein noch edel. Ich habe schlimmere Sünden begangen als jeder hier.«

»Ich weiß das«, lächelte Zwinger. »Aber die da

draußen wissen es nicht. Der Schönheit verzeiht man alles, das merke dir. Solange deine äußere Hülle so makellos ist, können sie sich nicht vorstellen, dass du fähig seist, eine üble Tat zu begehen.«

»Und gerade weil das so ist, will ich einmal im Leben etwas Anständiges tun«, antwortete Gabriel.

»Indem du die Bauerntochter gegen ihren Willen entführst? Denn freiwillig kommt sie nimmermehr mit dir«, lachte Zwinger. »Du willst dem Bräutigam die Braut stehlen? So sieht also deine Anständigkeit aus?«

»Maria liebt Rupert nicht.«

»Niemand liebt irgendjemanden hier auf Erden!« Zwinger wuchtete sich vom Lager hoch. Unter Schmerzen saß er da, doch seine Gedanken schleuderte er dem Jungen kraftvoll entgegen. »Die Menschen sind unfähig zu lieben, unfähig zu jedem Gefühl, das über Hunger und Durst, über Gier nach Besitz und den Drang zu scheißen hinausgeht. Die Menschen sind widerwärtig!«

»Wer bist du, als oberster Richter unter sie zu fahren?«, entgegnete Gabriel bleiern.

»Ich bin der Wolf!«, schrie Zwinger. »Mein Name ist Aglef! *Agiwulf* heiße ich im Althochdeutschen. *Agi* bedeutet der Schrecken, *wulf* bezeichnet das Tier, dem kein menschlicher Zug zu eigen ist. Der Wolf tötet nicht nur aus Hunger, sondern aus Lust. Ich bin der Schrecken verbreitende Wolf, der in das Dorf eingedrungen ist. Ich fahre unter die Menschen und nehme meine Rache an ihnen. Und du, mein schöner Freund, du bist mein Werkzeug!«

Stöhnend wälzte sich der Lehrer zur Seite, während Gabriel die Leiter hinunterstieg.

26

FACKELN

Maria war auf die Weide gegangen, um Kuhfladen zu sammeln, mit denen sie den Kürbis düngen wollte. Seit der Bauer am Fensterkreuz gefunden worden war, seit sein Brief das Dorf in Aufruhr versetzt hatte, waren Gabriel und Maria einander nicht mehr unter vier Augen begegnet. Auf der Wiese oberhalb des Hofes holte er sie ein. Es dunkelte schon.

»Was willst du?« Sie fuhr herum.

»Dich etwas fragen.«

Ihr Blick schweifte zum Hof, ob jemand sie beobachtete. »Was denn?«

»Möchtest du die Frau des Bauern werden?«

»Was geht dich das an?«

»Ich muss es wissen.«

»Er ist der Bauer. Ich bin die Tochter des Hauses. Die Familie muss weiterbestehen.«

»Das habe ich nicht gefragt«, erwiderte er. »Ist es dein Wunsch, Ruperts Frau zu werden?«

Maria starrte in den dampfenden Eimer, als ob sich im Kuhmist die Antwort ablesen ließe. Eine Furche entstand zwischen ihren Brauen.

»Auf dem Fest bist du Rupert entgegengetreten und hast gesagt, dass du ihn nicht heiraten wirst.«

»Das war früher. Bevor bei uns alles anders geworden ist.«

»Was hat sich verändert?« fragte er, obwohl er es wusste.

»Mein Vater ist tot. Pater Berengar ist tot. Sie werden den Abt fortbringen. Unseren guten Abt.«

»Woher weißt du, dass er gut ist?«

Maria nahm den Eimer in die andere Hand. »Die ganze Welt stimmt nicht mehr.«

»Unsere Welt stimmt, Maria.« Er berührte ihren Ellbogen.

Ihr Blick war wund und voller Vorwurf. »Wir zwei haben keine Welt.«

»Ich gehe fort aus Schrötten.«

Sie schwieg. »Ja, es ist besser, wenn du gehst. Wann?«

»Heute noch.«

Eine Verwandlung ging in dem jungen Gesicht vor sich. Bis jetzt hatten sie nur eine Unterhaltung geführt, ernst und traurig zwar, doch jederzeit durch die nächste Unterhaltung wieder aufzuheben. In diesem Moment wurde Maria klar, dass dies ihr letztes Gespräch sein könnte. Falls Gabriel fortzog, was blieb dann für sie? Ein ungeliebter Mann, ein Hof, der sie durch harte Arbeit rasch altern lassen würde. Die meisten Frauen über dreißig hatten es in den Gelenken. Die Hüften taten weh, die Knie waren zerschunden, die Füße verkrüppelt. Das Leben auf dem Berg forderte seinen Zoll von den Frauen noch früher als von den Männern. Maria dachte, dass sie Kinder haben wollte. Auf dieser Wiese würden sie umherspringen, die Kinder von Rupert. Sie dachte, dass sie in ihrem Leben nichts anderes gekannt hatte als dieses Dorf, das Kloster und manchmal die Fahrt ins Tal. Sie war ein Kind Schröttens. Schrötten bedeutete Heimat,

Schutz und ein vorhersehbares Leben. Weiter als bis dahin hatte sie noch nie gedacht. Durch seinen Abschied zwang Gabriel sie zu Gedanken, die Maria verwirrten, sie wütend und traurig machten.

»Was willst du von mir?«, stieß sie hervor. »Was?«

Selten dachte Maria in Worten und Begriffen, eher in Bildern, von der Natur geformt. Das Bild des violetten Krokus, der sich im Frühling durch den Schnee kämpfte und als Farbfleck weithin sichtbar war, stand für Wachstum. Die verrotteten Früchte unter dem Birnbaum, von Wespen durchlöchert, stellten den Abschied dar, Abschied von den langen warmen Tagen. Der Tod hatte in Marias Vorstellung ein schlichtes Bild, das Fensterkreuz, an dem sie täglich vorbeiging, das Kreuz, an dem ihr Vater gehangen hatte.

»Ich will, dass du mitkommst«, erwiderte er ohne Nachdruck.

Staunend sah sie ihn an. Kein Bild war in Maria, das einer Antwort auch nur nahekam.

»Wir werden zusammen fortgehen.« Er nickte. »Wir gehen so weit weg, dass sie uns nicht finden. Wir arbeiten, wir bauen uns etwas auf. Ein anderes Dorf, ein kleines Haus, wir zwei, ein Kind vielleicht.«

Maria war nicht aufgefallen, dass Gabriel das Wort *Liebe* vermieden hatte. Liebe war der Boden, auf dem alles wuchs. Liebe lag im Gras, schwebte in den Wolken, Liebe war die Voraussetzung für alles. Gabriel setzte voraus, dass Maria ihn liebte.

»Ich kann nicht«, antwortete sie. »Ich kann es meiner Mutter nicht antun.«

»Antonia versteht es.«

Das Wort, das sie während all der Tage vermieden hatten, war endlich gefallen. *Antonia,* die Mutter, die

Bäuerin. Marias Mutter war für Gabriel nicht nur die Bäuerin gewesen. Für ihn war sie ein Weib. Jeder in Schrötten glaubte, dass er sie gehabt hatte. Doch da der neue Bauer keine Anstalten machte, den Knecht für seine Unzucht zu bestrafen und vom Hof zu jagen, schwiegen alle still.

»Liebst du meine Mutter?«, fragte sie.

»Nein.«

»Hast du mit ihr das Bett geteilt?« Maria nahm allen Mut zusammen. »Hast du dich an ihr vergangen?«

»Ich werde dir nur einmal darauf antworten und dann nie wieder.«

»Hast du es getan?«

»Nein.«

»Und der Brief meines Vaters?«

»Dein Vater hat sich getäuscht.« Gabriel strich ihr das Haar aus der Stirn. »Ich hole dich heute ab, wenn alle schlafen. Nimm nicht zu viel mit. Wir brauchen nichts. Die Nächte sind noch warm.«

»Ich kann nicht mit dir kommen«, antwortete Maria, entfernte sich ein paar Schritte von ihm, stellte den Eimer ab und nahm den nächsten Kuhfladen mit dem Spaten auf.

Dorian beobachtete den Feuerschein. Feuer, das sich bewegte, das den Berg hochkam, Feuer in der Nacht. Rückten sie seinetwegen an? Sollte das die sengende Meute sein, die dem Spruch des Kirchengerichts zuvorkommen und die Sache selbst in die Hand nehmen wollte? So viel Theatralik traute er den abgestumpften Schröttenern gar nicht zu. Die feige Bande von Duckmäusern und Analphabeten würde kaum zum zweiten Mal den Berg hochstampfen und grölend ihr

Missfallen kundtun. Sie hatten nicht den Mumm, sich gegen einen Abt zu stellen. Noch war er der Abt. Keiner hatte bisher gewagt, ihm den Schlüssel und die Kette seines Amtes abzunehmen, nicht einmal der Kardinalsrichter. Dorian hatte den Ankömmling als besonnenen Mann kennengelernt, nicht als Exekutor. Man hatte keinen Henker ins Benediktinerkloster geschickt, der kurzen Prozess machen sollte. Dieser Richter strahlte Güte aus. Das war die Schwäche, die Dorian zu seinen Gunsten ausnützen wollte. Er schob die Hände in die Kuttenärmel. Man hatte vor, ihn für die einzige böse Tat, die er nicht begangen hatte, zur Verantwortung zu ziehen. Der Plan war teuflisch. Irgendwo vermutete Dorian den Teufel, der ihn zu Fall bringen wollte. Wer kam dafür infrage? Ein Nachfolger für ihn war nicht in Sicht, unangefochten regierte er auf seinem Berg. Keinem der Schüler oder der Mönche traute er zu, Berengar das Gift eingeträufelt und nach dessen Tod Dorians Namen auf die Fliesen geschmiert zu haben. Der Teufel saß nicht im Kloster, er musste von außerhalb kommen. Gehörte er zu denen, die dort mitten in der Nacht den Berg hochdrängten?

Langsam ließ Dorian den Atem ausströmen. Er fühlte sich wohl. Das war bemerkenswert angesichts seiner Situation. Normalerweise gerieten Dorians Gedärme in Zeiten der Bedrängnis in Aufruhr, blähende Winde quälten ihn. Diesmal blieb sein Leib stabil, als ob Körper und Geist sich für den Sturm bereit machten. Sturm würde kommen, das war sicher, und Dorian beabsichtigte, ihn unbeschadet zu überstehen. Da tat es auch nichts, dass Berengar ihm keinen Kräutereinlauf mehr verabreichen konnte. Dorian lächelte. Lächelnd dachte er an Gabriel. Wie lieb er den Jungen hatte. Seine Geschichte mit dem schönen Engel war noch nicht zu Ende. Man würde Dorian nicht verurteilen. Die Kirche beschützte ihre Kinder, sie schlachtete sie nicht für eine Tat, die ein anderer begangen hatte. Am liebsten breitete die Kirche den Mantel des Schweigens über Verbrechen, die innerhalb ihrer Mauern geschahen. Es war kein Verbrechen, Gabriel zu lieben. Dorian hatte sich nichts vorzuwerfen.

Die Feuer kamen näher, Fackeln zuckten durch den Wald. Geheimnisvoll sah das aus, wenn sie zwischen den Bäumen verschwanden und gleich wieder auftauchten.

Ein knarrendes Geräusch. Der Riegel wurde zurückgeschoben. Vor der Tür stand der Kardinalsrichter, nicht in seiner Amtsrobe, er trug eine schlichte Soutane. Dorian frohlockte. Der Richter missachtete das Zeremoniell und suchte den Delinquenten mitten in der Nacht auf. Das war ein Ereignis ohnegleichen.

»Eminenz.« Dorian beugte vor dem Kardinal das Knie.

»Steh auf.« Der andere blieb in der Tür. »Kommen diese Leute wegen dir?«

»Welche Leute?« Der Abt bezwang sein innerliches Lachen.

»Sieh aus dem Fenster. Das ganze Dorf muss auf den Beinen sein. Kommen sie wegen dir?«

»Warum sollten sie das tun?«, erwiderte Dorian in brillanter Arglosigkeit.

»Wollen sie dich etwa richten, bevor ich es tue?«

»Das sind gute, arbeitsame Leute, Eminenz. Sie rotten sich nicht zusammen, um zu lynchen und zu brandschatzen. Gottesfürchtig, wie sie sind, werden sie das Urteil Eurer Eminenz abwarten.«

Der Kirchenfürst musterte Dorian, Misstrauen spiegelte sich in seinem Gesicht. »Was wollen sie dann um diese Zeit im Wald?«

»Wir könnten einen Bruder hinabschicken, sie zu fragen.«

»Ich denke nicht daran, einen der Unseren gegen die aufgebrachte Meute loszuschicken. Ich habe das Tor verriegeln lassen. Gibt es Waffen im Kloster?«

»Nur ein paar betagte Armbrüste, bestenfalls Ausstellungsstücke. Büchsen haben wir keine.« Dorian zauberte ein wenig Demut auf sein Antlitz. »Vielleicht habt Ihr recht, Eminenz. Vielleicht kommen sie wirklich wegen mir. Werdet Ihr mich beschützen?«

Der Mann in Schwarz trat über die Schwelle nach draußen. »Hier bist du sicher. Wir warten bis zum Morgen. Wenn sich die Lage nicht bessert, verlassen wir das Kloster.«

Der erste Gedanke, der Dorian einschoss, war: fort von Gabriel? Fort von seiner Liebe, getrennt sein von dem allerliebsten Jungen? Zugleich erkannte er die Chance, wonach es besser wäre, den Prozess nicht im Kloster in Anwesenheit der jungen Schreihälse abzuhalten, die sich während der Verhandlung zu unerwünschten Bekenntnissen hinreißen lassen könnten.

»Ich füge mich jedem Eurer Befehle, Eminenz«, antwortete Dorian.

Der Kardinal verschwand, die Tür schloss sich, der Riegel wurde vorgeschoben.

27

ICH VERSCHAFFE EUCH ZEIT

Die Fackeln zogen vorüber. Nicht das Kloster war ihr Ziel, der Abt nicht der Grund für die nächtliche Aufregung. Und doch lagen die Sehnsüchte des Abts und die Wut der Schröttener dicht beieinander. Sie wollten den Verführer finden, der das Dorf zum Narren gehalten hatte. Den siechen Bauern hatte er auf dem Gewissen, wollüstig war er mit der Bäuerin umgesprungen, doch in dieser Nacht hatte sich Gabriel seiner schlimmsten Tat schuldig gemacht. Er hatte Maria entführt.

Mit der zarten Absicht, die Cousine endlich für sich zu gewinnen, war Rupert vor ihre Kammer getreten. Als sie auf sein Klopfen nicht antwortete, war er eingetreten und hatte ihr Bett unberührt gefunden. Die Nacht war stürmisch, Wetterleuchten zog über den Himmel, unwahrscheinlich, dass sie noch ins Freie gegangen war. Ruperts Instinkt befahl ihm, nachzusehen, wo der Holzknecht sei. Er stürzte in die Gesindekammer. Sie lagen vollzählig in ihren Betten, alle bis auf einen. Schlaftrunken antwortete der Großknecht, Gabriel habe sich nicht mit ihnen schlafen gelegt. Rupert ließ sofort Lichter anzünden und befahl, die Umgebung abzusuchen. Dabei entdeckte man Marias zerfetztes Notenheft mit den geistlichen Liedern. Die Notenblätter hatten sich an den stacheligen Spitzen eines Feuerdorns verfangen.

Aus den wenigen Fackeln wurden Dutzende. Gemeinsam zogen die Schröttener aus dem Dorf und hatten keinerlei Zweifel, wem sie auf den Fersen waren. Endlich durchschauten sie in Gabriel den Dämon, der sie verzaubert hatte. Ganz Schrötten war auf den Beinen, um mit ihm kurzen Prozess zu machen.

Aglef Zwinger kauerte vor der Marienkapelle. Ein kleines Feuer brannte. Maria saß daneben, ihr Gesicht war rot vom Flammenschein. Es war weder Gewalt noch Drohung nötig gewesen, sie ihm in den Wald folgen zu lassen. Sein Wort allein hatte vermocht, sie von zu Hause fortzulocken. Erhitzt vom raschen Aufstieg saß sie nun neben dem Mann mit der sonderbaren Aussprache. Maria lauschte dem Lehrer.

»Ich habe Hans nicht erst im Lazarett kennengelernt. Ich hatte ihn früher schon, während der Kriegswirren gefunden. Er war ein Waisenkind. Als ich ihn fand, schien er stumm und auch taub zu sein, denn er heulte wie ein Tier. Ich habe ihn bei mir behalten. Zuerst nahm ich an, ich tue es, um meine Einsamkeit zu lindern, später wurde mir klar, dass ich Hans von Herzen liebgewonnen hatte. Er war …« Zwinger wischte sich über den Mund. »Er ist der einzige Mensch, für den ich je so empfunden habe. Als er älter wurde, erkannte ich, dass ich meine Zuneigung bald mit anderen würde teilen müssen. Dieses Kind war die Schönheit selbst. Hans ist ein Mensch zum Liebhaben und zum Bewundern, darin liegt seine Besonderheit und seine Aufgabe.« Zwinger lächelte. »So einfach ist das.«

»Was ist aus euch geworden?« Trotz der ungewöhnlichen Stunde und des sonderbaren Orts fühlte Maria eine wache Ruhe in sich.

»Ich war am Ende meines Weges angekommen. Priester hatte ich nicht werden dürfen, für schwere Arbeiten taugte ich seit meinem Unfall nicht mehr. Ich hätte genauso gut sterben können. Es wäre mir sogar lieb gewesen. Nur für Hans musste ich weiterleben. Ihm zuliebe musste ich uns versorgen und vor dem Hungertod bewahren.« Zwinger warf einen Zweig ins Feuer. »Es war die Zeit, als nicht nur der Krieg Verwüstung brachte. Wir hatten den schlimmsten Winter seit Menschengedenken. Leute, die sich in diesen Tagen zu lange ins Freie wagten, erfroren auf offener Straße. Wie von Sinnen zogen die Menschen in die Wälder und holzten sie ab, um sich vor dem Kältetod zu retten. Der Typhus ging um, die Ruhr, und ich war mit einem kleinen Kind unterwegs. Niemand hätte uns unter diesen Umständen aufgenommen oder mir eine Anstellung gegeben.

Also habe ich Hans versteckt. Ein halbes Jahr lang haben wir in einer Erdhöhle überwintert. Ich weiß nicht mehr, wie, aber wir sind mit dem Leben davongekommen. Als der Frühling kam, wurde ich im Lazarett von Karlsruhe vorstellig. Die Wenigsten wollten diese Arbeit machen. Sie hatten Angst vor Ansteckung, sie ekelten sich vor dem Geruch, den fauligen Wunden und dem unfassbaren Elend. So fand ich Arbeit und machte mich nützlich. Irgendwann gelang es mir, auch Hans ins Lazarett zu schleusen. Ich hatte ihm kleine Kunststücke beigebracht, wie man auf der Flöte spielt und auf Händen geht. Ich hatte ihn gelehrt, ein Clown zu sein. Die Verwundeten waren dankbar für die Ablenkung. Sie liebten ihren kleinen Clown, und Hans durfte bleiben.

In dem Jahr, als wir uns um die Verwundeten des

Russlandfeldzugs gekümmert haben, brachte ich ihm alles bei, was ich wusste. Ich brachte ihm auch das Sprechen bei.« Zwinger lachte. »Stell dir vor, ich mit meinem verkrüppelten Mund lehrte diesen Jungen, der mit jedem Tag schöner wurde, wie man spricht. Es war …« Zwingers Kopf sank zwischen seine Schultern. »Es war die schönste Zeit meines Lebens. Sie dauerte so lange, bis wir beide verschwinden mussten.«

»Weil das Lazarett geschlossen wurde?«, fragte Maria.

»Es wurde nicht geschlossen. Es ist abgebrannt.«

»Verbrannt?«

»Es gab ein großes Feuer.«

»Meinst du das Feuer, von dem Gabriel spricht, durch das er alles vergessen hat, was früher war?«

»Hans war eingeschlafen. Er hat nicht auf die Lampe aufgepasst. Die Flamme der Petroleumlampe ist ausgegangen, sie brannte nicht mehr, hat aber noch gerußt. Ich war bei den Verwundeten draußen im großen Saal. Einer bemerkte den Qualm, der unter der Tür hervordrang. Ich rannte hin, im schwarzen Rauch war nichts zu sehen. Ich habe Hans gerufen. Als er nicht antwortete, tastete ich mich ins Zimmer. Ich habe ihn gefunden, er war ohnmächtig vom Rauchgas. Als ich mit ihm hinaustaumelte, habe ich die Lampe umgestoßen. Sie war noch fast voll. Das Petroleum ergoss sich auf den Boden und entzündete sich an dem glimmenden Docht. Überall lag Zellstoff, lagen Laken und Decken, unglaublich, wie schnell das brannte. Das Lazarett war in einem alten Schuppen untergebracht, alles aus Holz, ausgedörrt von der Sonne, das Feuer griff rasch auf den Saal über. Er brannte wie Zunder.«

Zwinger atmete hastig, als ob der Rauch sich auch jetzt noch seiner bemächtigte. »Ich habe Hans ins Freie gebracht. Als ich zurückkam, war es fast schon zu spät. Manche Verwundete hatten es aus eigener Kraft aus der Scheune geschafft. Einigen konnte ich noch helfen. Nicht allen, bei Weitem nicht allen.« Zwinger stand auf. »Wir sind geflohen. Ich hatte Angst vor Strafe. Wir haben uns im Wald versteckt. Wir kehrten nie wieder nach Karlsruhe zurück. Hans hat von all dem nichts mitbekommen, er war die ganze Zeit über ohnmächtig. Er weiß es bis heute nicht. Ihm ist nur jene unerklärliche Erinnerung an ein großes Feuer geblieben.«

Maria starrte den Lehrer an. »Und dann?«

»Ich habe ihn im Wald aufwachsen lassen. Er wurde stark, er wurde einzigartig.«

»Wollte er denn nicht wissen, weshalb ihr nicht mehr unter Menschen gegangen seid?«

»Er wollte vieles wissen, und das meiste habe ich ihm gesagt. Ich sagte ihm, dass die Städte schlecht seien und gefährlich. Ich sagte, nur in der Natur lohne es sich zu leben. Ich habe ihm das Singen beigebracht und das Tanzen. Zusammen tanzten wir im Wald umher. Viele Meilen im Umkreis gab es niemanden außer ihm und mir. Irgendwann hatte Hans die Außenwelt tatsächlich vergessen. Er glaubte, dies sei die einzige Art zu leben. Dann kam der Tag, als er sein Geschlecht entdeckte. Das verwirrte und faszinierte ihn. Ich wusste, nun war die Zeit gekommen, dass er den Wald verlassen musste. Ich sagte ihm, er solle gehen.«

»Du hast ihn fortgeschickt?«, fragte Maria. »Mit welcher Begründung?«

»Er brauchte keinen Grund. Das Leben selbst hat ihn gerufen. Er ging, ohne zurückzuschauen.«

»Aber weshalb ist er ausgerechnet nach Schrötten aufgebrochen?«

Zwinger besann sich, bevor er antwortete. »Die Frage sollte besser lauten, weshalb *ich* nach Schrötten gekommen bin.«

»Das verstehe ich nicht. Gabriel ist ein halbes Jahr vor dir bei uns eingetroffen.«

Langsam, wie ein Geist zu einem Menschen herabsinkt, hockte sich Zwinger neben Maria. »Gabriel war mein Bote. Er ist der Vollstrecker meines Willens. Ich habe ihn zu euch gesandt.«

Maria in den Wald zu führen hatte den Lehrer keine Gewalt gekostet. Vertrauensvoll war sie ihm gefolgt. Er hatte sie damit fortgelockt, dass er ihr Antworten versprach, die das Rätsel lösen sollten.

»Der Vollstrecker?« Sie entdeckte etwas in den Augen des Lehrers, das sie vorher noch nie gesehen hatte. Sie wollte hochspringen. Seine Hand hielt sie fest, stark wie eine Klammer, eisern wie eine Falle, die man für Wölfe aufstellte. Sie wehrte sich, strampelte und kratzte, konnte seinem Griff aber nicht entfliehen.

»Spar deine Kräfte für später«, knurrte er. »Sie werden bald kommen. Dann wirst du dich entscheiden müssen.«

Maria war stark, doch es bereitete ihm keine Mühe, sie in seiner Gewalt zu halten. »Ich bin der Wolf«, sagte er traurig. »Der Schrecken verbreitende Wolf. Ihr habt mich dazu gemacht.«

Mit einbrechender Dunkelheit hatte Gabriel sein Bündel gepackt und war aus dem Haus geschlüpft, ohne dass ihn jemand bemerkt hätte. Am Waldrand legte er sich zwischen die Heidelbeeren und wartete die Stunde ab, zu der er Maria holen wollte. Er schlief ein wenig, setzte sich auf und schaute auf den Hof hinunter. Während er saß und wartete, malte er sich aus, wie er und Maria zusammen leben würden. Er stellte sich den Hügelkamm vor, auf dem ihr Haus liegen sollte, das Fenster, an dem Maria ihn erwarten würde, den Wasserkrug, den er für sie vom Brunnen holte.

Plötzlich und ohne dass sich irgendetwas verändert hätte, begann sich die Zukunft vor Gabriel zu verflüchtigen. Er konnte nichts dagegen tun, das Bild seiner Wünsche wurde dünner und blasser, bis es in der violettgelben Abendluft endgültig verschwand. Er starrte auf seine Hände, sie waren leer. Sein Bündel gemahnte ihn zum Aufbruch, seine Stiefel waren bereit für die Reise. Gabriel wusste mit einem Mal, dass er nicht länger auf sie warten durfte. Er konnte Maria nicht mitnehmen. Es war falsch, sie zu entwurzeln und an anderem Ort neu einzupflanzen. Während es immer dunkler wurde, entschloss sich Gabriel, auf Maria zu verzichten. Allein war er nach Schrötten gekommen. Er hatte seine Aufgabe erfüllt, allein würde er nun wieder gehen. Einmal gedacht, ließ sich der Gedanke nicht mehr zurücknehmen. Gabriel stand auf. Er mied das Dorf, machte einen Umweg, um zur Hütte des Wolfs zu gelangen. Er trat ein und verkündete, was er beschlossen habe. Der Wolf hörte seinem Schüler, seinem Boten schweigend zu. Der Wolf war wohlauf, die Kolik hatte sich verflüchtigt.

»Du hattest recht«, sagte Gabriel. »Maria soll hierbleiben, ich aber muss gehen.«

Der Wolf nickte.

»Gestattest du es mir?«

Der Wolf nickte wieder.

»Du grollst mir nicht?«

»Geh, Hans«, antwortete der Wolf mit weicher Stimme. »Geh fort und führe das Leben, für das du geboren wurdest.«

Gabriel wollte den Wolf umarmen. Er wusste nicht, ob es ihm recht sein würde, und ließ es bleiben.

Der Wolf zog den Gehrock an und nahm seinen Stock. »Tust du mir einen letzten Gefallen, Hans?«

»Du gehst heute noch aus?« Gabriel zeigte auf die Schwärze vor dem Fenster.

»Ja. Ich habe ein Geschenk für dich.«

»Wo ist es?«

»Nicht hier.« Der Wolf nahm den Notenpacken, der seine geistlichen Lieder enthielt.

»Weshalb nimmst du die Noten mit?«

»Ich brauche sie, um eine Spur zu legen. Triff mich im Wald, an der Kapelle. Aber komm nicht zu spät.«

»Ich soll in stockfinsterer Nacht zur Kapelle hinaufsteigen? Was erwartet mich dort?«

»Dein Geschenk«, sagte der Wolf lächelnd und verließ die Hütte. Als Gabriel ihm folgen wollte, sagte er: »Hier trennen wir uns.«

»Warum?«

»Komm einfach zur Kapelle. Vertrau mir.« Der Wolf verschwand in der Dunkelheit.

Als Gabriel später durch das weiche Moos stieg, wurde ihm bange, ob der Wolf nicht doch etwas gegen ihn im Schilde führte. Im hellen Mondlicht erkannte Gabriel recht gut, wenn ihm im Wald etwas in die Quere kam. Nachdem er drei Viertel des Weges zurückgelegt hatte, hörte er Stimmen hinter sich, viele Stimmen. Er sah Fackeln. Sie waren noch weiter unten, aber sie kamen näher. Gabriel lief schneller, die Kapelle war nun nicht mehr weit.

»Hier ist dein Geschenk«, sagte der Wolf.

Gabriel kam die letzten Schritte hoch. Maria erhob sich neben dem Feuer und schien im selben Moment vergessen zu haben, dass der Wolf sie in seiner Gewalt gehabt hatte. Gabriel trat näher, sie standen voreinander. Wie die Kinder waren sie, glücklich, zugleich unglücklich bis ins Herz hinein. So verzweifelt, so weh war ihnen, dass keiner etwas zu sagen wagte. Sie hatten keinen Ausdruck für ihr Glück und hätten bestritten, dass es sich gerade um sie legte wie ein Mantel. Ewig wären sie so stehen geblieben, hätte der Wolf den Augenblick nicht unterbrochen.

»Sie müssen gleich hier sein.« In seinen Augen funkelten Freude und Bosheit gleichermaßen. »Das ganze Dorf ist auf den Beinen.«

»Ich habe die Fackeln gesehen«, nickte Gabriel.

»Was wollen sie?«, fragte Maria.

»Sie suchen dich. Und ihn. Wenn sie euch zusammen finden, ist es um Hans geschehen.«

»Warum?«

»Weil er dich entführt hat.« Der Wolf wischte sich Speichel aus dem Mundwinkel.

»Das hat er nicht getan!«, ereiferte sie sich. »Du warst es.«

»Natürlich war ich es«, schmunzelte der Wolf. »Aber die braven Schröttener glauben immer nur das, was sie sehen.« Er zeigte auf zwei Schatten, die sich an der Kapelle abzeichneten. Zwei schlichte Silhouetten, die miteinander verschmolzen. »Vorhin habe ich dir gesagt, dass du dich entscheiden musst, Maria. Dort kommen deine Leute, deine Familie, dein Dorf. Sie sind wütend. Sie sind zum Äußersten entschlossen. Sie wollen dich wiederhaben. Und sie werden ihn bestrafen.«

Maria ergriff Gabriels Hand. »Nein. Ich werde ihnen erklären, wie es wirklich war.«

»Du weißt, der Versuch wäre sinnlos. Nützt lieber die Zeit. Wenn sie erst hier sind, ist es zu spät.«

Gabriel sah den Wolf an. »Wieder einmal hast du entschieden, was geschehen soll. Du schwingst dich zum Herrn über das Schicksal auf.«

»Ich habe nur die Fähigkeit, vorauszusehen, was geschehen wird«, antwortete der Wolf mit einem Schulterzucken. »Die Menschen sind berechenbar. Niemand bedauert das mehr als ich.«

»Alles hast du für mich entschieden. Mein Leben lang. Bis zuletzt.«

»Wie du richtig sagst, ist es das letzte Mal«, antwortete Zwinger voll Wärme. »Geh jetzt, Hans. Geht beide.«

Maria und Gabriel standen Hand in Hand und wussten nicht, ob sie ihn verfluchen oder ihm danken sollten. Langsam entfernten sie sich vom Feuer.

Der Wolf schaute in die moosige Schlucht hinab, wo die Lichter züngelten. »Beeilt euch. Sie sind gleich da.«

»Und du?«, rief Gabriel zurück.

»Ich verschaffe euch Zeit.«

28

DER BRENNENDE BAUM

Während die Flammen an seinen Beinen und Armen emporleckten, stöhnte Zwinger. Der Baum, an den sie ihn gebunden hatten, war tot, doch zwischen Stamm und Rinde befand sich noch Harz, sie hatten es abgekratzt und dem Lehrer auf Kleider und Haut geschmiert. Sie forderten, dass er verraten solle, wo Maria sei und ihr Entführer. Sie hatten gedroht, ihn anzuzünden, falls er schwieg. Der Wolf zeigte weder Furcht noch Reue. Er beschimpfte und verhöhnte sie, nannte sie bei all den Namen, die er ihnen von Anfang an gegeben hatte. Er verspottete die Schröttener und reizte sie damit bis aufs Blut. Sie konnten nicht anders, als ihre Drohung wahr zu machen. Einer von ihnen hielt die Fackel an das Harz, nicht Rupert, dem man die Braut gestohlen hatte. Rupert stand abseits. Er billigte nicht, dass sie mitten im Wald Gericht hielten, doch er wagte nicht einzugreifen.

Die Flammen fraßen, was sich ihnen bot. Der schwarze wollene Gehrock, den der Lehrer jeden Tag getragen hatte, fing sofort Feuer. Als leuchtende Fackel stand er da.

»Ich will den Bauern sprechen!«, rief er mit kräftiger Stimme, als würde das Feuer ihn nur noch stärker machen. »Dem Bauern werde ich alles sagen.«

Ihre Blicke ermunterten Rupert, näherzutreten. Eine Gasse entstand. Stark war das Feuer, heiß die

Flamme, scheinbar unmöglich, sich dem brennenden Wolf zu nähern. Rupert tat es. Funken flirrten vor seinen Augen, die Hitze war ein Band, das sie zusammenschweißte. Rupert beugte sich zu dem Mann in der lachenden Feuerkunst.

»Ich habe dich zum Bauern gemacht«, stieß Zwinger hervor. »Du verdankst es mir.« Von nun an sprach er in Ruperts Ohr. Während das Feuer ihm Haut und Haar versengte, stand Rupert still. Schließlich lachte Zwinger, lachte irr, weil die Flammen und der Qualm ihm die Sinne raubten.

»Ich war es! Ich bin der Wolf! Ich!« Als sich die Flammen seines Unterkleids bemächtigten, als sie den toten Baum hochkrochen und alles fraßen, alles, Fleisch, Blut und auch den Schmerz des Lehrers, während er vor Qualen verging, verwandelte sich sein Schmerz in die Erlösung, nach der er sein Leben lang gehungert hatte. Er wusste nicht, ging er zu Gott oder ging er in das ewige Schweigen ein. Die Hölle sollte er nicht mehr kennenlernen, denn die Hölle war ihm auf Erden beschieden gewesen. Der Wolf starb, wie er es vorausgesehen hatte, während sein Junge auf und davon ging und mit ihm das Mädchen.

Später schlichen sie heim, nicht in Gruppen, wie sie gekommen waren, sondern vereinzelt, ein jeder huschte hinter dem Schein seiner Fackel her. Den verkohlten Lehrer hatten sie hängen lassen. In den nächsten Tagen würde jemand kommen, ihn abzunehmen und zu verscharren. Sie schämten sich nicht für die Tat, doch ihnen war bange zumute, weil sie das Wilde, das Unbezwingbare, das Böse nicht nur in ihm gespürt hatten, sondern auch in sich selbst. Sie hatten den Wolf nicht überwunden. Er lebte in ihnen allen fort. Sie zogen heim, ohne die Suche nach Maria fortzusetzen. Sie fragten Rupert nicht nach dem Geheimnis, das der Wolf ihm anvertraut hatte. Alles war in dieser Nacht in Rauch und Flammen aufgegangen. Zu viel war geschehen. Erst der nächste Tag würde zeigen, was von ihrer Entschlossenheit übriggeblieben war. Die Tochter des Steinhauerhofs war verschwunden, auf und davon mit dem Holzknecht, den sie dafür verfluchten. Sie schlichen in ihre Häuser und Hütten, erzählten ihren Frauen nur das Nötigste und krochen zu Bett. Der Schlaf war in dieser Nacht ihre einzige Zuflucht.

Rupert ging nicht schlafen, ihn ängstigte die Vorstellung, zu träumen. Auch ihn erwartete eine Frau. Ihr gegenüber durfte er nicht schweigen.

»Weißt du noch die Nacht, als die alte Birgit uns alle zu sich gerufen hat?«, sagte Rupert.

Er saß mit Antonia in der Stube. Die Bäuerin hatte das Gesinde zu Bett geschickt und sich vergewissert, dass keiner hinter der Tür stand und lauschte.

»Die Nacht, als der Blitz einschlug und der stürzende Ast die Lehrerin fast erschlagen hätte«, fuhr Rupert fort.

Es fiel Antonia schwer, in Ruperts Nähe zu bleiben. Sie spürte, er wusste etwas, und dieses Wissen schuf einen unsichtbaren Kreis um den jungen Bauern. Antonia setzte sich auf die Kunst.

Rupert schenkte sich Vogelbeerschnaps ein. »Birgit hat damals von einem großen Unrecht gesprochen.«

»Ein Unrecht?« Antonia musterte ihren Neffen mit dem dünnen Haar und den verzagten Schultern.

»Birgit starb, bevor sie es uns eröffnen konnte. Ich

weiß jetzt, was sie gemeint hat. Ich weiß von der Schuld Schröttens.«

»Was weißt du?« Sie lehnte sich an die kalten Kacheln des Ofens und bedauerte, dass man ihn um diese Jahreszeit noch nicht anzündete.

»Ich weiß, was mir eine Flamme erzählt hat.« Rupert sprach sonst nie in Andeutungen, er sprach überhaupt so wenig wie möglich. Diese Nacht hatte ihn zu einem anderen Menschen gemacht. Er verstand plötzlich vieles und wünschte sich, nichts zu verstehen. Man hatte ein Wissen in ihn hineingegossen, obwohl er das falsche Gefäß dafür war. Er wünschte sich, es an die Bäuerin abzugeben.

Antonia dachte daran, dass Maria und Gabriel gerade irgendwo da draußen waren, dass ihnen die Nacht nichts ausmachte, auch die Wildnis nicht, weil sie einander hatten, einander hielten und küssten. Sie wusste, falls Maria beschlossen hatte, diesen Weg zu gehen, würde es unmöglich sein, die beiden zu finden. Der Wald war riesig, die Welt dahinter erwartete die Liebenden. Es war das größte vorstellbare Glück, das sich ihnen bot – fortgehen zu dürfen! Antonia hätte alles gegeben, um fortzugehen, fort aus der Abscheulichkeit ihres Lebens, das sich von strahlend Rot in hässlich Grau verwandelt hatte. Gabriel und Maria waren auf und davon. Antonia blieb mit dem mutlosen Rupert in Schrötten zurück.

»Was hat der Lehrer dir gesagt?«, fragte sie, hörte aber nur mit halbem Ohr, was Rupert ihr anvertraute. Dass Zwinger vor vielen Jahren aus dem Kloster gekommen sei und sich auf dem Steinhauerhof als Holzknecht verdingt habe, damals als Anton sein Holz noch selbst spalten konnte. Der Baum, den Anton gefällt hatte, fiel unglücklich und zerschmetterte Zwingers Bein. Wenn ein Dienstherr seinen Knecht zum Krüppel machte, musste er ihn bis an sein Lebensende durchfüttern. Steinhauer wollte ihn aber loswerden und stritt jede Schuld ab. Antonia hatte sich als Zeugin dieser Verleumdung hergegeben, ganz Schrötten deckte die Tat. Zwinger verließ die Gegend. Jahrelang wartete er auf seine Rache, bis ihm ein Kind begegnete, das er zu seinem Engel machte und als göttlichen Teufel nach Schrötten sandte. Anders als Antonia hatte der sieche Bauer seinen früheren Knecht erkannt, konnte es aber niemandem sagen. Zwinger hatte den Krüppel erdrosselt und ihn am Fensterkreuz erhängt. Er hatte den Brief geschrieben, der Schrötten aus den Angeln hob.

»Ist der Lehrer auch gewiss tot?«, fragte Antonia.

»Du erkennst nichts mehr von ihm wieder.« Rupert trank den Schnaps in einem Zug.

»Er hat sich für diesen Jungen geopfert«, sagte sie nachdenklich. »Wieso hat er das getan? Wie kann man so weit gehen?« Antonia richtete sich auf und strich ihr Mieder glatt. »Ich verstehe nicht, wie man sich für jemand anderen verbrennen lassen kann.«

Aus Liebe, dachte sie gleichzeitig und schwieg. Für die Liebe war man zu allem imstande, zum Guten und zum Grauenhaften. Antonia wollte beichten und wurde quälend daran erinnert, dass ihr Beichtvater tot war. Bald würde der Herbst kommen, der Winter. Sie stellte sich die vielen einsamen, feuchtkalten Tage vor, die Nächte, wenn der Wind durch die Fensterritzen pfiff und sie allein im Bett liegen würde. Antonia wünschte sich den Tod herbei und wusste, Gott würde ihr diesen Wunsch so schnell nicht erfüllen.

29

IM HIMMEL

»Nur ein Sprung, glaubt man, und man wäre dort.« Maria ließ Gabriels Hand los und zeigte auf das, was ihr so nah erschien, dass sie danach greifen wollte.

Sie standen am Abhang des Südschwarzwalds. Der dichte, undurchschaubare dunkelgrüne Forst war zurückgeblieben. Sie hatten eine Landschaft erreicht, wo es fette Wiesen gab und Obstbäume, wo sich der Frühling schon im März zeigte und Bienen die Aprikosenblüte umsummten. Sie waren ins Land der Wärme hinabgestiegen, wo an den Hängen der Wein gedieh. Auf den Wiesen rundherum holten die Sensen aus, das bunte Gras fiel in Büscheln. Man hörte den Wetzstein an den Klingen. Sie schauten in die Weite, wo sich in unfassbarer Schönheit die Alpen erhoben, die schneeglänzende Trennung Europas.

»Dorthin?« Mit ausgestreckter Hand versuchte Maria, die Gipfel zu berühren.

»Dorthin und noch weiter«, sagte Gabriel.

»Nur ein Sprung«, lächelte sie.

»Es ist ein Sprung des Glaubens.«

Erstaunt sah sie ihn an. »Wären wir so weit gekommen, wenn ich nicht immerzu ganz fest geglaubt hätte?«

»Ich meine nicht deinen Glauben an Gott, sondern den Glauben an unsere Zukunft. Denn das, was uns bevorsteht, wirst du im Himmel nicht finden.«

Maria lachte, ließ ihre Hand in seine schlüpfen und ging mit ihm los, die Wiese hinab auf dem Pfad, der ins Tal führte, hinunter zum Rhein und noch darüber hinaus.

Tage davor hatte der Kardinalsrichter befohlen, den Abt Dorian aus dem Benediktinerkloster fortzubringen. Die Lage erforderte es. Der Abt hatte seinen Fall geschickt und überzeugend verteidigt. Ein schlüssiges Motiv, weshalb er Pater Berengar hätte vergiften sollen, war nicht gefunden worden. Dorian hatte die Anschuldigungen des Kirchengerichts so weit entkräftet, dass der Kardinalsrichter zu der Überzeugung gelangt war, dass dem Abt der Mord nicht zweifelsfrei nachzuweisen war. Zugleich konnte man Dorian nach einem Prozess wie diesem unmöglich an seinem Amtssitz belassen. Es schien also das Beste, ihn mitzunehmen und später zu rehabilitieren. Man würde beraten, an welchem Ort man den fleißigen Kirchenmann erneut einsetzen könnte. Dabei schien es ratsam, ihn wieder als Oberhaupt junger Menschen wirken zu lassen, da er mit seinen Studenten so gute Erfolge erzielt hatte.

Die Abreise war beschlossen. Am nächsten Morgen würde der schwere Wagen talwärts fahren. Zum letzten Mal legte sich der Kardinalsrichter im Amtszimmer des Abts zu Bett. Die kommende Reise belastete seine Nerven, er konnte nicht einschlafen. Er hasste es, tagelang in der holprigen Kutsche über Land zu fahren. Seufzend stand er auf und wollte sich eine Nachtlektüre holen. Mit der Kerze in der Hand trat er vor das Regal des Abtes, las die Buchrücken und entschied sich schließlich für die berühmte *Clavicula Salomonis*.

Als er das Buch herauszog, hörte er ein helles Geräusch. Etwas musste dahinter gegen die Wand gestoßen sein. Er streckte die Hand aus, tastete umher und zog ein Fläschchen hervor, das eine dunkelrote Flüssigkeit enthielt. Der Kardinalsrichter öffnete den Propfen und roch daran. Er besaß kein medizinisches Wissen, doch diesen Geruch kannte er nur zu gut. Die Tollkirsche hatte vor Jahrzehnten seinen jüngeren Bruder das Leben gekostet. Nach dessen Beerdigung hatte die Mutter des späteren Kardinals ihn zu einem Tollkirschenstrauch geführt, ihm die Frucht gezeigt, ihren Saft zwischen den Fingern zerrieben und den Sohn daran riechen lassen. Diesen Geruch würde der Kardinalsrichter niemals vergessen. Und dieser Geruch stieg ihm aus dem Fläschchen entgegen.

Im langen Nachtgewand richtete er sich auf und starrte hinüber zum Kruzifix. »Mein Herr Jesus«, sagte er ergriffen. »Du hast meine Hand geführt, Jesus.« Der Kardinal verschloss das Gefäß wieder. »Das ist ein Gottesgericht, murmelte er. »Ein Gottesgericht.«

Er stellte die Flasche mit dem Tollkirschensaft auf den Schreibtisch. Morgen früh würde er mitnichten abreisen, sondern das Gericht einberufen und den Fall erneut aufrollen. Morgen würde er den Abt verurteilen. Nachdem der Kardinalsrichter das beschlossen hatte, legte er sich wieder zu Bett.